Stefan Wolfs Krimi-Magazin
Band 2

Dieses Buch gehört:

STEFAN WOLFs
KRIMI-MAGAZIN

Band 2

13 spannende Geschichten und viele Rätsel
Ausgesucht von TKKG-Autor Stefan Wolf

Pelikan

1. Auflage
Stefan Wolfs Krimi-Magazin

Printed in W.-Germany
Gesamtleitung und Textredaktion:
Egon Fein, f-press, München
Schutzumschlag und Illustrationen:
Kim Woolley, Brighton
Gesamtherstellung: Mohndruck Graphische
Betriebe GmbH; Gütersloh

ISBN 3-8144-0071-2

Quellennachweise:
„Gefährliches Spiel um 20000 Mark" („Geld und Charakter") aus: *Juwelen, Bluff und graue Löckchen* von Wolfgang Ecke, © by Loewes Verlag, Bindlach.
„Ich habe Witte wiedergefunden" aus: Hans-Jörg Martin, *Die lange, große Wut,* thriller 2404, © 1977 by Rowohlt Taschenbuch Verlag GmbH, Reinbek bei Hamburg.
„Der Vampir" und „Eine Lady verschwindet" („Das geheimnisvolle Verschwinden der Lady Frances Carfax") aus: Sir Arthur Conan Doyle, *Sämtliche Sherlock Holmes Romane* Band 3, Verlag Ullstein GmbH, Frankfurt/Berlin, 1981.
„Eine korrekte Familie" („Nachts im Wald") aus Patricia Highsmith, *Nachts im Wald,* © Diogenes Verlag AG, Zürich.
„Bedingungslos" von Irene Rodrian und „Achthundert Riesen" von Richard K. Flesch aus: *Bommi ist tot und Tim hat Geburtstag,* herausgegeben von Hansjörg Martin, © 1976 C. Bertelsmann Verlag GmbH, München, Titel der lieferbaren Taschenbuchausgabe: „Das Krimi-Kabinett". „Die Schatzgräber" aus: *„Der sechste Sinn des Mr. Reeder"* von Edgar Wallace, herausgegeben von Friedrich A. Hofschuster, die Rechte der deutschen Übersetzung von Mercedes Hilgenfeld liegen beim Wilhelm Goldmann Verlag GmbH, München.

LIEBE KRIMI-FREUNDE,
hallo: Hier ist der zweite Band meines Krimi-Magazins! Weil Band 1 ein so überwältigender Erfolg war, haben die TKKG-Fans nach einem zweiten Buch verlangt, und der Wunsch meiner Freunde ist mir selbstverständlich Befehl! Wie Ihr seht, habe ich nicht nur eine Reihe meiner Lieblings-Thriller aus der Weltliteratur ausgewählt, sondern auch meinen Teil dazu beigetragen und zwei brandheiße Stories geschrieben: eine von Tom und Locke, eine andere über das jüngste Abenteuer der TKKG-Bande. Zusammen sind es 13 (ausgerechnet!) packende Geschichten, alle voller Spannung von der ersten bis zur letzten Zeile. Außerdem findet Ihr auch diesmal Rätsel-Krimis für alle Amateur-Detektive und knifflige Denkspiele, damit die Köpfe rauchen. Ich wünsche Euch jede Menge Spaß.
Euer TKKG-Autor

Stefan Wolf

Inhalt

I

GANOVENTREFF IM INTERCITY

Kriminalgeschichte mit Tom und Locke

Von

Stefan Wolf

Er ist unpünktlich! dachte Locke. Wie ich das hasse!

Sie lehnte ihr Mofa an die Normaluhr, den beliebten Treffpunkt mitten in der Stadt, rückte ihren Strohhut zurecht und blickte kriegerisch in die Richtung, aus der Tom kommen mußte.

Keine Spur von ihm.

War an seinem Motorroller ein Reifen geplatzt? Die Hitze an diesem Juli-Nachmittag vermochte alles. Auch das. Locke beschloß zu warten und schlenderte zum Juwelier-Geschäft WERTHAMMER hinüber, wo teuerstes Glitzerzeug in den Auslagen funkelte.

Zwei Perlenohrringe mit Korallenverzierung zogen den Blick ihrer Kirschaugen an. Das wäre was! Leider kosteten sie 1999,— DM. Zuviel also für Taschengeld-Bezieher. Aber man darf ja noch träumen.

Soeben wurde der Samtvorhang – die Sichtblende zwischen Schaufenster und Geschäftsraum – geöffnet. Ein Herr mit grauen Schläfen und Schnurrbart-Gesicht beugte sich über die Auslagen. Er hatte nur vier Ringe an seinen zehn Fingern, was für einen Juwelier wenig ist, und griff nach den Ohrgehängen.

Für einen Moment fing er Lockes Blick auf.

Sein Lächeln entblößte Goldkronen, und er zögerte. Hätte er die Ohrringe lieber ihr verkauft als jener Kundin im Laden?

Locke sah, daß es eine elegante Dame war – mit langem Kupferhaar, Sonnenbrille und hellem Leinenkostüm.

Kein Typ für Perlen, dachte sie. Smaragde müßte sie tragen. Na, von mir aus.

Ihr Interesse erlosch. Sie wandte sich ab, wippte in ihren Ballerina-Schuhen und hielt – vergebens – Ausschau nach Freund Tom. Dann schlenderte sie zum nächsten Geschäft, wo wertvolles Porzellan verkauft wurde – im Moment freilich nicht.

Diese Hitze! Die Innenstadt wurde zum Backofen. Alle Schritte hatten sich verlangsamt. Der Straßenbelag weichte auf. Die Schienen der Straßenbahn glühten. Den Hunden, die an der Leine mittrotten durften, hing die Zunge aus dem Maul.

Tom! dachte sie. Komm endlich! Wir wollen doch runter zum Fluß. Am Ufer spazieren, wo die Luft hoffentlich ›brisig‹ ist. Vielleicht halten wir die Füße ins Wasser – ah, tut das gut.

Sie bummelte zurück, wieder bei WERTHAMMER vorbei. Der Vorhang war noch offen, und sie blickte ins Geschäft.

Was sie sah, nahm ihr den Atem.

Gibt's das? Oder habe ich einen Sonnenstich?

Genau in dieser Sekunde sackte der Juwelier bewußtlos zusammen. An der Stirn würde sich vermutlich eine gewaltige Beule bilden. Dort hatte ihn ein Schlag mit der Bracket-Clock getroffen, einer schweren Tischuhr aus dem vorigen Jahrhundert.

Sie gehörte ihm, die Uhr, und stand sonst als Zierde auf dem Tresen. Daß sie jemals zur Hiebwaffe wurde, hätte sich der Geschmeidehändler vermutlich nicht träumen lassen.

Jetzt hatte die Rothaarige damit zugeschlagen.

Weshalb?

Locke war wie gelähmt vor Schreck. Aber sie sah, wie die Frau ein Bündel Geldscheine – ausnahmslos Hunderter – vom Tresen grapschte. Werthammers Geld? Kaum. Offenbar ihr Geld, mit dem sie die Ohrringe bezahlen wollte. Die befanden sich inzwischen in einem ledernen Schmuckbeutel, und der lag auf dem Tresen.

Eine Räuberin! schoß es Locke durch den Kopf. Sie tut so als ob, will aber gar nicht kaufen, sondern ... Nanu! Sie stopft das Geld in ihre Handtasche. Doch den Beutel läßt sie liegen. Jetzt rennt sie zur Tür.

Als die Frau ins Freie stürmte, verstellte ihr Locke den Weg.

»He, Sie! Stehenbleiben! Sie haben den Juwelier niedergeschlagen. Stehenbleiben, sonst schreie ich die Leute zusammen, und die Polizei wird auch gleich . . .«

Die Frau wollte in andere Richtung, wirbelte aber zu ihr herum. Locke sah nicht viel vom Gesicht. Sonnenbrille und Ponyfransen verdeckten die Hälfte. Die Nase war schmal und gut geformt, der Mund stark geschminkt. Jetzt preßten sich die Lippen hart aufeinander, und die Frau griff in ihre Handtasche.

»Halt den Mund! Sonst schieße ich!« zischte sie.

Ohne sich dessen bewußt zu werden, streckte Locke die Hände in die Höhe, rechts und links an der Hutkrempe aufwärts.

»Hände runter!« Die Frau blickte umher, argwöhnisch. Wurden Passanten aufmerksam? Das fehlte noch.

Ohne die Hand aus ihrer Schlangenledertasche zu nehmen, bewegte sie sich rückwärts bis zur Hausecke. Eine schattige Gasse tat sich dort auf, führte zu einem Parkplatz.

Locke rührte sich nicht. Sie hatte die Hände heruntergenommen und drückte die Finger an ihren Faltenrock.

Die Frau verschwand in der Gasse. Es war sinnlos hinterherzulaufen – allenfalls gefährlich. Außerdem brauchte Werthammer Hilfe.

Locke eilte in das Geschäft.

*

Der Notarztwagen fuhr ab – mit dem Juwelier an Bord, dem es freilich schon besser ging. Auch der Polizeiwagen räumte das Feld. Locke hatte ausgesagt und die Täterin beschrieben. Von der fehlte bislang jede Spur. Aber die Fahndung war eingeleitet.

Tom stand unter den Gaffern. Er hatte sich um 13 Minuten verspätet und noch keine Gelegenheit gehabt, mehr als ein paar Worte mit Locke zu wechseln. Jetzt wurde sie charmant verabschiedet von den beiden Zivilbeamten – und Tom konnte seine Freundin in die Arme schließen.

»Schrecklich, Schatzi! Wenn ich auf dich nicht aufpasse, ist gleich die Hölle los. Du bist ganz blaß unter deiner Sonnenbräune. Hoffentlich warst du nicht in Gefahr.«

»Wo kommst du jetzt her? Ich hätte dich gebraucht.«

»Helga mußte einen römischen Kampfhund impfen«, er sprach von seiner Mutter, der Tierärztin. »Carlo kann zwar zur blutrünstigen Bestie werden, hat aber Wahnsinnsangst vor Spritzen. Deshalb mußte ich ihn hinten festhalten, während ihn sein Herrchen vorn festhielt. Helga hat dann gepikst. Aber was war denn hier? Du hast einen Überfall beobachtet?«

»Ein richtiger Überfall war's eigentlich nicht. Geraubt hat sie nichts, die Rothaarige. Sie wollte Werthammer mit Falschgeld betrügen. Zwanzig gefälschte Hunderter hatte sie hingeblättert. Eine Mark sollte er ihr rausgeben, weil die Ohrringe 1999 kosten. Aber was so ein Zierat-Krämer ist, der kann nicht nur Schund von Kostbarkeiten unterscheiden – der sieht auch mit einem Glupsch, wenn ihm jemand Blüten *(Falschgeld)* hinlegt. Nur hätte er's ihr nicht gleich sagen dürfen. Dann wäre sein Kopf jetzt noch heil. Die Scheine hat sie mitgenommen, die Ohrringe nicht.«

Sie erzählte, was sich abgespielt hatte; vor lauter Schreck verfärbte sich Toms Gesicht. Gleich schloß er sie noch mal in die Arme.

»Versprich mir: Leg dich nie wieder mit einer bewaffneten Verbrecherin an.«

Locke seufzte. Das Versprechen blieb sie schuldig. »Ich will endlich runter zum Fluß und mich in den Auen ergehen. Bei dieser Hitze ist das die schönste Gegend im Land.«

Kühle Luft und das Plätschern der Fluten bauen den Schrecken ab, dachte Tom. Also nichts wie hin. Bei der Normaluhr kletterten sie auf ihre zweirädrigen Verkehrsmittel. Locke drückte ihren Hut fester auf die Prachtmähne, und sie rollerten los.

*

Der Fluß führte Niedrigwasser. Aber es hätte zum Ertrinken gereicht. Büsche und Bäume in den Auen hatten sattes Sommergrün angelegt. Vielerorts schmorten Sonnenanbeter. Andere Freizeitler machten Picknick. Baden war verboten. Leider. Weil hier, südlich der Großstadt, das stolze Gewässer in hohem Maße verunreinigt war. Die Schadstoffbelastung, wie es amtlich hieß, schade der Gesundheit ganz beträchtlich.

Tom und Locke schlenderten Hand in Hand den Uferweg entlang. Sie hatten über den Fall Werthammer gesprochen. Mutmaßungen wegen des Falschgeldes angestellt und das Thema dann abgeschlossen.

Tom schimpfte soeben über die industriellen Umweltsünder, die den Fluß zum toten Gewässer machten; und Locke pflichtete ihm bei. Trotzdem war's schön hier. Ein leichter Wind wehte, und von der Schwüle der Innenstadt merkte man nichts.

»Was macht der denn da?«

Locke bog ihre Hutkrempe als Schattenspender über die Augen, weil die Blickrichtung südwestlich war, also sonnenwärts.

Tom blinzelte. Tatsächlich! Unten am Steilufer, an einer Stelle, die nur von hier einzusehen war, kauerte ein Typ hinter den Büschen. Er war dicht am Wasser, hätte hineinpatschen können.

Statt dessen nahm er Zeitungen von dem kniehohen Stapel neben sich und warf sie hinein. Eine nach der anderen. Zeitungen, die aufs Viertelformat zusammengefaltet waren, träge losschwammen und alsbald untergingen.

»Spinnt der?« empörte sich Locke. »Der verstopft den Fluß. Das ist doch unzulässige Beseitigung von Altpapier.«

»Du sagst es!« stieß Tom durch die Zähne. »Aber gleich hört er auf.«

Das Steilufer war nur auf allen vieren zu begehen. Doch Tom sprang hinunter wie ein Sensationsdarsteller. Er trat zwei, drei Steine los. Fast gleichzeitig mit ihnen landete er bei dem Zeitungspaket.

Wie angestochen fuhr der Typ herum und in die Höhe. Für einen Moment sah es aus, als wollte er sich ins Wasser stürzen. Dann ließ sein Schreck nach. Er machte schmale Augen und eine Faust.

»Kannst du nicht lesen?« fragte Tom. »Alle hundert Meter steht ein Schild. Es ist strengstens verboten, irgendwelche Abfälle in den Bach einzuleiten, zu werfen, zu streuen.«

»Na und? Ist es dein Bach? Spiel dich nicht auf!«

Der Typ mochte Anfang Zwanzig sein, war grobschlächtig und hatte noch vor kurzem mit einer Skinhead-Frisur *(Kahlkopf)* seiner Vorstellung von gepflegtem Aussehen Ausdruck gegeben. Jetzt waren Stoppeln nachgewachsen. Und etwa so lang wie sein Fünf-Tage-Bart. Im linken Ohr steckte ein Goldknopf. Gekleidet war er sportlich-chick, sogar teuer.

»Es ist nicht mein Fluß«, sagte Tom ruhig. »Aber für unsere Umwelt sind wir alle verantwortlich. Also Schluß mit dem Blödsinn!«

»Und das bestimmst du?«

Tom seufzte. »Ich will keinen Streit mit dir. Aber ich finde die Verbote sehr vernünftig, und ich mag diesen Fluß. Deshalb wirst du jetzt dein Altpapier nehmen und damit abzischen. Überall in der Stadt stehen Abfall-Container. Außerdem kann man Altpapier verkaufen.«

Jetzt passiert's, dachte er. Der wird handgreiflich, und ich muß ihm eine kleben, daß er seinen Stoppelbart innen abkauen kann.

Doch es kam anders. Stoppelkopf hatte Tom rasch gemustert. Mit dem Ergebnis, daß es ratsamer sei nachzugeben. Aber erst kehrte er noch den Maulhelden raus.

»Daß ich dich in die Brühe werfe, ist die Sache nicht wert. Also, dann werde ich mal . . .«

Sprach's, bückte sich und hob den Stapel auf.

Heh! dachte Tom – und verschluckte sich fast an seiner Verblüffung. Das ist ja gar kein Altpapier. Das sind ja brandneue Zeitungen von heute. Alles Ausgaben vom Tageblatt, wo unser Gunter leitender Redakteur ist. Ich schnall ab!

Stoppelkopf klemmte sich den Packen von schätzungsweise 50 Zeitungen unter den Arm und begann, das Steilufer hochzuklettern, wobei er keuchte und Flüche murmelte. Es war mühsam.

Oben stand Locke wie die Hauptfigur auf einem impressionistischen *(Kunst- und Literaturstil der 2. Hälfte des 19. Jahrhunderts)* Gemälde und strafte den Kerl zusätzlich mit geringschätzigem Blick.

Schwitzend trollte er sich den Uferweg entlang, wo er dann abbog zum Parkplatz hinauf.

»Er hat nur neue Tageblätter«, sagte Tom. »Heutige Ausgabe. Ich verstehe das nicht. Wieso wirft er die ins Wasser? Sicherlich – nicht jedermann ist einverstanden mit Gunters Leitartikeln und Kommentaren *(kritischen Anmerkungen)*. Aber ist das ein Grund, gleich die ganze Auflage zu vernichten?«

Locke staunte nur kurz.

»Du! Ich ahne. Die sind alle geklaut. Jeden morgen passiert das zwischen vier und sechs Uhr. Beim Pressehaus, wo die Zeitungspakete auf der Rampe liegen. Zum Abholen fertig für die Zusteller, die dann in ihren Bezirken die Zeitungsröhren füllen.«

»Aber da werden nur einzelne Zeitungen gestohlen. Nicht ganze Pakete. Ist doch sinnlos. In allen steht dasselbe. Und ein Geschäft kann man auch nicht damit machen. Also, mir gibt das Rätsel auf. Ich will's aber wissen. Ich geh dem Typ nach.«

»*Wir* gehen dem Typ nach«, sagte Locke.

Sie trabten mit Eile. Als sie den Parkplatz erreichten, sahen sie ihn wieder, den Typ. Eben öffnete er den Kofferraum seines Wagens. Es war ein alter Diesel mit hiesigem Kennzeichen.

Stoppelkopf ließ die Zeitungen hineinfallen, fuhr sich mit dem Ärmel über die Stirn und marschierte zur Telefonzelle.

Jetzt stockte ihm der Schritt. Die Haltung von Armen und Schultern verriet, daß er sich gleich umdrehen würde.

Tom zog Locke hinter einen Busch. Als sie wieder hervorspähten, trat Stoppelkopf in die Telefonzelle.

»Das höre ich mir an, Locke. Warte hier!«

Das Telefonhäuschen war etwa 50 Meter entfernt. Sträucher, die die Flußauen begrenzten, reichten bis an die Rückseite.

Tom spurtete im Schutz der Büsche, so weit es ging. Die letzten Meter legte er kriechend zurück. Zweige verbargen ihn. Außerdem blickte Stoppelkopf zur Straße, also in andere Richtung. Wegen der Hitze in dem Glaskasten hielt er die Tür offen.

»Ja, hier ist Hajo Klemm«, sagte er eben. »Ich wollte fragen . . .« Er lauschte. »Gut«, meinte er dann, »morgen im Intercity. 19.30 Uhr ab Hauptbahnhof. Wo finde ich Sie? Sie haben Platzkarte. Aha! Wagen 34, Platz 56. Natürlich bin ich vorsichtig. Ich riskiere nichts. Wie? Ja, verstanden. Wiederhören.«

Es klingelte blechern, als er einhängte. Er kam aus der Zelle und schlurfte zu seinem Diesel zurück.

*

Gunters Redaktionszimmer im siebten Stock des Pressehauses war leer. Ebenso das Vorzimmer, wo sonst Melanie Frühauf sitzt und aufdringliche Besucher abwimmelt.

»Wir warten«, sagte Locke und nahm ihren Strohhut ab.

Auf dem Schreibtisch, der wie das Schlachtfeld eines Papierkriegers aussah, klingelte das Telefon. Tom nahm den Hörer ab.

»Bei Gunter Rehm. Tom Conradi spricht.«

»Habt ihr euch häuslich bei mir niedergelassen?« fragte Gunter am anderen Ende der Leitung. »Ich sah euch in die Tiefgarage fahren. In fünf Minuten komme ich.«

»Völlig klar«, meinte Locke, nachdem er sie informiert hatte. »Manchmal sitzt die halbe Belegschaft in der sogenannten Außenredaktion. Das ist das Bistro hinterm Pressehaus, wo alles viel besser schmeckt als in der Kantine. Besonders die Getränke.«

Lockes Vater kam tatsächlich innerhalb der genannten Frist. Im Vorzimmer ließ sich Melanie nieder. Das muntere Pärchen rief ihr den üblichen Gruß zu.

»Und womit wollt ihr mich nerven?« fragte Gunter.

»Wie viele Tageblätter, Papi, wurden heute bei ausgehender Nacht von der Rampe geklaut?« fragte Locke.

Gunter hob die Achseln. »Darum kümmere ich mich nicht.«

»Keine«, rief Melanie aus dem Vorzimmer. »Ich weiß es zufällig.«

Überrascht sahen Tom und Locke sich an.

Gunter fragte, weshalb sie das wissen wollten; und sie erklärten es ihm.

»Ein Rätsel mehr«, meinte Tom. »Da vernichtet dieser Hajo Klemm 60 bis 80 Tageblätter, schätzungsweise. Und man fragt sich: Wieso? Woher hat er die? Steckt etwa die Konkurrenz dahinter? Ich kann mir nicht vorstellen, daß Hajo die Zeitungen klaut, um sie dann in den Fluß zu werfen.«

»Stellen wir das mal zurück«, sagte Gunter und wühlte in den Papieren auf seinem Schreibtisch. »Weit mehr interessiert mich nämlich der heutige Polizeibericht. Besonders der Überfall auf den Juwelier Werthammer. Falls kein Übertragungsfehler vorliegt, ist eine gewisse Nina Rehm die einzige Zeugin.«

»Kein Übertragungsfehler«, lächelte Locke. »Ich hätte das sowieso noch erzählt. Willst du mein Foto veröffentlichen?«

Gunter sah seine Tochter an. »Wenn die Frau wirklich bewaffnet war... Was glaubst du, weshalb ich aus dem Bistro komme? Ich mußte ein Bier trinken, um mich wieder zu beruhigen.«

»So schlimm war's nicht, Papi. Ich hab' nicht die Heldin gespielt. Bin doch nicht blöd. Und Tom, der immer den Helden spielt, war nicht dabei.«

»Danke!« grinste Tom. »Jetzt weiß ich wenigstens, was du von meiner gelegentlichen Kühnheit hältst.«

Gunter zog ein maschinebeschriebenes Blatt aus einer Schnellheftermappe. »Interessanterweise ist seit kurzem noch anderes Falschgeld in der Stadt aufgetaucht. Immer handelt es sich um 100-Mark-Scheine. Sie sind nicht besonders gut gefälscht. Der Herr mit der Mütze, der die Blauen ziert, schielt etwas. Wahrscheinlich ist das auch dem Werthammer aufgefallen. Aber es scheint so, daß die Fälscher die Blüten verbessern.«

»Schielende Hunderter«, sagte Tom. »Wo tauchen die auf?«

»Immer vereinzelt«, antwortete Gunter. »Sie werden eingewechselt. In Supermärkten, Buchhandlungen, am Kiosk, in Tabakläden. Das bedeutet: Der Falschgeldverteiler kauft etwas, das wenig kostet, bezahlt mit einem Hunderter und kassiert das Wechselgeld. Leider gibt es bislang keine Personenbeschreibung. Deine, Locke, von der Rothaarigen ist die einzige.«

»Immerhin ein Anfang«, strahlte sie. »Die Polizei kann mir dankbar sein.«

Tom, der in einem von Gunters Besuchersesseln saß, spürte die Erleichterung wie einen Knall unter der Gehirnschale. Unfaßlich, aber wahr! Und logisch! Der Zusammenhang ließ sich nicht leugnen. Endlich war das Rätsel gelöst.

»Leute!« rief er. »Hajo Klemm ist der Verteiler. Natürlich! Er kauft Zeitungen den lieben langen Tag. Kauft 50, 70, 100 – jede kostet eine Mark zwanzig, und er bezahlt mit 'nem Hunderter. Wo gibt's unser Intelligenzblatt? In Supermärkten, am Kiosk, in Buchhandlungen und Tabakläden. Aber weil's auffiele, wenn Hajo die Zeitungen hortet, vernichtet er sie. Und zwar gründlich. Kein Hinweis soll zurückbleiben. Denn sonst könnte man ihm auf die Spur kommen, und die Polente würde sich die Zeitungskäufer genauer ansehen. Deshalb stopft Hajo die Tageblätter nicht in den nächsten Papierkorb, sondern ertränkt sie im Fluß.«

»Phantastisch!« schrie Locke. »Tom, du hast es.«

Bevor Gunter einstimmen konnte, klingelte sein Telefon.

Als er wieder auflegte, stand er auch schon auf.

»Ich muß zum Alten. Das kann lange dauern.« Gemeint war der Tageblatt-Verleger.

»Wir seilen uns ab«, sagte Tom rasch. »Tschüs, Gunter.«

Erst als das Pärchen mit dem Lift zur Tiefgarage hinabglitt, meinte Tom: »Wir haben noch nicht erzählt, daß Hajo Klemm sich morgen abend im Intercity mit irgendwem trifft. Wir sollten dabei sein, meine ich, die Sache beäugen und die Ordnungshüter erst später einschalten. Selbermachen hat sich immer bestens bewährt.«

»Klarer Fall«, nickte Locke. »Es sei denn, Gunter informiert die Polente. Daß der Typ Hajo Klemm heißt, weiß er.«

Ihre eigennützige Befürchtung erwies sich als unbegründet. Gunter wurde von einem großen Ereignis überrollt, flog nämlich noch zur Stunde mit seinem Chefredakteur nach Wien, wo ein Tageblatt-Reporter eine Sensation ausgegraben hatte, die den internationalen Terrorismus betraf. Die Sache war exklusiv *(ausschließlich)* reserviert fürs Tageblatt und zunächst vorrangig. Für ereignisreiche 36 Stunden vergaß Gunter die schielenden Hunderter.

Tom und Locke hatten freie Hand.

*

Reisende aus aller Herren Länder – ausgenommen Eskimos – drängten sich am Hauptbahnhof. Unter der riesigen Kuppelhalle brodelte der Lärm. Es war 19.22 Uhr.

Für den IC *(Intercity-Zug)*, der hier um 19.30 Uhr abfahren sollte, war Gleis 19 reserviert. Der schmucke Schienen-Lindwurm reichte vom Prellbock am Gleisende – denn der Hbf unserer Stadt ist ein Sackbahnhof – weit hinaus aus der Halle ins Freie. Viele Wagen also. Und der mit der Nummer 34 schien ganz vorn zu sein.

Tom hatte Locke bei der Hand genommen. Sie marschierten den Bahnsteig entlang. Überall herrschte Gewimmel. Das hatte den Vorteil, daß man untertauchen konnte.

»Siehst du ihn?« fragte Tom.

»Nicht mal einen, der ihm ähnelt.«

Sie hatten keine Fahrkarten gelöst. Denn noch wußte niemand, wie es weiterging. Um nicht als Schwarzfahrer die Deutsche Bundesbahn zu schädigen, konnten sie notfalls im Zug nachlösen.

»Dort ist Wagen 34«, sagte Tom.

Er befand sich zwischen Speisewagen und Lokomotive.

Sie blieben stehen vor der geöffneten Tür. Tom spähte den Bahnsteig entlang. Nur Gewimmel. Kein Hajo Klemm schält sich heraus. Hatte der das Treffen verpennt?

»Mal sehen, wer auf Platz 56 hockt«, sagte Locke – und stieg ein.

Alle Abteile gehörten zur Ersten Klasse. Das konnte teuer werden.

Locke ging voran durch den Gang. Das erste Abteil war leer. Im zweiten saß ein Managertyp mit seinem Aktenkoffer. Auch in den nächsten Abteilen wurden die Sitze nur von Staub und Brotkrümeln belegt. Aber es würde sich noch füllen – in letzter Minute –, denn die meisten Plätze waren als reserviert ausgewiesen.

»Das nächste Abteil muß es sein«, zischelte Tom.

Sie lugten vorsichtig.

In den Polstern von Nr. 56, einem Fensterplatz, lehnte ein ältlicher Typ. Offenbar schlief er. Jedenfalls hatte er die Augen geschlossen. Ziemlich schlaff war die Haltung. Eine knochige Hand baumelte zwischen den Knien, die andere lag auf dem Nebensitz. Das Gesicht war ungesund blaß und mit Schweiß bedeckt. Offenbar vertrug der Oldie die Hitze nicht. Das graue Haar wich vor einer eckigen Stirnglatze zurück. Über den dünnlippigen Mund bog sich die Nase wie ein Geierschnabel. Der Mann trug einen beigen Leinenanzug. Die goldene Uhr hatte mindestens 20 000 DM gekostet. Zwischen seinen Beinen stand eine braune Aktentasche ganz alter Bauart.

Den also wollte Hajo Klemm treffen?

In diesem Moment stellte Toms Instinkt die Alarmglocke an.

Ein Blick über die Schulter zurück! Richtig! Eben stieg Hajo Klemm ein – hatte aber die Augen zu Boden gerichtet.

Rasch schob Tom die nächste Abteiltür auf und Locke hinein. Auch hier herrschte Leere. Nur der Mief von Glimmstengeln schwebte noch umher, denn es war ein Raucherabteil.

»Pst, Locke! Hajo kommt. Vielleicht können wir die beiden belauschen.«

»Na, prima!« Sie zog die Vorhänge auf der Gangseite zu. »So sieht er uns nicht.«

*

Hajo Klemm war zufrieden mit sich. 191 falsche Hunderter hatte er eingewechselt während der letzten Tage. Er besaß nur noch neun und brauchte Nachschub. Ein Drittel des echten Geldes – des Wechselgeldes – durfte er behalten. Alles übrige mußte er abliefern bei Bernhard Lodkamp, genannt ›Falscher Fuffziger‹. Vermutlich bezog sich dieser Unterwelt-Spitzname darauf, daß Lodkamp Spezialist war als Falschgeldverteiler. Aber genau wußte Hajo das nicht. Denn zur Zeit handelte es sich ja um Hunderter und nicht um Fünfziger. Vielleicht spiegelte der Spitzname „Falscher Fuffziger" Lodkamps charakterliche Qualitäten.

Pünktlich jedenfalls war er. Wie angekündigt, hockte er auf Platz Nr. 56 und ratzte.

»Hallöchen, da bin ich.«

Hajo trat ein und schloß die Tür hinter sich. Er hatte eine große Reisetasche mitgebracht, die aber leer war – bis auf das Kuvert mit dem Bargeld.

Lodkamp rührte sich nicht.

»He, Meister!« Hajo stieß ihn an.

Der Alte kippte gegen das Fenster und sackte dann noch tiefer in die Polster.

Hoppla, dachte Hajo. So pennt man doch nicht. Ist der hinüber?

Er rüttelte Lodkamp, aber ohne Erfolg. Dann fiel ihm auf, wie flach der Mann atmete. Auch der Puls war schwach. Ohne Zweifel befand sich Lodkamp im Zustand tiefer Bewußtlosigkeit. Und Hajo erinnerte sich, daß der Alte wiederholt geklagt hatte über seinen schwachen Kreislauf, das Ohrensausen, den niedrigen Butdruck und das Nachlassen der Herzkraft.

Hajo starrte ihn an. Was nun? Von Erster Hilfe hatte er keine Ahnung. Das Zugpersonal zu alarmieren, daran dachte er nicht im Traum. Sicherlich wäre das auch dem Alten nicht recht gewesen. Wenn er ihm die Krawatte lockerte, würde der von allein wieder zu sich kommen.

Hajo tat's. Erst jetzt wurde ihm bewußt, daß der Zug bereits fuhr. Halten würde er, wie er wußte, bereits nach 21 Minuten, weil eine mittelgroße Stadt an der Strecke lag. Daß Hajo dort wieder ausstieg und den Bummelzug für die Rückreise nahm – war vorgesehen. Aber nun? Die Situation hatte sich geändert.

He! dachte er. Das ist es! Meine Gelegenheit! Endlich mal absahnen. Und zwar richtig! Jetzt schröpfe ich den Alten. Den IC habe ich verpaßt. Kann ja vorkommen. Bin nie hiergewesen. Daß Lodkamp bestohlen wird – was kann ich dafür? So was passiert eben, wenn einem die Sinne schwinden. Und Ganoven gibt's überall. Auch im Intercity.

Er nahm Lodkamps Aktentasche, die mit Falschgeld vollgestopft war, stellte sie in seine Reisetasche und zog den Reißverschluß zu. Er nahm dem Alten die Brieftasche ab – mit viel Geld –, zog ihm die Uhr vom Handgelenk und fand auch das Schlüsselbund.

Letzteres brachte ihn auf eine Idee. Soweit er wußte, lebte Lodkamp allein – in einer pompösen Villa am Rande der Großstadt.

Die Adresse, dachte Hajo, geht aus der Brieftasche hervor. Also bietet es sich an für den Dieb, daß er die Villa plündert. Zumal er die Schlüssel hat. Was dort alles sein mag! Und der Vorsprung ist ausreichend – nein, groß. Denn heim kommt der Alte sobald nicht. Entweder er träumt noch lange und fährt weiter. Oder er wird zum Onkel Doktor gebracht.

Hajo stopfte auch den Rest der Beute in seine Reisetasche. Leise öffnete er die Abteiltür. Er spähte auf den Gang. Niemand war zu sehen. Er trat hinaus, schloß die Tür und sockte eiligst zurück. Er hielt es für klug, möglichst viel Abstand zwischen sich und dem Bewußtlosen zu bringen. Deshalb marschierte er durch sämtliche Wagen bis zum Ende des Zuges. Als er dort die verriegelte Stirnwand-Schiebetür erreichte, verlangsamte der IC bereits das Tempo.

*

Nicht zu fassen! dachte Tom – und preßte das Ohr an die Trennwand. Wie leise reden die denn? Da hört man ja gar nichts. Auch Locke zuckte mit den Achseln. Sie hatte ihren Hut abgenommen und ein Ohr von der braunen Mähne befreit. Es nützte nichts. Sie vernahm keinen Laut.

Anfangs hatten sie Hajos Stimme gehört. Jetzt wurde offenbar nur gewispert. Die Minuten verstrichen. Tom wollte nicht riskieren, um die Ecke zu lugen. Vielleicht reisten Hajo und der Alte zum Geldfälscher-Hauptquartier. Dann hätte vorzeitige Entdeckung alles verdorben.

Als sie 19 Minuten gefahren waren, wurde nebenan die Abteiltür geöffnet. Eine Stimme sagte: »Guten Tag! Die Fahrkarten bitte!« Kurz darauf trampelten eilige Schritte.

»Egal, jetzt sehe ich nach!« meinte Tom.

Was er nebenan sah, traf ihn wie ein Hammer. Hajo war verschwunden, die Aktentasche ebenfalls. Der Alte lag jetzt ausgestreckt auf den Sitzen. Anscheinend war er bewußtlos und der Schaffner hatte ihn in die vorgeschriebene Seitenlage gebracht. Jetzt wurde Hilfe geholt. Außerdem hielt der Zug gleich.

»Dabei werden wir nicht gebraucht«, sagte Tom, nachdem er Locke Bescheid gegeben hatte. »Wir kümmern uns um Hajo. Der muß noch im Zug sein. Aber vielleicht steigt er jetzt aus.«

Tom öffnete ein Gangfenster, während Locke vor dem Abteilspiegel ihren Hut aufsetzte.

Der Zug fuhr in den Bahnhof ein. Bremsen quietschten. Er hielt. Tom streckte den Kopf hinaus. Nur eine Handvoll Reisende verließen den IC. Ganz am Ende sprang Hajo mit seiner Reisetasche auf den Bahnsteig.

Er eilte zur Unterführung. Auf die Idee, sich umzublicken, kam er nicht. Weshalb auch? Außerdem hätte er seine beiden Verfolger nicht bemerkt. Tom und Locke ließen ihn zwar nicht aus den Augen, hielten aber sicheren Abstand.

Als er zehn Minuten später auf Gleis 2 einen Personenzug bestieg, belegte das muntere Pärchen – noch immer ohne Fahrkarten – im übernächsten Wagen zwei Fensterplätze. Der Zug fuhr zur Großstadt zurück, hielt aber an sechs Stationen.

Selbstverständlich waren Locke und Tom jedesmal sofort am bahnsteigseitigen Fenster – und paßten auf. Aber Hajo stieg nicht aus, sondern wollte zurück zum Ausgangspunkt der Reise.

Der Schaffner kam. Tom und Locke mußten nachlösen. Daß sie bereits mit dem IC gefahren waren, verschwiegen sie geflissentlich. Es hätte die Abrechnung nur ungebührlich kompliziert.

Draußen brach die Dämmerung an. Der Himmel bezog sich mit schwarzen Gewitterwolken.

»Bin gespannt, wie's jetzt weitergeht«, sagte Locke. »Wollen wir ihn noch länger beschatten? Oder gleich seine Reisetasche untersuchen? Vielleicht hat er schrille Hunderter drin.«

»Beschatten bringt mehr. Kaschen können wir ihn später.«

Der Zug erreichte den Hauptbahnhof.

Hajos Diesel stand auf dem Vorplatz.

Als sich der Falschgeldverteiler hinters Lenkrad quetschte, stiegen Tom und Locke in ein Taxi.

»In dem grauen Diesel dort fährt unser Freund«, sagte Tom zum Chauffeur. »Wenn Sie ihm bitte folgen, ja! Die Adresse hat er uns nicht verraten. Das soll eine Überraschung sein.«

Der Diesel rollte in einen westlichen Vorort, drosselte das Tempo zum Schleichschritt und nagelte durch eine Villen-Straße, wo die Nacht begann und einige Lichtpeitschen brannten. Ansonsten war's hier unbelebt. Der Diesel hielt an einer mannshohen Hecke. Sie begrenzte ein Grundstück.

»Bitte, weiter bis zur Ecke!« sagte Tom. »Dort steigen wir aus.«

»Wird wohl eine tolle Überraschung werden für euren Freund?« meinte der Fahrer.

»Könnte man sagen«, grinste Tom.

Hinter der Ecke wartete das Pärchen, bis das Taxi verschwand.

Stille war überall. Nur Grillen zirpten. Die Wolken wanderten jetzt. Der Mond kam hervor. Tom und Locke spähten hinter einer vorspringenden Mauer hervor.

Hajo war im Wagen geblieben. Offenbar vergewisserte er sich, daß niemand ihn beobachtete. Als er die Fahrertür öffnete, flammte im Wagen Licht auf. Hajo bewegte sich geduckt. Eilig huschte er durch eine Gartenpforte.

»Er hat den Diesel nicht abgeschlossen. Und seine Tasche nicht mitgenommen«, sagte Tom. »Das heißt, er ist hier nicht zu Hause, sondern . . . Ja, was macht er?«

Sie liefen los und sahen gerade noch, wie Hajo die Eingangstür einer trutzigen Villa öffnete. Dunkel war's dort – unter dem überdachten Portal. Dunkel waren alle Fenster. Hinter Hajo schloß sich die Tür. Daß jetzt irgendwo Licht aufflammte, konnte man erwarten. Doch nichts geschah.

»Komisch!« meinte Locke. »Spielt er blinde Kuh?«

»Sieht aus, als dringt er dort widerrechtlich ein.« Tom beugte sich zu dem bronzenen Namensschild an der Pforte. »Bernhard Lodkamp wohnt hier. Unser Typ heißt Hajo Klemm. Also?«

Der Augenblick war günstig. Der Mond versteckte sich. Und das Laternenlicht reichte nicht bis hierher. Sie flitzten zum Haus.

Die Eingangstür war geschlossen. Tom nahm Locke bei der Hand und zog sie mit sich. Sie umrundeten die Villa, duckten sich unter den Parterrefenstern durch und standen dann – zu ihrer Verblüffung – vor einem, das weit geöffnet war.

»Ich klettere rein«, flüsterte Tom. »Es ist besser, du wartest hier.«

»Wenn ich mich langweile, komme ich nach.«

Tom raffte die Gardine beiseite und blickte in ein – Schlafzimmer. Schwacher Parfumduft bereicherte die Luft. Das Bett war zerwühlt, die Tür spaltweit geöffnet.

Lautlos schwang er sich über die Fensterbank. Es war das Schlafzimmer einer Frau – ohne Zweifel. Er faßte auf das Bettlaken. Es fühlte sich körperwarm an. Also war sie eben aufgestanden. Hatte sie den Eindringling gehört?

Er schlich zur Tür. Im selben Moment ertönte dahinter ein Geräusch, als stoße jemand gegen ein Möbelstück. Und richtig! Hajo fluchte.

Sofort flammte Licht auf.

»Hände hoch! Keine Bewegung! Oder ich schieße«, schrillte eine Frauenstimme.

Tom linste durch den Türspalt.

Es handelte sich um eine Wohnhalle von gewaltigen Ausmaßen. Schwere Möbel waren sparsam verteilt. Im Hintergrund führte eine Treppe zur Galerie hinauf, denn die Wohnhalle war zweistöckig und füllte die Hälfte der Villa.

Hajo streckte die Arme in die Höhe. Der Schreck drängte die Farbe aus seinem Gesicht. In der rechten Hand hielt er einen Schlüsselbund. An dem hing ein Messingschild mit einem großen B.

Die Frau stand noch dort, wo sie den Lichtschalter gedrückt hatte, also nahe der Wand. Die kleine Pistole, die sie rechtshändig hielt, war auf Hajo gerichtet. Die Frau war jung und hatte langes, kupferfarbenes Haar. Sie trug ein flaschengrünes Nachthemd. Es war hübsch anzusehen.

»Sieh an, ein Einbrecher«, stellte sie fest. »Und so früh in der Nacht. Es ist ja gerade erst neun durch. Wie bist du denn reingekommen? Moment mal! Dich habe ich doch schon irgendwo gesehen.«

Hajos Zungenspitze befeuchtete die schreck-trockenen Lippen. »Ich ... äh ... also, das ist ein Mißverständnis. Aber wer sind Sie denn?«

»Wer ich bin? Du spinnst wohl?« Sie bewegte sich zur Seite. »Wenn du ...« Sie sprach nicht weiter. Die Art, wie ihre Achseln zuckten, drückte Überraschung aus. »Wie kommst du an das Schlüsselbund?« schrie sie. »Das gehört meinem Vater.«

»Was?« staunte Hajo. »Sie sind ... Der alte Lodkamp hat eine Tochter?«

»Schon seit 24 Jahren. Woher hast du die Schlüssel?«

»Ich ... bin Hajo Klemm. Bestimmt hat er Ihnen von mir erzählt und ...« Er stockte.

»Ah, der Verteiler. Allerdings. Jetzt weiß ich auch ... Ich habe euch mal zusammen gesehen. Mein Vater wollte sich mit dir treffen. Im Intercity. Wieso bist du hier? Mit seinen Schlüsseln?«

Hajo leckte sich die Lippen. »Das ist, weil ... Ich war im IC. Aber Ihr Vater hat schlappgemacht. War bewußtlos. Natürlich habe ich mich um ihn gekümmert, rührend und aufopfernd. Aber er kam einfach nicht zu sich. Ich mußte den Schaffner rufen – und den Notarzt. Ihr Al ... Vater ist jetzt in besten Händen und auf dem Weg der Besserung. Aber selbstverständlich mußte ich verhindern, daß man die gefälschten Hunderter bei ihm findet. Deshalb habe ich die an mich genommen. Seine Aktentasche ist draußen im Wagen. Ich wollte lediglich das Falschgeld verstecken, falls noch welches rumliegt, wenn die Polizei kommen sollte.«

Mit dem Märchen konnte er Fräulein Lodkamp nicht einseifen.

Höhnisch lachte sie auf. »Bildest du dir ein, daß ich das glaube? Du Mistkerl! Daß mein Vater zusammengeklappt ist, kann durchaus sein. Er ist ziemlich krank. Aber ich wette, du hast dich nicht um ihn gekümmert, sondern ihn beraubt. Und jetzt wolltest du hier abräumen, weil die Gelegenheit so günstig ist. Ich erkenne auch die goldene Uhr an deinem Handgelenk. Sie gehört Vater.«

»Na, und wenn schon!« Hajo bleckte die Zähne. »Wollen Sie die Bullen rufen? Wenn ich auffliege, sind Sie genauso dran. Und der Alte sowieso. Klar?«

Rückwärtsgehend bewegte sie sich zu ihrer Schlafzimmertür. Die Pistole blieb auf Hajo gerichtet.

»Rühr dich nicht von der Stelle, Freundchen.«

Sie näherte sich der Tür. Tom trat etwas zur Seite. Der Parfumduft verstärkte sich. Die Frau stieß die Tür auf und kam rückwärts herein. Tom griff zu und riß ihr die Waffe aus der Hand.

Fräulein Lodkamps Schrei ließ die Fensterscheiben zittern.

»Verzeihung!« sagte Tom – und packte sie am Oberarm. »Aber ich konnte mich vorher nicht bemerkbar machen.«

Er schob die Zitternde in die Wohnhalle zurück.

Hajo glotzte ihn an, als sehe er ein Gespenst.

Tom hörte, wie Locke zum Fenster hereinstieg. Sie trat vor die Lodkamp und sah ihr ins Gesicht.

»Tom! Ahnst du, wer das ist?«

»Vermutlich die Dame, die den armen Werthammer k.o. geschlagen hat.«

»Ich bewundere deinen Scharfsinn.«

»Danke, Schatzi. Du könntest dich jetzt nützlich machen, indem du Kommissar Kirchmeier anrufst. Dieses schöne Haus ist eindeutig das Hauptquartier der Falschgeldverteiler.«

*

Tom hatte recht. Wie sich dann herausstellte, war außer den Lodkamps – Vater und Tochter – nur Hajo Klemm am Vertrieb der gefälschten Hunderter beteiligt. Tausend weitere Blüten wurden in der Villa gefunden.

Über die Herkunft des Falschgeldes konnte der inzwischen wieder halbwegs genesene Bernhard Lodkamp nur vage Angaben machen – obschon er ansonsten alles gestand.

Die Blüten hatte er einem Franzosen abgekauft – für ein Viertel des Nennwertes. Der Fall schien abgeschlossen. Und die drei Ganoven sahen ihrer Strafe entgegen.

Etliche Zeit später freilich ging es wieder um Falschgeld. Tom, Locke und beider Familien wurden in eins ihrer gefährlichsten Abenteuer verwickelt.

Nachlesen könnt Ihr das in dem Pelikan-Jugendbuch Tom und Locke, Band 19: »Der Hexenkerker in der alten Mühle.«

Der Vogel hat's nicht leicht . . .

Welchen Gang muß der Piepmatz nehmen, um
ins Freie zu gelangen?

Auflösung auf Seite 245

II

ICH HABE WITTE WIEDERGEFUNDEN

Von

Hansjörg Martin

Vor zwei Wochen habe ich Witte wiedergefunden. Heute abend gehe ich zu ihm, um ihn zu töten.

Es ist purer Zufall, daß ich ihn wiedergefunden habe. Ich hatte längst die Hoffnung aufgegeben, ihm heimzahlen zu können, was er mir angetan hat, der Lump, damals, vor mehr als fünfzig Jahren.

Anfangs, als es geschehen war, habe ich ja gar nicht gewußt, daß er zu den Mördern gehörte, daß er sogar der Anführer der Rotte war: Rottenführer Witte, kurz vor dem schrecklichen Vorfall noch mein Stubenältester, Präfekt, wie wir sagten, im Internat. Ein guter Schüler; mittelgroß, kräftig, mit zackigem Gehabe, kurzgeschnittenem, rotblondem Haar, blasser Hautfarbe, sehr hellen, graublauen Augen, schmalen Lippen, ohne Anzeichen von Bartwuchs und einer leisen, aber schneidenden Stimme, die einem nachhaltiger im Gedächtnis blieb als alle die Brüllstimmen, die in jenen Jahren zu hören waren.

Witte machte neunzehnhundertdreiunddreißig zu Ostern sein Abitur, ein überdurchschnittlich gutes Abitur; er war außerordentlich beliebt bei den meisten Lehrern des Gymnasiums, weil er für kleinstädtische Studienräte dem Idealbild nordischer Jungmännlichkeit sehr nahe kam, diesem verquasten Idealbild, gemixt aus Langemarck, Nibelungenlied und Blauer Blume ... Na ja.

Zur feierlichen Verabschiedung der Abiturienten, vierzehn Tage vor den Osterferien, erschien Witte in SA-Uniform. Die anderen hatten dunkle Anzüge an. Bei einigen waren die Ärmel zu kurz und die Hosen zu eng; mit der Krawatte hatten fast alle sichtbare Schwierigkeiten gehabt. Aber Witte kam in die düster-kühle Aula mit den bunten Glasfenstern und den in Eiche geschnitzten Heldengedenktafeln von Weltkrieg I: *Dulce et decorum est pro patria mori – Es ist süß und ehrenvoll, für das Vaterland zu sterben.*

Witte kam also ganz in Braun.

Seine blanken Schaftstiefel knallten auf dem Parkett. Als er von Dr. Stübing, unserem alten Direx mit der weißen Gerhart-Hauptmann-Mähne, sein Zeugnis ausgehändigt bekam, übersah er die Hand des alten Mannes, schlug die Hacken zusammen und riß den rechten Arm zum »deutschen Gruß« so schnell hoch, daß Dr. Stübing erschrocken zwinkernd zurückzuckte und ratlos nach seinem Kneifer griff.

Wir Kleinen – ich saß in der Quarta – fanden Wittes markigen Auftritt großartig.

Wir fanden sowieso alles großartig, was in jenen Tagen, Wochen und Monaten geschah: daß es mittwochs keine Schularbeiten mehr gab und samstags keinen Unterricht, weil der Dienst im Deutschen Jungvolk oder in der Hitlerjugend wichtiger war als die Schule; daß die Unterprima geschlossen und laut murrend das Klassenzimmer verlassen hatte, als Studienrat Rühlke, der als Gegner des Regimes galt und kurz darauf auch ohne Abschied und auf Nimmerwiedersehen verschwand – weil Rühlke den jüdischen Reichsaußenminister Walter Rathenau im Geschichtsunterricht als großen Deutschen bezeichnet hatte; daß wir jeden Montagmorgen außer dem üblichen Gottesdienst zum Wochenbeginn auch noch zehn Minuten »Flaggenhissung« hatten, was die erste Stunde sehr verkürzte; daß es auf einmal nicht mehr von so schicksalhafter Bedeutung war, wie die Zensur in Latein oder Mathe aussah, wenn man nur gut im Sport war (für Abitur: Prüfung in Geräteturnen, Leichtathletik, Fußball/Handball, Boxen, Schwimmen: volles Ausgleichsfach) und für den Führer stramm seine Pflicht tat ...

Das alles fanden wir, wie gesagt, ungeheuer aufregend und aufregend großartig. Wir sangen begeistert nach dem Deutschlandlied »Die Fahne hoch«, wetteiferten um die Anerkennung unserer Jungenschafts- und Fähnleinführer, rissen uns darum, bei Aufmärschen eine Fahne tragen, eine Trommel schlagen zu dürfen und glaubten vorbehaltlos alles, was man uns von der »neuen Zeit«, vom »Umbruch« und von »Großdeutschland« erzählte.

Ja, und auch Wittes Aula-Auftritt als SA-Mann – oder war er schon Rottenführer? – fand unseren ungeteilten Beifall, weil das Hackenknallen und Armhochreißen uns als so etwas wie Rebellion erschien – Rebellion gegen den schläfrigmachenden Mief der humanistischen Bildungsanstalt.

Für Dreizehnjährige ist Rebellion immer faszinierend. Ganz gleich, wogegen rebelliert wird.

*

Mein Vater war Volksschullehrer in Drebitz, einem Kleinbauern- und Industriearbeiterdorf fünfzehn Kilometer flußabwärts. Er war, glaube ich, ein außerordentlicher Mann. Er brannte vor Eifer, eine bessere Welt bauen zu helfen, in der es weder arm noch reich, weder oben noch unten, vor allem aber keine Kriege mehr geben sollte.

Bei den Schulkindern war er sehr beliebt, weil er immer heiter war, interessant unterrichtete und gerecht beurteilte. Bei den – wenigen – liberalen bis fortschrittlichen Eltern genoß er Vertrauen, bei den anderen im Dorf aber – beim Pastor, bei den alteingesessenen Landwirten, die sich alle ein bißchen wie Gutsherren vorkamen und auch so betrugen, besonders aber beim Besitzer der Kammgarnspinnerei – galt mein Vater als Umstürzler, als Sendbote des Satans, als Gefahr für die Jugend.

Denn es gehörte sich in den Augen dieser Leute nicht, daß er in seiner Schule mit den Kindern ganz offen übers Kinderkriegen redete, ja, mit den älteren Jungen und Mädchen sogar über die Möglichkeit sprach, Kinder zu verhüten. Und nach Meinung des Pastors war es reine Ketzerei, wenn er den Konfirmandinnen und Konfirmanden unter seinen Schülern die Frage stellte, ob sie denn wüßten, daß Jesus ein Aufrührer gewesen sei, den manche der heutigen – also, der damaligen – Machthaber ohne viel Federlesens aufhängen lassen würden.

*

An einem Mittwoch im Mai des Jahres der nationalsozialistischen »Erhebung« 1933 – ungefähr fünf Wochen nach Wittes SA-Auftritt in der Aula – wurde ich vom Mittagessen im großen Speisesaal weg ins Arbeitszimmer des Internatsleiters gerufen.

Mein Weg dorthin war mit Ängsten und Fragen gepflastert.

Ich dachte, irgendwer habe mich vielleicht denunziert, weil ich mit meinem neuen Taschenmesser in die Tür des Gartengeräteschuppens ein faustgroßes, etwas schief geratenes Herz geschnitzt hatte mit den Buchstaben HS, dem Monogramm eines krullerlockigen Mädchens aus der Quinta, das ich damals gerade glühend liebte, ohne daß sie davon eine Ahnung hatte. Oder, dachte ich voller Angst, es sei am Ende gar aufgekommen, daß ich Zigaretten gegen eine wunderschöne Zwille – ein Katapult mit Ventilgummi als Schleuder – getauscht und damit mehrmals nach der fetten Katze des verhaßten Hausmeisters geschossen hatte, wenn auch ohne zu treffen ...

Zigaretten waren verboten. Zwillen waren auch verboten. Die Katze des Hausmeisters war tabu.

Vielleicht hatte der Internatsleiter auch erfahren, daß ich neulich für eine ganze Mark »Warschauer Brot« gekauft hatte, die billigste Leckerei bei dem schulnahen Bäcker, ein schweres, dunkles, klebriges Gemengsel aus Teig, Kunsthonig und Rosinen – und jetzt wollte er womöglich wissen, woher ich das Geld für eine solche Orgie wohl gehabt hatte ... Bei einem wöchentlichen Taschengeld von fünfzig Pfennigen – zugeteilt und kontrolliert – mußte solch eine Ausgabe zwangsläufig auffallen und suspekt erscheinen ... Ich überlegte krampfhaft, was ich, falls es darum ging, als Erklärung für meinen Reichtum vorbringen sollte, denn die Wahrheit konnte ich unmöglich sagen; er hätte sicher nicht verstanden, daß ich zur Aufbesserung meiner Finanzen manchmal Dinge tat, die sich hart am Rande der Schul- und Schülergesetze bewegten ... Wie, zum Beispiel, den dicken, lieben und dummen Manfred Oberwieser, Sohn eines Bierbrauers, für jeweils fünf Pfennige meine Hausaufgaben in Englisch, Erdkunde, Biologie und Geschichte abschreiben zu lassen.

Irgend so etwas Schwerwiegendes mußte es doch sein, wenn ich extra aus dem Speisesaal gerufen wurde. Ein reines Gewissen hatte ich damals nie, und ich überlegte mir Ausreden und Erklärungen für alle möglichen Fälle, während ich durch Gänge und Korridore schlurfte.

Aber das alles, was ich fürchtete, war es nicht. Der Internatsleiter, ein Mann mit tiefen Magenfalten im Gesicht und ständig einer brennenden Zigarette zwischen den nikotingelben Fingern, erhob sich hinter seinem Schreibtisch, als ich auf sein »Herein!« das dunkle, mit Büchern vollgestopfte Zimmer betrat, kam auf mich zu, legte mir die Hand auf die Schulter, sah mich ernst an und sagte:

»Ich habe eine sehr schwere Nachricht für dich, mein lieber Junge. Deine Mutter ist heute morgen gestorben. Es tut mir so leid . . .«

Meine herzkranke Mutter war an dem Schreck gestorben, den ihr die sechs SA-Männer eingejagt hatten, als sie gegen die Wohnungstür traten, »Aufmachen – Polizei!« brüllten und sie brutal beiseite stießen, als sie verstört öffnete. Dann hatten sie meinen Vater, der im Schlafanzug herbeikam und entsetzt protestierte, mit Fausthieben so zusammengeschlagen, daß er blutend und bewußtlos zu ihren Füßen liegenblieb.

Einer, offenbar der Anführer der Gruppe, ein mittelgroßer, kräftiger junger Mann mit kurzgeschnittenem rotblondem Haar und blasser Gesichtsfarbe, hatte mit der Stiefelspitze den Kopf meines ohnmächtigen Vaters angestoßen und leise, aber schneidend gesagt:

»Hol mal einer 'n Eimer Wasser, damit unser linker Pädagoge wieder zu sich kommt – sonst müssen wir den Herrn noch tragen!«

Meine Mutter hatte sich an die Brust gegriffen und war mit einem kleinen, hellen Wehlaut neben meinem Vater auf den Fußboden gefallen. Die SA-Leute hatten daraufhin beide mit kaltem Wasser übergossen. Das hatte zwar meinen Vater wieder zu sich gebracht, aber bei meiner Mutter hatte es nichts mehr genützt.

Ich erfuhr das alles am Vormittag vor der Beerdigung meiner Mutter von Marianne, der Tochter unseres Hauswirts, einem Mädchen von fünfzehn, mit dem ich befreundet war. Marianne hatte die Vorgänge zum Teil miterlebt, zum Teil aus den entsetzten oder auch hämischen Kommentaren der Erwachsenen aufgeschnappt. Sie erzählte es mir flüsternd und hinter vorgehaltener Hand, als niemand in der Nähe war.

Es war ein fruchtbarer Schock für mich, zumal ich mit meiner hemmungslos weinenden, völlig aufgelösten Großmutter allein hinter dem Sarg hergehen mußte und keinen Menschen hatte, bei dem ich Rat und Trost hätte finden können. Die Leute im Ort fürchteten sich, mir, dem Sohn des »Staatsfeindes«, in irgendeiner Weise zu helfen. Und mein Vater saß im Gefängnis, in einem Lager oder einer Polizeikaserne ... Ich wußte nicht, wo.

Ich habe es auch nie erfahren. Meine Großmutter, Mutters Mutter, konnte zwei Jahre lang keine Verbindung zu ihm herstellen. Und dann erhielt sie die lapidare Nachricht, er sei bei einem Fluchtversuch aus dem Arbeitslager erschossen worden.

Einen Monat darauf kam eine Urne mit seiner Asche. Per Einschreiben.

*

Sieben Jahre nach dem Tod meiner Mutter und dem Abtransport meines Vaters, am Ende des ersten Kriegsjahres, wurde mir, zusammen mit siebzehn anderen, auf einem tristen Kasernenhof im Mecklenburgischen ein schwarzes Stück Blech an die Brust geheftet, das Verwundetenabzeichen, damit alle gleich sehen konnten, daß ich durch Feindeinwirkung verwundet worden war. Irgend so ein feindlicher Teufel hatte mit Hilfe einer Kanone Granatsplitter produziert, von denen mich einer am linken Oberarm erwischt hatte. Er hat leider so schlampig gearbeitet, daß ich nach ein paar Wochen wieder KV war ... KV heißt kriegsverwendungsfähig und ist nicht nur aus philologischer Sicht ein bemerkenswerter Ausdruck.

Das Zeremoniell – damals noch feierlich, später, als die Häufigkeit solcher Veranstaltungen überhandnahm, nur noch zwischen zwei Appellen – das Zeremoniell fand in Anwesenheit höherer Offiziere statt.

Der Herr Bataillonskommandeur schritt mit seinem Stab persönlich die Reihe der Auszuzeichnenden ab, piekste jedem einzelnen das schwarze Ding durch die Falte in der Mitte der linken Feldblusenbrusttasche, ließ sich, ohne recht hinzuhören, leutselig Namen, Heimatort, Einheit und Hergang der Verwundung berichten, drückte nacheinander achtzehn Hände und verzog jedesmal die schmalen Lippen zu einem anerkennenden Lächeln, das nicht bis hinauf in die sehr hellen Augen drang.

Ich stand als siebzehnter in der Reihe, da ich nur einsneunundsechzig groß bin, und kam also als Vorletzter dran. Das Gesicht des Herrn

Major kam mir zwar bekannt vor, aber ich konnte ihn nicht unterbringen, und da ich seinen Namen nicht kannte – ich war erst ein paar Tage bei dieser Ersatzeinheit –, fiel mir auch nicht ein, woher ich ihn hätte kennen können – mal ganz abgesehen davon, daß eine irgendwie geartete Bekanntschaft zwischen einem schlichten Oberschützen und einer gottähnlichen Gestalt wie einem ausgewachsenen Major kaum wahrscheinlich war ...

Aber der Herr Major stutzte, als ich – gelernt ist gelernt – zackig meldete, daß ich der Oberschütze Koller von der dritten Kompanie des zweiten Bataillons des Infanterieregiments hundertdreiunddreißig und bei Tschenstochau verwundet worden sei, als ich mit einem Stoßtrupp ... Und so weiter.

»Koller?« fragte der Herr Major und ließ meine Hand los. »Koller ... Vorname?«

»Georg«, meldete ich erstaunt, denn er hatte sich bei keinem meiner Nebenmänner nach dem Vornamen erkundigt.

»Georg Koller ...«, murmelte er, kniff die Augen zusammen, musterte mich aufmerksam, runzelte die Stirn und fragte: »Woher stammen Sie, Koller?«

Ich meldete, daß ich in L. beheimatet sei.

Die anderen Herren waren, vom unvorhergesehenen Aufenthalt irritiert, nähergetreten und betrachteten mich mit Interesse.

Der Herr Major war offenbar noch nicht befriedigt. »Ist Ihr Vater ... hm ... Lehrer?«

»Er war Lehrer, Herr Major! In Drebitz, einem Dorf bei L.«

»So, er war ... Lebt Ihr Vater nicht mehr?«

Ich hatte ein zunehmend unangenehmes Gefühl bei seinen Fragen, ein Gefühl von Bedrohtsein, von Gefahr ... »Nein, Herr Major. Meine Mutter auch nicht ...« Das war ganz und gar unvorschriftsmäßig und gegen alle Disziplin. Er hatte mich nicht nach meiner Mutter gefragt. Ich hatte nur auf seine Fragen zu antworten.

»Ich weiß«, sagte er mit einer Handbewegung, die mir das Wort abschnitt, sah mich aus schmalgekniffenen Augen an, wiederholte: »Das weiß ich ... Und Sie, Koller, kämpfen also für Großdeutschland?«

»Jawohl, Herr Major!« sagte ich verwirrt – so verwirrt, daß ich für ein paar Sekunden vergaß, die Hände vorschriftsmäßig an der Hosennaht zu halten.

»Nehmen Sie Haltung an, wenn Ihr Kommandeur mit Ihnen spricht, Mann!« zischte mich der Kompaniechef an, der neben dem Herrn Major stand.

Der Herr Major streifte den Eifrigen mit einem Blick, der kalt war wie ein toter Fisch, und winkte ab. »Georg Koller aus Drebitz, verwundet im Kampf für Führer und Vaterland . . .« murmelte er, schüttelte leicht den Kopf, machte »tz, tz, tz . . .« und wandte sich, ohne mich noch mal anzusehen, dem achtzehnten in der Reihe zu, bei dem er sich jedoch kaum eine Minute aufhielt.

Am Abend in der lauten, ungemütlichen Kantine der Infanteriekaserne, zwischen Männergesang, Marschmusik und Radiosondermeldungen über versenkte Schiffe, erfuhr ich, daß unser Bataillonskomandeur Witte hieß. Major Witte. Mein Stubenältester aus der Schulzeit! Jetzt fiel es mir wie Schuppen von den Augen. Daher also kannte ich das Gesicht.

Ich grübelte lange darüber nach, warum sich mein ›Präfekt‹, auf dessen Stube ich ja immerhin zwei Jahre gewesen war, nicht zu erkennen gegeben hatte. Es wäre ihm doch weiß Gott keine Perle aus der Krone gefallen, wenn er zum Beispiel gesagt hätte: »Ach, Koller, Georg – hier, in meinem Bataillon? Erinnern Sie sich gar nicht an Ihren Präfekten – wie? Kommen Sie heute nachmittag mal zu mir, von den alten Zeiten reden . . .« Den letzten Satz hätte er ja auch weglassen können.

Aber vielleicht gab's da eine Art Ehrenkodex für Stabsoffiziere, demzufolge sie sich nicht mit Leuten aus dem Mannschaftsstand gemein machen durften . . . Na, scheiß drauf! Viel mehr interessierte mich, woher Witte – der Herr Major Witte – vom Tod meiner Mutter und was er von meinem Vater wußte. Das konnte ich mir nicht zusammenreimen.

Ich fuhr während meines nächsten Wochenendurlaubs nach Drebnitz.

Marianne, die Tochter unseres damaligen Hauswirts, meine Spielgefährtin, inzwischen die mollige Frau eines Feldwebels, der irgendwo am Westwall Fourage fuhr, und zweifache Mutter, Marianne freute sich, mich wiederzusehen, und bemühte sich bereitwillig, mir weitere Auskünfte über die Männer zu geben, die damals meinen Vater abgeholt hatten. Aber es kam nicht viel dabei heraus.

»Weißt du, das ist schon arg lange her«, sagte sie. »Und es ging auch alles so schnell ...«

Ich beschrieb ihr Wittes Aussehen und seine Art, sich zu bewegen, seine Stimme, seinen Gang, und sie nickte schon bei dieser Schilderung. Als ich dann fragte, ob bei der Verhaftung meines Vaters vielleicht der Name Witte gefallen sei, sagte sie:

»Witte? Wart mal ... Ja, ich glaube, der Anführer hieß Witte oder so ähnlich. Während sie in eurer Wohnung waren, hat das Telefon gebimmelt. Er ging dran – irgendein Gespräch für deinen Vater wahrscheinlich. Die Verbindung war offenbar schlecht, und der Anrufer wollte wissen, wer am Apparat war. Da hat er mehrmals laut seinen Namen gesagt ... Der hatte so eine helle, scharfe Stimme; ich hab's genau verstanden: Rottenführer Witte.«

Ich fuhr am Sonntagabend zurück in die triste Kaserne mit der festen Absicht, meinen Bataillonskommandeur umzubringen. Ich wußte zwar noch nicht, wie – aber das würde sich finden. Doch der Herr Major war an diesem Wochenende versetzt worden. Er war schon abgereist. Nach Polen.

»Sondereinsatz«, sagte mir ein Gefreiter von der Bataillonsschreibstube. »Geheime Reichssache – keine Ahnung, was er da soll. So was krieg' ich nicht zu lesen.«

Ich hatte Witte dann aus den Augen verloren. Alle meine Bemühungen, den Mörder meiner Mutter und, indirekt, auch meines Vaters wiederzufinden, sind gescheitert. Mit der Zeit habe ich es auch, wie schon gesagt, aufgegeben, ihn zu finden. Selbst der heftigste Haß bleibt nicht über Jahre und Jahrzehnte scharf, wenn einem der Gegenstand dieses Hasses nicht mehr vor Augen ist.

Es war soweit, daß ich sogar das langsam vergilbende Foto meiner Eltern, das über meinem Schreibtisch hängt, anschauen konnte, ohne an Witte und an Rache zu denken.

*

Und nun bin ich vor zwei Wochen durch Zufall auf seine Spur gestoßen.

Wir hatten eine Zeitungsannonce aufgegeben, weil wir unser altes Faltboot verkaufen wollen. Es liegt zusammengelegt auf dem Dachboden und wird mürbe. Die Kinder sind groß und haben kein Interesse daran, und wir, meine Frau und ich, sehen uns auch nicht mehr auf irgendwelchen Flüssen oder Seen paddeln.

Als ich in der Wochenendausgabe der Zeitung unter »Vermischtes« unsere Annonce suchte, da fand ich direkt darüber ein anderes Verkaufsangebot: *Guterhaltener Herrenwintermantel,* stand da, *umständehalber preiswert* . . . Und so weiter. *H. Witte, Kreuzdorfer Str. 13.*

Witte – mein Witte – hieß mit Vornamen Heinrich. Es gab einmal, zwanzigmal den Namen Witte im Telefonbuch. Dabei war kein Heinrich, und keiner wohnte in der Kreuzdorfer Straße.

Ich fuhr zur Kreuzdorfer Straße und sah mir das Haus Nummer dreizehn an. Es war ein regennasser, kühler Nachmittag. Das Haus ist ein mittelgroßer grauer Mietblock mit acht Namen an der Klingelleiste. Im Parterre ist links eine Drogerie und rechts ein Handarbeitsgeschäft. Im ersten Stock links stand auf dem Schildchen *H. Witte.*

Ich stieg, ohne im dämmerigen, nach Kohl und Kleinbürgern riechenden Hausflur das Licht anzuknipsen, die Treppe zum ersten Stock hinauf. An der Wohnungstür ein weißes Emailleschild mit verschnörkelten schwarzen Buchstaben: HEINRICH WITTE.
Aber ich war natürlich noch nicht sicher.

Wieder unten auf der Straße, sah ich auf einem Fensterbrett der Wohnung einen Vogelbauer mit zwei Kanarienvögeln. Auf der anderen Straßenseite befand sich eine kleine Zoohandlung.

Dort fragte ich.

»Witte . . .« Die zierliche alte Frau hinter dem Ladentisch sah mich aus wässerigen Augen an, die hell und die pupillenlos wirkten wie Perlmuttknöpfe, legte den runden Kopf schief und wußte nicht recht, ob sie mir Auskunft geben sollte.

Erst als ich ihr was vorgeschwindelt hatte von alten Bekannten, die mich gebeten hätten, rauszufinden, ob dieser Heinrich Witte auch aus Ostpreußen stamme und so – erst dann redete sie.

»Witte – je nun, ja – wenn Sie die von gegenüber meinen, die kenn' ich. Das heißt, ihn kenn' ich nur flüchtig, denn der kommt ja kaum noch auf die Straße, geschweige denn, daß er etwa allein einkaufen geht, klapprig, wie der ist – Verzeihung, aber der Mann ist ja nur noch ein Wrack . . . Aber seine Frau, so 'ne Hagere ist das – ja, die kommt öfter und holt Vogelsand und Kanarienfutter. Sie holt immer Singfutter, obwohl . . . Also, das hilft nichts, ja? Die singen nicht, wenn sie zu zweit in einem Käfig sind. Dann zwitschern sie bloß. Aber das will sie mir ja nicht glauben, die Frau Witte . . . Die gehört zu denen, die immer alles besser wissen. Neulich habe ich ihr gesagt, sie soll den Vögeln mal was Grünes . . .«

*

Ich habe also Witte wiedergefunden.

Und heute abend werde ich zu ihm gehen und ihn töten.

Erst habe ich gedacht, vielleicht ist er gestorben: Wenn sein Wintermantel *umständehalber preiswert* zum Verkauf angeboten wird . . . Vielleicht ist er tot? Die Zoohändlerin hätte das aber sicher gewußt . . . Trotzdem wollte ich mich vergewissern.

Ich beobachtete Frau Witte ein paar Tage so unauffällig wie möglich. Sie ist eine große, knochige Frau Ende fünfzig – Anfang sechzig. Ihr Gesicht ist kantig, hölzern und ziemlich unbewegt. Nur die ziemlich großen, sehr dunklen Augen sind voller Leben, wachsam und flink – wie Kakerlaken, auf die plötzlich ein Lichtstrahl fällt.

»Ein Achtel von der einfachen Leberwurst für meinen Mann«, verlangte sie beim Einkaufen im Schlachterladen.

Witte lebt also noch.

Bis heute abend jedenfalls . . .

Es ist verrückt und böse, aber ich hätte mich geärgert, wenn er kurz vorher, kurz ehe ich ihn aufgespürt hatte, an Kreislaufschwäche oder so etwas friedlich entschlafen wäre.

Zuerst habe ich ein Messer nehmen wollen. Doch der Gedanke, ein Messer in Wittes Hals oder Brust stoßen zu müssen und dabei am Ende gar noch seine Haut zu berühren, war mir so widerlich, daß ich das lange Brotmesser, das ich schon ausgesucht hatte, wieder in die Küchenschublade gelegt habe.

Dann habe ich an einen Lederriemen, einen Strick oder einen Nylonstrumpf gedacht, mit dem ich ihn erdrosseln wollte. Aber auch da hat mich die mögliche Hautnähe so abgestoßen, daß ich den Gedanken gleich verworfen habe.

Einen Revolver oder eine Pistole besitze ich nicht. Es wäre sicher nicht schwer gewesen, eine Schußwaffe zu beschaffen – aber damit wäre die Entdeckungsgefahr sehr groß geworden. Und ich möchte ja schließlich für meine gerechte Tat, meine Tat der Gerechtigkeit, nicht den Rest meines Lebens hinter Gittern sitzen ...

Gerechte Tat? habe ich mich dann zwischendurch immer wieder gefragt – wieso? Wie kommst du eigentlich dazu, einen Menschen umzubringen? Weil er deine Mutter umgebracht hat? Das war ein Unfall, wenn man's von der anderen Seite betrachtet ... Und, indirekt, deinen Vater? Ein Zufall – es hätte genausogut ein anderer an Wittes Stelle ... Und es laufen vermutlich noch viel größere Schweine frei rum als dieser Witte. Wer bist du, daß du ihn töten willst – der liebe Gott? Oder der Sheriff aus einem Western?

Ich habe dann eine ganze Weile mit den Gedanken gespielt, Witte anzuzeigen, dafür zu sorgen, daß er als Naziverbrecher vor Gericht kommt. Aber die Praxis solcher Prozesse, bei denen die Zeugen, soweit noch vorhanden, sich nach all den Jahren an nichts mehr erinnern können und die Angeklagten sich auf »Befehlsnotstand« herausreden, wenn sie überhaupt verhandlungsfähig sind *(... der Mann ist ja nur noch ein Wrack ...)* – die Praxis solcher Prozesse hat mich davon zurückgehalten. Zumal ich darüber hinaus ohnehin eine Allergie gegen Denunziation jeder Art habe.

Ich bin schließlich auf Gift gekommen. Das ist wohl auch eine der qualvollsten Arten zu sterben. Ich habe mir in einer Drogerie im entlegensten Stadtteil Insektenvertilgungsmittel gekauft, in Pulverform, arsenhaltig, hochwirksam. Es gibt, wenn man es kurz aufkochen läßt, einen farblosen Sirup. Den habe ich noch mal durch ein Tuch gefiltert und einen knappen Eierbecher voll davon in eine Taschenflasche Weinbrand geschüttet.

*

Hallo, Witte, alter Schulkamerad! werde ich heute abend zu ihm sagen, das ist aber ein richtig glücklicher Zufall, daß ich dich wiedergefunden habe – nach so langen, ereignisreichen Jahren ... Von unserer Begegnung in Uniform auf dem tristen Kasernenhof im Mecklenburgischen werde ich nichts sagen.

Darauf müssen wir, ehe wir von früher reden, erst mal gleich einen Schluck nehmen – wie? Komm, ich hab' immer was bei mir ... Allzeit bereit, sozusagen, hahaha – unser alter Wahlspruch aus Pfadfinderzeiten, ehe wir Pimpfe wurden, weißt du noch? Komm, Heinrich, alter Junge, mein Stubenältester – ›Präfekt‹ von Zimmer sechs im Backsteinkasten von L. – komm, einen Schluck auf die gute alte Zeit!

Und dann werde ich den abgeschraubten silbernen Becher der Taschenflasche füllen und ihm hinhalten. Das kann er nicht ablehnen, wo ich mich doch so sehr freue über das Wiedersehen. Und wenn er getrunken hat, werde ich sagen:

So – das war ein Gruß von meinem Vater, Rottenführer! Du hast über ihn und meine Mutter Wasser schütten lassen, als sie vor dir auf dem Boden lagen. Bei meiner Mutter hat es nichts mehr genützt – aber mein Vater, der linke Pädagoge, ist bei Bewußtsein gewesen, als ihr ihn zum Sterben in eines eurer Lager geschafft habt: Ihr mußtet ihn nicht tragen. Er läßt dich durch mich grüßen, Witte!

Ja.

Und dann werde ich ihn allein lassen. Er wird vielleicht schon bei meiner schönen Rede anfangen, einzugehen – ich weiß nicht, wie schnell das Gift wirkt.

Aber ich bleibe, bis es gewirkt hat.

*

Seine Frau geht Dienstagabends zum Kirchenchor. Sie singt Alt. Zur Zeit üben sie eine Bach-Passion für Ostern – ich weiß nicht, ob Johannes oder Matthäus. Sie singt sehr eifrig und besucht alle Proben mit zuverlässiger Regelmäßigkeit. Das weiß ich von der Bäckersfrau in der Nebenstraße. Die singt da auch mit.

Heute ist Dienstag.

Ich klingle zehn Minuten nach sieben Uhr an der Wohnungstür. Um halb acht beginnt die Chorprobe. Bis zum Gemeindehaus sind es gut fünfzehn Minuten. Frau Witte wird im Aufbruch sein.

Sie öffnet in Hut und Mantel.

»Guten Abend, Frau Witte«, sagte ich mit einem leicht süddeutschen Tonfall, den ich dafür geprobt habe. »Mein Name ist Petermann . . .« Das ist der Name eines Klassenkameraden von Witte, der auch mit uns im Internat war und oft mit ihm zusammen. »Ich bin ein Schulfreund Ihres Mannes aus der Internatszeit in L., und ich habe zufällig erfahren, daß Sie hier wohnen ... Ich bin auf der Durchreise. Und ich wollte den guten alten Heinrich mal besuchen – wir haben uns ja seit Jahren nicht ...«

»Ich weiß nicht recht«, sagte sie mit einer harten Stimme. »Mein Mann ... Er ist ziemlich krank ... Das ist zwar sehr freundlich von Ihnen, aber können Sie nicht ein andermal ...?«

»Das tut mir aber leid – krank?« sage ich. »Na so was! Das kann man sich bei ihm gar nicht vorstellen, wo er doch sonst immer vorneweg ... Damals ... Also so was! Was Ernstes? Hoffentlich nicht ... Ja, was machen wir denn da? Wer weiß, wann ich wieder mal hier zu tun habe ... Ach, Sie wollen gerade ausgehen? Halte ich Sie auf?«

»Zum Chor«, sagte sie. »Wir singen Ostern die Johannes-Passion. Von Johann Sebastian ...«

»Ich weiß«, sagte ich. »Ein wundervolles Werk!«

»Also, wenn Sie ...« Sie ist schon halb umgestimmt. »Warten Sie mal, ich frage ihn eben schnell, ja?«

Ich trete in den schmalen Flur der Wohnung. Es riecht nach Kartoffeln, Seife, Ausguß und nach altem Papier, das irgendwo stockt.

Die Deckenlampe ist nicht hell. Das kann mir nur recht sein, obschon kaum Gefahr besteht, daß Frau Witte mich später identifizieren könnte, denn ich trage eine dickgerandete Hornbrille und ein graues Toupet. Ich habe mich vorhin, als ich mich damit kostümierte – in der Toilette am Hauptbahnhof –, selbst nicht wiedererkannt. Macht jünger, so ein Toupet, auch ein grauhaariges, und verändert sehr.

Frau Wittes Stimme klingt – nein, klirrt ... Wie sie damit Bach singt, ist mir schleierhaft ... klirrt dem offengebliebenen Zimmer rechts vom Flur.

»... Petermann! Ein alter Schulfreund aus dem Internat ...« sagte sie in der Lautstärke, in der man mit Schwerhörigen, ungezogenen Kindern oder Ausländern spricht:

»Er will dich besuchen, Heinrich! Ja! Setz dich ordentlich hin, so! Und nimm mal dein Taschentuch ... Wie? ... Ja, Pe-ter-mann ... Was? Nun sei doch froh, daß überhaupt mal jemand ... Ich schicke ihn dir rein!«

Sie kommt heraus. »Wann haben Sie meinen Mann das letzte Mal gesehen?« fragte sie.

»Vor . . . Das muß fünfzehn Jahre her sein!« lüge ich.

»Erschrecken Sie nicht«, sagte sie ungerührt. »Er ist sehr krank. Ohrspeicheldrüsenkrebs. Er weiß es aber nicht. Es riecht. Aber er riecht es auch nicht. Außerdem kann er nur noch mühsam laufen. Es ist nur mehr eine Frage der Zeit, bis . . .« Sie bricht ab und hebt die Achseln. »Es ist sehr schwer mit ihm, wissen Sie. Aber die paar Monate muß ich noch durchhalten. Schon wegen der Versorgung. Bitte, verstehen Sie es nicht falsch – aber ich habe ja keine Wahl. Wir sind . . .«

Sie sagt nicht mehr, was sie sind. Ich will es auch nicht wissen.

»Ja«, sagte ich verstört unter dem Eindruck ihrer Stimme, ihrer hölzernen Miene und ihrer sehr dunklen, flinken Augen, »ja, natürlich . . .«

»Ich muß jetzt aber machen, daß ich loskomme«, sagte sie. »Ziehen Sie die Wohnungstür einfach zu, wenn Sie weggehen.«

*

Es riecht wirklich. Es riecht nach Verwesung und nach Desinfektion.

Witte hockt neben dem Fenster, vor dem die Dämmerung steht. Er hockt in einem großgeblümten Ohrensessel, hat ein kariertes Plaid um Füße und Knie und eine graue, verwaschene Strickjacke an, aus der sein dürrer, faltiger Hals wächst, graufleckig von schlechtgeschabtem Bartwuchs. Um den Kopf ist ein Verband gewickelt, der das rechte Ohr dick einhüllt. Unter dem gelblichen Verbandsstoff zipfeln einzelne graue Haarsträhnen hervor und hängen bis zu den Augenbrauen.

Die Augen sind unverändert: Schmal, scharf, wasserhell.

Auch seine Stimme ist unverändert: immer noch leise, schneidend. Nur ein wenig kratzig, wie die Stimme eines starken Rauchers.

»Petermann«, sagte er und sieht mich an, versucht, sich aufzurichten, reicht mir die Hand, die feucht und weich ist, sinkt wieder in den Sessel zurück. »Petermann! So eine Überraschung . . . Das hätte ich mir auch nicht träumen lassen. Komm, nimm Platz!«

»Wiedersehen!« ruft die Frau von der Tür her und geht.

»Adieu!« sage ich, aber das hört sie sicher nicht mehr.

Witte sieht mich aufmerksam an.

Ich stecke die Hand in die Tasche meines Trenchcoats, den ich anbehalten habe. Sie hat mich nicht aufgefordert abzulegen. Die Flasche fühlt sich glatt und kühl an. Weinbrand.

»Ja«, sage ich. »Ja, Witte, Heinrich – altes Haus! Aber was machst du für Sachen?«

Er schweigt, sieht mich noch immer aus seinen hellen, kalten Augen an, schnüffelt, faßt sich mit der Hand, mit zitternden Fingern an den Verband am Ohr und kichert plötzlich: »Hihi ... Ich sterbe!«

Sein Gesicht verzieht sich, hat auf einmal einen wehleidigen, weinerlichen Ausdruck, wirkt uralt – wie ein Schildkrötenkopf.

»Seit einem halben Jahr«, fährt er leise fort. »Es ist Krebs. Meine Frau weiß es nicht. Das ist auch gleichgültig. Ich bin ihr sowieso schon lange gleichgültig ... Wenn bloß die Schmerzen nicht wären ... und der widerliche Geruch. Riechst du es nicht? Das ist der Tod. Ein ekliger Tod, mein Lieber!«

»Ich weiß«, sage ich.

»Was weißt du?« fragt er.

»Daß du sterben mußt, Witte!«

»Woher ...?« fragt er – und nun sieht er mich plötzlich gespannt an, hebt den Kopf und die Arme, wie abwehrend, und atmet schneller. »Du ... Du bist nicht Petermann«, sagt er nach einer Pause von endlosen vier Sekunden. »Ich hab' das gleich gesehen. Schon als du reinkamst ... Petermann war größer. Du ... Du bist ... Bist du Georg Koller?«

»Jawohl, Rottenführer!« schnarre ich.

»Ach so ...«, sagt er. »Und du willst mich umbringen, Koller? Weil ich deinen Vater ...« Sein Blick hat jetzt etwas unglaublich Sehnsüchtiges, geradezu Geiles. »Willst du mich umbringen, Koller?«

Ich sehe ihn an. Er sieht mich an.

»Nein«, sage ich schließlich. »Jetzt nicht mehr.« Ich gehe langsam rückwärts zur Stubentür.

Er ist in sich zusammengesunken und stöhnt. Seine Augen sind geschlossen. Seine Fingerspitzen tasten über den dicken Verband.

Ich ziehe die Wohnungstür hinter mir ins Schloß.

Lesepause: Mal nachdenken!

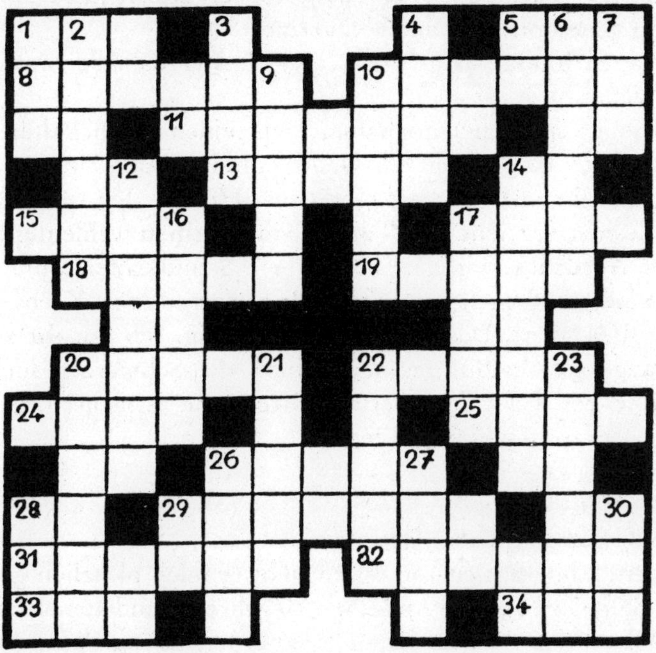

Waagrecht: 1. Griechischer Buchstabe, 5. Speisefisch, 8. Mongolisches Nomadenvolk, 10. Arktisches Volk, 11. Westgermanischer Volksstamm, 13. Baltenvolk, 14. Autokennzeichen: Niederlande, 15. Straftat, 17. Polstermöbel, 18. Glanzleder, 19. Europäischer Staat in der Landessprache, 20. Deutscher Dichter (1773–1853), 22. Stromzuführer, 24. Schottischer Tanz, 25. Italienischer Barockmaler (1575–1642), 26. Klostervorsteher, 28. Operationssaal (Abkürzung), 29. Mittel- und südamerikanisches Mischvolk, 31. Zahnbein, 32. Nordosteuropäischer Volksstamm, 33. Hoher Priester, 34. Münzen in Rumänien.

Senkrecht: 1. Lebensbund, 2. Althamitisches Volk in der Sahara, 3. Französisch: Mutter, 4. Germanisches Göttergeschlecht, 5. Faultier, 6. Italienische Hafenstadt, 7. Senkblei, 9. Ei der Laus, 10. Stadt in Ostfriesland, 12. Bewohner der Halbinsel Malakka, 14. Wanderhirtenvolk, 16. Schulutensil, 17. Klangvoll, volltönend, 20. Gotteshaus, 21. Griechische Schicksalsgöttinnen, 22. Männername, 23. Eintrittsgeld, 26. Fechthieb, 27. Schmuckstück, 28. Reimlose Gedichtform, 29. Autokennzeichen: Kitzingen, 30. Einfarbig.

Auflösung auf Seite 245

III

DAS GEHEIMNIS DES ROTEN AUTOS

Von

Fred Garden

Einem Geheimnis, das Hunderte von Detektiven und Kriminalbeamten lange Zeit beschäftigt hat, bin ich auf die Spur gekommen. Es war entscheidend für den großen internationalen Erfolg meines Buches über das Verbrechertum in Chicago.

Als ich dieses Buch schrieb, hatte ich zunächst ein Problem. Es ging um das Schicksal von Franco Parolini, einem unheimlichen kaltblütigen Killer. Auf sein Konto gingen vermutlich fast hundert Morde – aber keinen einzigen konnte man ihm nachweisen. Franco sollte eine der Hauptpersonen meines Buches werden.

Leider gab es nur sehr wenige Menschen, die Genaueres über ihn wußten – obwohl mir, nachdem ich mich fast ein Jahr lang in Chicago umgehört hatte, viele Geschichten über Franco Parolinis Untaten zu Ohren gekommen waren. Er war Italiener gewesen und hatte der Mafia in Amerika als zuverlässiger Henker gedient.

Vor allem konnte ich einen Punkt nicht klären, auf den es mir bei meinen Recherchen besonders ankam – nämlich, wie Parolini ums Leben gekommen war. Über seinen Tod gab es unzählige, teils abenteuerliche Gerüchte, in denen meist schöne Frauen eine Rolle spielten, die angeblich Franco Parolini aus Eifersucht im Bett ermordet haben. Aber das kam alles aus dritter und vierter Hand, und es existierten keine Beweise.

Ich hatte die Hoffnung schon aufgegeben, diesen Fall jemals klären zu können, als mich bei einem Aufenthalt in London ein Freund in einen Kreis älterer Herren einführte, die in gewissen Abständen zusammenkamen, um sich unheimliche Geschichten zu erzählen. Außer mir war an diesem Abend auch ein Geistlicher aus Paris zu Gast, den ich anfangs kaum beachtete.

Im Verlauf der Gespräche erwähnte ich mein in Arbeit befindliches Buch und die Schwierigkeiten, das Schicksal Franco Parolinis zu klären.

»Sie haben Glück, mein Lieber«, sagte da der bislang schweigsame Geistliche aus Paris, »denn in dieser Angelegenheit kann ich Ihnen helfen.«

Ich glaubte an einen Scherz und lachte. »Wirklich?« fragte ich. »Das wäre ein seltsamer Dreh des Schicksals, wenn ausgerechnet ein Geistlicher als einziger Mensch auf der Welt das Ende des schrecklichen Mörders Franco Parolini kennen würde.«

»Würde Sie das wirklich wundern?« entgegnete der Gast aus Paris mit ernstem Gesicht. »Geistliche erfahren vieles in ihrem Amt.«

»Kannten Sie denn Franco Parolini persönlich?«

»Nein, das nicht«, meinte der Geistliche, »aber eine Frau hat mir am Ende ihres Lebens auf dem Sterbebett in vielen Stunden von ihm berichtet. Sie war, als ich sie kennenlernte, schon alt und verbraucht; dennoch konnte man erkennen, wie schön und faszinierend sie einmal gewesen sein mußte. Sie hieß Natalie mit Vornamen – ihren Nachnamen darf ich hier wohl verschweigen –, war gebürtige Engländerin, jedoch viel in der Welt herumgekommen und lebte jedes Jahr einige Wochen, manchmal Monate in Paris. Dort bevorzugte sie ein gewisses Hotel auf den Champs-Elysées, das in früherer Zeit das luxuriöse Palais einer hochbezahlten Halbweltdame gewesen war. Und dort begegnete ihr eines Tages auch Franco Parolini.«

»Franco Parolini war in Paris?« unterbrach ich den Geistlichen. »Davon ist mir nichts bekannt.«

»Das kann Ihnen auch nicht bekannt sein, denn Franco war auf der Flucht. Einer Flucht, von der nur er selber und sein Boß in Chicago wußten. Damals hatte gerade die Ermordung des Gangsterkönigs Ed Brown Aufsehen erregt, den die Mafia loswerden wollte.«

»Richtig!« rief ich. »Ed Brown ist erschossen worden, als er nach

Verbüßung einer mehrjährigen Freiheitsstrafe das Gefängnis verließ.«

»Natalie erzählte mir die Geschichte«, sagte der Geistliche; »sie erfuhr sie in allen Einzelheiten von Franco Parolini. Franco hatte den Auftrag, Ed Brown umzulegen und dann für einige Zeit aus Amerika zu verschwinden. Sein Boß gab ihm gleich eine Flugkarte nach Europa mit; dort, glaubte er, werde man Franco am wenigsten suchen.

Der Killer bereitete den Mord sehr sorgfältig vor. Am entscheidenden Tag der Entlassung Ed Browns lag er auf einem Hausdach gegenüber dem Gefängnis, in dem der Gangsterkönig seine Strafe abgesessen hatte. In einem unauffälligen Koffer transportierte Franco sein Gewehr, setzte es auf dem Hausdach zusammen, schraubte den Schalldämpfer auf den Lauf und beobachtete durch das Zielfernrohr die unter ihm liegende Straße – als er plötzlich einen roten Sportwagen bemerkte.

Dieses Auto würde ihm wohl trotz der auffälligen roten Farbe nicht weiter wichtig erschienen sein, wenn es nicht ganz langsam an das Gefängnis herangefahren wäre und dort unmittelbar vor der kleinen Treppe zum Eingangstor gehalten hätte. Kein Zweifel: Irgend jemand wollte Ed Brown abholen. An diese Möglichkeit hatte der Mörder allerdings nicht gedacht. Nun war für den tödlichen Schuß nicht viel Spielraum. Franco mußte schießen, unmittelbar nachdem Ed aus dem Gefängnis herausgetreten war, denn es war anzunehmen, daß er sofort auf das wartende rote Auto zuging, vielleicht sogar schnell hinlief, um von der Straße wegzukommen.

Irgendwo in der Nähe schlug eine Uhr die siebente Stunde. Franco Parolini visierte genau die linke Seite des Gefängnistores an, wo eine kleine Tür eingelassen war.

Die Tür öffnete sich. Auf dem Dach legte Franco den Zeigefinger an den Abzug und nahm Druckpunkt. Ein Gefängnisbeamter trat heraus, hinter ihm Ed Brown. Der Beamte wechselte ein paar Worte mit dem entlassenen Sträfling, legte dann seine Hand kurz an die Mütze und trat in die Dunkelheit hinter der Tür zurück. Ed Brown sah sich kurz um. Im Zielfernrohr verfolgte Franco, wie ein Lächeln über Eds Gesicht huschte, als er den roten Sportwagen bemerkte, der vor der kleinen Treppe wartete.

In diesem Augenblick zog Franco auf dem Dach den Abzug des

Gewehres durch. Ed unten auf der Straße faßte sich an die linke Brust, sein Gesicht verzerrte sich, er schwankte, wollte einen Schritt machen und stürzte die kleine Treppe hinab – direkt vor den roten Sportwagen ... Ed Brown war tot.

Der Mörder auf dem Dach war indessen schon aufgesprungen und kroch durch ein Dachfenster in eine Bodenkammer. Dort stand sein Waffenkoffer. Hastig zog er Zielfernrohr und Schalldämpfer vom Gewehr, schraubte die Waffe auseinander und verstaute die Einzelteile im Koffer. Dann floh er durch ein schon vorher durchgestemmtes Loch in eine Bodenkammer des Nachbarhauses, kletterte über das dortige Dach in ein drittes Haus, kam auf eine vom Tatort weit entfernte Straße, stieg wie ein Tourist mit seinem Koffer in ein Taxi und ließ sich zum Bahnhof fahren. Dort deponierte er den Koffer in der Gepäckaufbewahrung und fuhr mit einem anderen Wagen zum Flugplatz. Zwei Taschen mit Reisegepäck hatte er schon am Tag vorher aufgegeben ...

Wie der Mörder sich in Paris zurechtgefunden und auf welche Weise er Natalie kennengelernt hat, das kann ich Ihnen im einzelnen nicht erzählen, weil ich es selbst nicht weiß. Über diesen Punkt hat Natalie kaum gesprochen. Vermutlich war Franco, der im selben Hotel abstieg, in dem Natalie wohnte, froh, einen Menschen zu finden, mit dem er sich in Englisch unterhalten konnte.

Jedenfalls scheint es mir kein Wunder, daß er sich unsterblich in Natalie verliebte, die – wie schon gesagt – eine sehr schöne und verführerische Frau war. Zum erstenmal in seinem Leben war Franco Parolini, der italienische Killer aus Chicago und rücksichtslose Mörder des großen Gangsterkönigs Ed Brown, unbekümmert glücklich. Er fing fast an, die böse Vergangenheit zu vergessen.

Aber die Vergangenheit holte ihn ein. Eines Abends fand Franco in seinem Hotelzimmer einen Brief. Er öffnete den Umschlag, zog einen Zettel heraus. Einen einfachen weißen Zettel, mit Schreibmaschine beschrieben. Da stand klar und deutlich:

RACHE FÜR ED BROWN. AUCH DU SOLLST QUALVOLL STERBEN.

Keine Unterschrift, kein sonstiger Hinweis. Franco spürte, wie eine merkwürdige Furcht durch seinen Körper kroch und ihn nervös machte. Es geschah mit ihm etwas Seltsames. Bisher war er immer nur

Henker, niemals aber Opfer gewesen. Er wußte nicht, was es heißt, erbarmungslos verfolgt und vom Tod bedroht zu werden. Das war ein ganz neues, ein schreckliches Gefühl für ihn. Mit äußerster Willenskraft konnte er sich gerade noch beherrschen.

Als aber kurze Zeit später ein zweiter Drohbrief kam, drehte er durch. Natürlich spürte Natalie die plötzliche Veränderung und fragte, ob er Sorgen habe. Nach einigem Hin und Her zeigte er ihr die beiden Briefe. Da er inzwischen zu ihr Vertrauen gewonnen hatte, erklärte er ihr auch, wie es dazu gekommen war – nicht ohne hinzuzufügen, daß er ein völlig neues Leben beginnen wolle. Die Liebe zu ihr habe ihm gezeigt, was er bisher versäumte; und er bat sie, ihm zu helfen, das alte Leben eines Killers zu überwinden.

Natalie schlug vor, Paris zu verlassen. In seiner Angst vor Verfolgung ging er freudig darauf ein, und so fuhren sie nach Südfrankreich und mieteten sich in der Nähe der spanischen Grenze ein einsam gelegenes kleines Haus. Alle Spuren dorthin hatten sie verwischt, so gut es ging. Niemand konnte wissen, wo sie sich verborgen hielten, und niemand von den wenigen Nachbarn kannte ihre wahren Namen; seit ihrer Abreise aus Paris hatten sie sich natürlich falsche Namen zugelegt. Nach menschlichem Ermessen also konnte kein Verfolger sie aufspüren.

Trotzdem nahm der krankhafte Verfolgungswahn Franco Parolinis von Tag zu Tag zu. Jetzt zeigte sich, daß er schon immer geisteskrank gewesen war, doch schlug sein Leiden nun erst durch, da er in Gefahr war und sich verfolgt fühlte. Er verbarrikadierte die Fenster, verrammelte die Türen und legte Tag und Nacht eine mitgebrachte Pistole bereit.

Anfangs war er hin und wieder spazierengegangen – aber sofort geflüchtet, wenn er in der Ferne einen Fremden kommen sah. Später verließ er das Haus überhaupt nicht mehr. Sein Geist verwirrte sich zusehends, und ohne Natalie wäre er völlig hilflos gewesen.

Die Katastrophe kam an dem Tag, als auf einem Motorrad der Postbote erschien und einen Brief brachte, der im nächstgelegenen Ort aufgegeben worden war. Wieder ein Zettel, diesmal in Druckbuchstaben mit der Hand geschrieben:

KEIN MÖRDER ENTKOMMT DER GERECHTEN STRAFE ... ED BROWN WARTET AUF DICH ...

Franco Parolini schrie auf wie ein Tier, als er das las. In der Nacht darauf schreckte Natalie aus dem Schlaf, geweckt von einem Schuß.

Franco, der brutale Mörder, hatte sich selbst erschossen . . .«

Mit diesen Worten beendete der Geistliche aus Paris seine Erzählung. Ich war sehr beeindruckt, und sagte: »Das klingt ja in vieler Hinsicht durchaus glaubhaft. Aber woher kamen die Drohbriefe? Wer war dem Killer seit seiner Tat in Chicago die ganze Zeit auf den Fersen?«

»Alle Briefe«, erwiderte der Geistliche, »schrieb Natalie. Sie hat es mir auf ihrem Sterbebett gebeichtet.«

Ich sprang überrascht auf. »Natalie? Aber wieso denn? Welchen Grund hatte ausgerechnet diese schöne junge Frau, den Gangsterkönig Ed Brown zu rächen und seinen Mörder auf derart grausame Weise in den Tod zu hetzen?«

»Es gab einen ganz einfachen Grund – Natalie war mit Ed Brown verheiratet gewesen. Sie war am Steuer des roten Autos gesessen, um ihren Mann nach vielen Jahren der Trennung aus dem Gefängnis abzuholen. Als Ed vor ihren Augen erschossen wurde, hatte sie sich eines geschworen: den Mörder zu jagen bis ans Ende der Welt!«

Rätselkrimi: Fall 1
Tod am Wochenende

Der Kaufmann Karl Mahler wurde tot vor seinem Wochenendhaus aufgefunden. Er war von hinten mit einem Holzknüppel niedergeschlagen worden. Karl Mahler lebte in Scheidung. Seine neue Freundin, Gisela Göhrke, beschuldigte die Ehefrau des Mordes. Frau Mahler wies diese Behauptung energisch zurück. Sie gab an, sich mit ihrem Mann einige Tage vor dem Mord ausgesöhnt zu haben, konnte aber kein Alibi für die Tatzeit beibringen. Auch Gisela Göhrke stand unter Verdacht. Sie würde von dem Vermögen des Kaufmannes kräftig profitieren. Vielleicht hatte sie erfahren, daß Mahler sich gar nicht scheiden lassen wollte... Beim Lokaltermin waren beide Frauen anwesend. Zwei Kriminalbeamte mimten das Opfer und seinen Mörder. Da man auf dem Tatwerkzeug zwar Spuren einer Hand, aber keine Fingerabdrücke gefunden hatte, mußte der Täter bzw. die Täterin Handschuhe getragen haben. Deshalb hatte auch der Polizist, der den Täter markierte, seinen rechten Handschuh an. Danach bat Inspektor Greifzu die beiden Frauen, eine Holzstange mit dem Tatwerkzeug in den Boden zu schlagen. Beide stellten sich nicht sehr geschickt an; Gisela Göhrke brauchte zwei Versuche, ehe sie die Holzstange traf, die Linkshänderin Frau Mahler schlug sich zweimal auf den Daumen. Inspektor Greifzu war zufrieden. Jetzt kannte er die Mörderin. Woran?

Auflösung auf Seite 245

IV

EINE LADY VERSCHWINDET

Von

Sir Arthur Conan Doyle

Erzählt nach den Erlebnissen

des Dr. Watson

»Aber warum denn türkisch?« fragte Sherlock Holmes, wobei er gebannt auf meine Schuhe starrte. Ich lag gerade bequem zurückgelehnt in einem Rohrsessel, und meine Füße hatten seine wie immer wache Aufmerksamkeit gereizt.

»Das sind englische Schuhe«, sagte ich etwas erstaunt. »Ich habe sie bei Latimer in der Oxford Street gekauft.«

Holmes lächelte mit Nachsicht. »Das Bad!« sagte er. »Ich meine doch das Bad! Warum ein erschlaffendes und teures Türkisches Bad anstatt einer kräftigenden heimischen Dusche?«

»Nun, ich habe mich in den letzten Tagen nicht so recht wohl gefühlt – rheumatische Beschwerden und Abgespanntheit. Und ein Türkisches Bad ist genau das, was wir in der Medizin einen ›Jungbrunnen‹ nennen – eine Reinigungsprozedur für den gesamten Organismus. Übrigens, Holmes«, fügte ich hinzu, »ich bezweifle ja nicht, daß die Beziehung zwischen meinen Schuhen und dem Türkischen Bad für jeden logisch denkenden Geist geradezu auf der Hand liegt, aber ich wäre dir dankbar, wenn du dich näher erklären könntest.«

»Die Gedankenkette ist wirklich nicht allzu versteckt, Watson«, sagte Holmes mit einem boshaften Lächeln. »Sie gehört in dieselbe elementare Klasse von Kombinationen, die ich mit der Frage illustrieren könnte, wer heute früh mit dir in der Kutsche gefahren ist.«

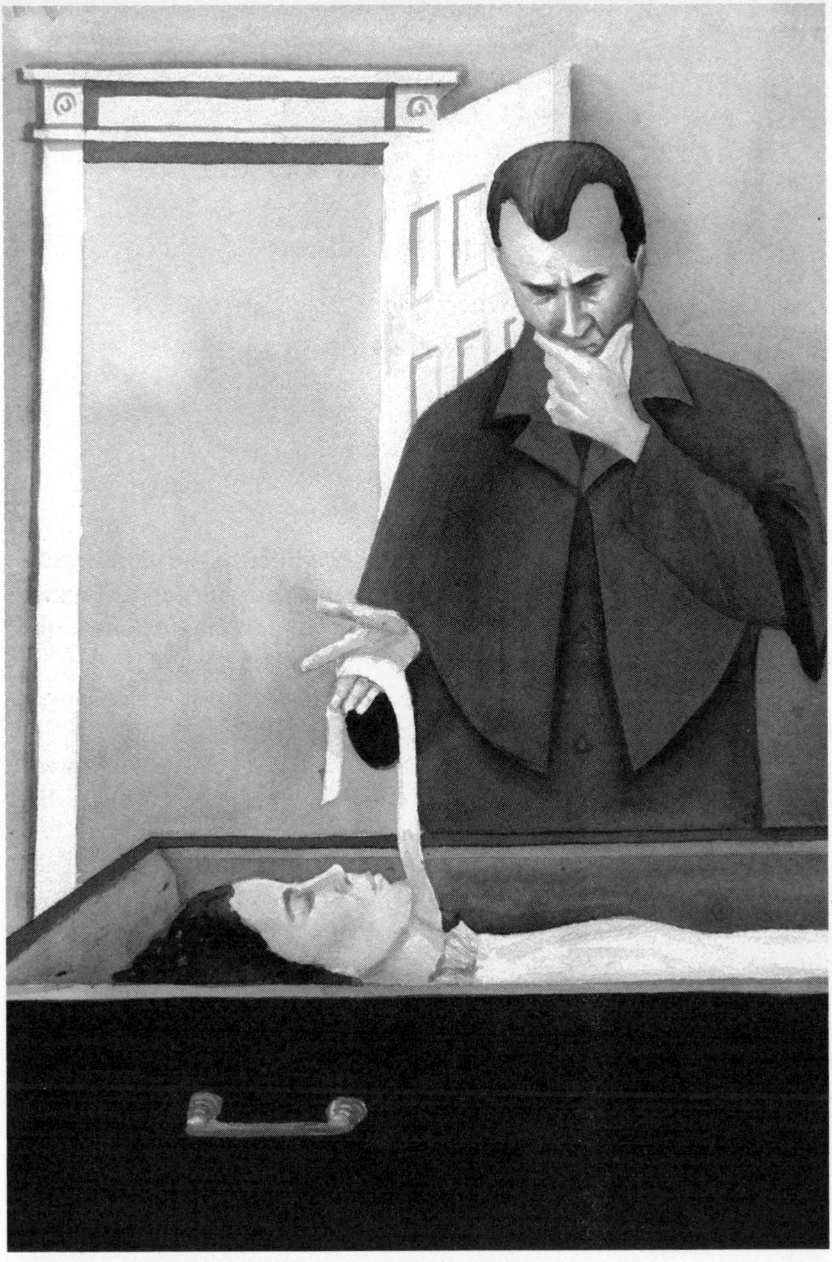

»Ich kann kaum finden, daß eine Illustration auch schon eine Erklärung ist«, sagte ich etwas schroff.

»Bravo, Watson! Ein sehr würdiger und logischer Einspruch. Laß mich mal nachdenken – was waren noch die Punkte? Ach ja, nimm den letzten als den ersten – den Wagen. Es läßt sich feststellen, daß du einige Schlammspritzer links auf deinem Mantelärmel und der Schulter hast. In der Mitte des Wagens hättest du sie wahrscheinlich nicht abbekommen, und wenn, auf beiden Seiten. So ergibt sich, daß du den Platz an der Seite hattest. Und weiter, daß jemand neben dir saß.«

»Das leuchtet ein.«

»Lächerlich einfach, nicht wahr?«

»Aber die Schuhe und das Bad?«

»Genauso simpel. Du bindest dir deine Schnürsenkel normalerweise auf eine ganz bestimmte Art. Jetzt sehe ich sie jedoch mit einem kunstvollen doppelten Knoten gebunden. Wer hat das zustande gebracht? Ein Schuster – oder der Badediener. Daß es der Schuster war, ist kaum anzunehmen, denn deine Schuhe sind so gut wie neu. Nun, welche Folgerung bleibt übrig? Natürlich das Bad. Lächerlich, was? Aber immerhin – das Türkische Bad liefert mir einen guten Vorwand.«

»Was für einen Vorwand?«

»Du sagst doch, du hast es besucht, weil dein Körper eine Umstellung braucht. Ich rate dir nun zu einer richtigen Luftveränderung. Was würdest du zu Lausanne sagen, mein Lieber? Natürlich Erster Klasse und mit fürstlichen Spesen.«

»Herrlich! Aber wieso?«

Holmes lehnte sich in seinem Sessel zurück und zog sein Notizbuch hervor.

»Eine höchst gefährliche Spezies hienieden«, begann er, »ist die einsam und ohne Beschützer umherziehende Frau. Sie mag das harmloseste Wesen von der Welt und oft sogar sehr nutzbringend sein, doch unausweichlich weckt sie verbrecherische Absichten in anderen. Hilflos und zugleich wanderlustig, verfügt sie über ausreichende Mittel, um kreuz und quer durch die Lande zu reisen, von Hotel zu Hotel. Manchmal taucht sie völlig in einem Labyrinth unter: obskure Fremdenheime und ›Pensionen‹. Ein verirrtes Küken in einer Welt von Füchsen. Wird es aufgefressen, vermißt man es kaum. Ich fürchte sehr, daß Lady Frances Carfax etwas Unangenehmes zugestoßen ist.«

Bei dieser Wendung vom Allgemeinen zum konkreten Einzelfall atmete ich erleichtert auf. Holmes blickte auf seine Notizen.

»Lady Frances setzt als einzige Erbin die Hauptlinie der Grafen von Rufton fort. Der Grundbesitz ging, wie du dich vielleicht erinnerst, auf die männlichen Nachkommen eines Seitenzweigs über. Sie selbst erhielt nur eine beschränkte Geldsumme, dazu aber einen bemerkenswerten altspanischen Silberschmuck, den sie seiner besonders schön geschliffenen Diamanten wegen zärtlich liebt. Zu sehr, möchte ich sagen, denn sie vertraute das Geschmeide keinem Bankier an, sondern trug es immer mit sich herum. Sie ist nicht mehr ganz jung, aber attraktiv und schön: eine ergreifende Schönheit, dieses letzte verlassene Schifflein einer einst majestätischen Flotte.«

»Was ist denn mit ihr geschehen?«

»Tja, was ist mit Lady Frances geschehen? Da liegt unser Problem. Lebt sie oder wurde sie ausgelöscht? Man weiß, daß sie pedantisch an ihren Gewohnheiten festhält. Vier Jahre hindurch schrieb sie regelmäßig jede zweite Woche an Miss Dobney, ihre alte Erzieherin, die sich schon lange vom Beruf zurückgezogen hat und in Camberwell wohnt. Und diese Miss Dobney hat mich aufgesucht. Fast fünf Wochen sind verstrichen, ohne daß sie eine Zeile von Frances' Hand zu sehen bekam. Ihr letzter Brief trug als Absender das Hotel National in Lausanne. Dort scheint sie abgereist zu sein, ohne eine Anschrift zu hinterlassen. Die Familie zeigt sich besorgt. Und da die Leute außerordentlich reich sind, wird ihnen keine Summe zu hoch sein, um die Sache aufzuklären.«

»Ist denn diese Miss Dobney die einzige Informationsquelle? Sicher gab es noch andere Menschen, denen die Lady schrieb?«

»Einen Korrespondenten hatte sie ganz sicherlich, Watson, und der ist ihre Bank. Alleinstehende Frauen müssen ja leben, und ihre Bankbücher gleichen kurzgefaßten Tagebüchern. Sie hat ihr Konto bei Silvester. Ich habe es eingesehen. Mit dem vorletzten Scheck wurde ihre Rechnung in Lausanne beglichen; aber er war so hoch, daß sie noch einiges Bargeld in der Hand behielt. Danach erfolgte nur noch eine Auszahlung.«

»An wen und wohin?«

»An Miss Marie Devine. Der 50-Pfund-Scheck wurde am Crédit Lyonnais in Montpellier eingelöst, vor knapp drei Wochen.«

»Und wer ist Marie Devine?«

»Das konnte ich ebenfalls ermitteln. Miss Devine war Zofe bei Lady Carfax. Warum sie ihr diesen Scheck gab, haben wir noch nicht herausgefunden. Ich zweifle jedoch nicht daran, daß deine Nachforschungen bald die Angelegenheit aufklären werden.«

»*Meine* Nachforschungen?«

»Gewiß. Daher der gesundheitsfördernde Ausflug nach Lausanne. Du weißt, ich selbst kann aus London unmöglich weg, solange der alte Abrahams in solcher Todesangst lebt. Außerdem gibt es noch manche Gründe, warum ich die heimatlichen Gefilde besser nicht verlasse. Scotland Yard fühlt sich ohne mich einsam. Und in Verbrecherkreisen käme es zu einer hektischen Mobilmachung. Geh du, mein lieber Watson! Und sollte dir mein bescheidener Rat je den verschwenderischen Aufwand von zwei Pennies pro Wort wert sein, kannst du ihn telegrafisch über den Kanal holen.«

*

Zwei Tage später fand ich mich schon im Hotel National in Lausanne ein. Monsieur Moser, der weltbekannte Direktor, erwies mir jede Gefälligkeit. Lady Frances, so teilte er mir mit, hatte sich mehrere Wochen hier aufgehalten. Alle, mit denen sie zusammengetroffen war, hatten sie sehr gern gehabt. Sie sei höchstens vierzig Jahre alt, noch immer sehr reizvoll und in ihrer Jugend sicherlich eine Schönheit gewesen.

Von einem wertvollen Schmuck wußte Herr Moser nichts, doch sei unter den Dienstboten die Bemerkung gefallen, Lady Carfax habe den schweren Koffer in ihrem Schlafzimmer immer mit peinlicher Sorgfalt verschlossen. Marie Devine, die Zofe, erfreute sich der gleichen Beliebtheit wie ihre Herrin. Sie war offiziell verlobt mit einem der Oberkellner des Hotels.

Ihre Anschrift zu bekommen, kostete einige Schwierigkeit. Sie wohnte in Montpellier, Rue de Trajan Nr. 11. Alles, was ich in dieser Weise auskundschaftete, schrieb ich mir auf und war überzeugt, daß Holmes nicht zuverlässiger seine Unterlagen gesammelt hätte.

Dunkel blieb mir nur weiterhin die Ursache für die plötzliche Abreise der Lady, da sie anscheinend sehr glücklich in Lausanne gewesen war. Man hatte allen Grund gehabt anzunehmen, sie werde die ganze Jahreszeit über in ihren elegant ausgestatteten Zimmern mit dem Ausblick auf den See bleiben. Und doch war dann die Kündigung von einem Tag auf den anderen erfolgt.

Nur Jules Vibart, der Liebhaber der Zofe, hatte eine bestimmte Vermutung. Er brachte nämlich die unvermittelte Abreise der Lady mit dem Auftauchen eines großen, dunklen und bärtigen Mannes in Zusammenhang. Der Mann habe sich irgendwo in der Stadt eingemietet. Es sei beobachtet worden, wie er auf der Seepromenade mit ernstem Eifer auf Madame einsprach. Er sei Engländer, aber seinen Namen kenne man nicht. Madame habe sofort danach Lausanne verlassen. Jules Vibart und – was er selbst für wesentlicher halte – seine Braut glaubten, dieser Bursche und Madames plötzliches Fortgehen müßten als Ursache und Wirkung betrachtet werden.

Über eines aber gab Jules keine Auskunft: warum Marie ihre Herrin verlassen hatte. Darüber konnte oder wollte er nichts sagen. Wenn ich es wissen wollte, müsse ich nach Montpellier fahren und sie selbst fragen, meinte er.

So endete das erste Kapitel meiner Untersuchung. Das zweite sollte dem Ort gewidmet sein, in dem Lady Carfax sich aufgehalten, nachdem sie Lausanne verlassen hatte. Sie machte zunächst aus ihrem Reiseziel ein Geheimnis, was durchaus die Annahme stützte, daß sie jemanden von ihrer Spur abzubringen gedachte. Sonst hätte sie ihr Gepäck gleich offiziell nach Baden-Baden aufgegeben. Auf Umwegen nämlich traf dieses samt seiner Besitzerin dort ein. Soviel erfuhr ich vom Direktor des Cookschen Reisebüros.

Infolgedessen fuhr ich also gen Baden-Baden, nachdem ich Holmes einen Bericht über all meine bisherigen Erkundungen und Unternehmungen geschickt hatte. Als Antwort erhielt ich ein lobendes, wenn auch leicht humorvolles Telegramm.

Es machte mir an Ort und Stelle keinerlei Schwierigkeiten, die Spur weiter zu verfolgen. Lady Frances hatte vierzehn Tage im ›Englischen Hof‹ gewohnt. Sie lernte während dieser Zeit einen Dr. Shlessinger und seine Frau kennen, woraus sich freundschaftliche Beziehungen entspannen.

Der Doktor war ein Missionar aus Südamerika. Wie die meisten einsamen Damen fand Lady Frances in der Religion Trost und Erfüllung. Dr. Shlessingers bemerkenswerte Persönlichkeit, seine ernste Hingegebenheit an seine Berufung und die Tatsache, daß er sich von einer schweren Krankheit erholte, die er sich bei der Ausübung seiner apostolischen Pflichten zugezogen hatte, all das berührte sie sehr. So half sie Mrs. Shlessinger auch bei der Pflege des Rekonvaleszenten.

Dieser brachte seine Tage, wie mir der Hoteldirektor schilderte, in einem Liegebett auf der Veranda zu und hatte zu beiden Seiten je eine aufopfernde Krankenwärterin. Er bereitete eine typographische Karte des Gelobten Landes vor. Schließlich habe sich seine Gesundheit sehr gebessert, und er sei mit seiner Frau nach London zurückgekehrt. Lady Frances sei ebenfalls in ihrer Gesellschaft dorthin aufgebrochen. Das war genau vor drei Wochen gewesen, und seitdem hatte der Direktor nichts von ihnen gehört.

Was die Zofe Marie anbelangte, so war sie einige Tage vorher, in Tränen aufgelöst, fortgegangen. Sie hatte den anderen Mädchen gegenüber geäußert, daß sie ihren Dienst für immer aufgebe. Dr. Shlessinger hatte vor seiner Abreise die Rechnung für die ganze Gesellschaft übernommen.

»Übrigens«, schloß der Hotelwirt, »sind Sie nicht der einzige ihrer Freunde, der sich hier nach Lady Carfax erkundigt hat. Erst vor einer Woche etwa war jemand mit dem gleichen Anliegen hier.«

»Hat er seinen Namen genannt?« wollte ich wissen.

»Nein, aber er war wohl Engländer, wenn auch von ungewöhnlichem Typus.«

»Ein Wilder?« fragte ich, indem ich die Glieder meiner Beweiskette nach dem Vorbild meines berühmten Freundes aneinanderreihte.

»Genau das. Dieser Ausdruck trifft eigentlich den Nagel auf den Kopf. Ein mächtiger, bärtiger, sonnverbrannte Mann, der mir besser in eine Bauernschenke als in ein elegantes Hotel hineinzupassen schien. Ein harter, ziemlich finsterer Geselle.«

Das Geheimnis gewann immer mehr Umriß, so wie Gestalten sich deutlicher herausschälen, wenn der Nebel sich auflöst. Da war sie, die gute und fromme Lady. Und hartnäckig folgte ihr dieser unheimliche Mann von Stadt zu Stadt, wie ein Schatten. Sie fürchtete sich vor ihm. Sonst wäre sie nicht aus Lausanne geflohen.

Und wieder war er ihr nachgereist. Früher oder später würde er sie überfallen. Oder hatte er es vielleicht schon getan? War das der Grund ihres langen Stillschweigens? Konnten denn die guten Leute, mit denen sie zusammen war, sie nicht vor seiner Gewalt oder seiner Erpressung schützen? Welch schreckliche Absicht, welcher tiefgründig ausgeheckte Plan stand hinter dieser beharrlichen Verfolgung?

In meinem Brief an Holmes wies ich darauf hin, wie rasch und sicher ich zu den Wurzeln des Sachverhalts vorgedrungen war. Als Antwort erhielt ich von ihm ein Telegramm, worin er sich eine Beschreibung von Dr. Shlessingers linkem Ohr erbat. Holmes' Vorstellungen von Humor sind oft seltsam und gelegentlich geradezu verletzend.

So nahm ich von seinem schlechten Scherz einfach weiter keine Notiz. Auch war ich bereits in Montpellier angelangt, auf meiner Suche nach dem Mädchen Marie, als seine Nachricht eintraf. Ohne Mühe machte ich die ehemalige Kammerzofe ausfindig und hatte bald alles, was sie zur Enthüllung des Rätsels beitragen konnte, in Erfahrung gebracht. Sie war ein treues Geschöpf, das seine Herrin nur deshalb verließ, weil es diese in guten Händen wußte. Maries bevorstehende Heirat hätte ohnehin eine Trennung unerläßlich gemacht.

Die Lady hatte, wie ihre Dienerin betrübt gestand, sich ihr gegenüber während der Badener Zeit etwas gereizt und unbeherrscht gezeigt, ja einmal sogar eine Frage an sie gestellt, die ihre Ehrlichkeit anzweifelte. Dieser Zwischenfall hatte Marie das Fortgehen erleichtert. 50 Pfund bekam sie noch als Hochzeitsgeschenk.

Auch Marie betrachtete jenen Fremden, der ihre Herrin in Lausanne vertrieben haben mußte, mit tiefem Mißtrauen. Sie, die Zofe selbst, hatte gesehen, wie er das Handgelenk der Lady auf der Seepromenade mit großer Heftigkeit drückte. Er sei ein leidenschaftlicher, furchterregender Mensch. Marie glaubte, daß Lady Frances aus Angst vor ihm sich den Shlessingers auf ihrer Fahrt nach London angeschlossen hatte. Zwar hatte sie nie zu Marie darüber gesprochen, aber aus zahlreichen kleinen Anzeichen schloß das Mädchen, das sie in einer ständigen nervösen Unruhe lebte.

So weit war Marie in ihrer Erzählung gediehen, als sie plötzlich vom Stuhl hochfuhr und ihr Gesicht sich vor Schrecken verzerrte:

»Da ist er ja wieder, der Unselige! Sehen Sie doch, er sucht sie immer noch, der Kerl, von dem wir gerade gesprochen haben!«

Durch das offene Wohnzimmerfenster sah ich einen riesenhaften, dunkelhäutigen Mann mit einem glänzenden schwarzen Bart. Der Mann ging langsam in der Mitte der Straße dahin und betrachtete eingehend jede Hausnummer. Zweifellos versuchte er, genau wie ich, an Marie heranzukommen, um den Verbleib der Lady zu ermitteln. Ich stürzte hinaus und redete ihn an: »Sie sind Engländer!«

»Und wenn schon, was geht Sie's an!« brummte er mürrisch.

»Darf ich fragen, wie Sie heißen?«

»Nein, das dürfen Sie nicht!« gab er mit Entschiedenheit zurück.

Die Lage, in die ich mich gebracht hatte, war zwar recht unangenehm. Aber der geradeste Weg, so sagte ich mir, ist oft der beste, und so fuhr ich fort:

»Wo ist Lady Frances Carfax?«

Er starrte mich verdutzt an.

»Was haben Sie mit ihr gemacht? Warum haben Sie die Lady verfolgt?« sprudelte ich hervor. »Ich bestehe auf einer Antwort.«

Statt dessen brüllte der Bursche zornig auf und sprang wie ein Tiger auf mich los. Ich habe schon manchen Ringkampf bestanden. Aber der Kerl hatte einen Griff wie Eisen und raste wie der Teufel. Seine Hand packte mich an der Kehle, daß mir die Sinne schwanden, als ein unrasierter Hausdiener im blauen Hemd mit einem Knüppel in der Hand aus einer Kneipe auf der anderen Straßenseite geschossen kam. Er hieb meinem Angreifer auf den Unterarm, so daß dieser mich loslassen mußte.

Einen Augenblick lang stand mein Widersacher schäumend vor Wut da und schwankte, ob er nicht ein zweites Mal zupacken sollte. Dann ging er in das Haus, aus dem ich soeben gekommen, während er etwas Unverständliches in seinen Bart brummte. Ich drehte mich um, meinem Erretter, der noch neben mir stand, zu danken.

*

»Na, weißt du, Watson, du richtest hier ja schöne Sachen an! Ich glaube, es wird am besten sein, wenn du nachher im Nachtexpreß mit mir nach London zurückfährst«, sagte Sherlock Holmes.

Er saß, genau eine Stunde später, in seiner üblichen Kleidung bei mir in meinem Hotelzimmer. Die Erklärung für sein plötzliches und so günstiges Erscheinen war höchst einfach. Er hatte London für einige Tage verlassen können und beschlossen, mich dort, wo er mich auf meiner planvollen Reise genau vermutete, abzufangen.

»Und was für eine folgerichtige Untersuchung du in Szene gesetzt hast, mein Guter!« sagte er trocken. »Also wirklich, mir fällt im Augenblick kein Unsinn ein, den du dabei ausgelassen hättest. Alles, was du erreicht hast, ist dies: Jeder ist jetzt gewarnt, und wir sind genauso schlau wie zuvor.«

»Spotte du nur! Vielleicht hättest du es selbst nicht besser gemacht«, erwiderte ich beleidigt.

»Ein ›Vielleicht‹ gibt's da überhaupt nicht. Ich habe es besser gemacht. Hier, der ehrenwerte Philip Green – er wohnt gleichfalls in deinem Hotel – bietet uns wohl den Ausgangspunkt für eine erfolgreichere Untersuchung.« Er wies auf die Karte, die ein Zimmermädchen auf einem Silbertablett hereingebracht hatte. Ihr folgte mein unfreundlicher Bekannter von der Straße, derselbe Raufbold, von dem ich kurz zuvor angefallen worden war. Als er mich sah, schrak er zusammen.

»Meine Güte, Mr. Holmes, was soll denn das bedeuten?« fragte er verblüfft. »Ich habe Ihre Nachricht erhalten und bin gleich gekommen. Aber was hat dieser Mensch damit zu tun?«

»Mein alter Freund und Mitarbeiter Dr. Watson, der uns in dieser Sache helfen wird«, stellte Holmes mich vor.

Der Fremde streckte mir eine mächtige braune Hand hin und stammelte ein paar Worte der Entschuldigung.

»Hoffentlich haben Sie keinen Schaden davongetragen! Wissen Sie ... Ihre Bemerkung ... was ich mit ihr gemacht habe ... da verlor ich die Selbstbeherrschung ... Na, ich bin nicht ganz zurechnungsfähig all die letzten Tage. Meine Nerven sind so bloßgelegt. Aber damit soll's künftig vorbei sein. Was ich zuallererst fragen möchte, Mr. Holmes! Wieso wissen Sie überhaupt etwas von meiner Existenz?«

»Ich habe Kontakt zu Lady Frances' Erzieherin, Miss Dobney.«

»Ach, die alte Susan mit ihrem Spitzenhäubchen! An die erinnere ich mich freilich.«

»Und Miss Dobney hat Sie gleichfalls nicht vergessen – und die Tage zuvor – bevor Sie es für besser hielten, nach Südafrika auszuwandern.«

»Ah, sieh einer an! Sie kennen ja meine ganze Geschichte. Da brauche ich auch kein großes Geheimnis mehr darum zu machen. Aber eins schwöre ich Ihnen, Mr. Holmes. Kein Mann auf der Welt hätte einer Frau mit herzlicherer Liebe zugetan sein können. Ich war ein wilder Bursche in meiner Jugend, ich weiß, aber auch nicht schlechter als andere aus meinen Kreisen. Doch sie war in ihrem ganzen Wesen so rein wie frischer Schnee. Meine Derbheit konnte sie nicht ertragen. Als ihr einiges zu Ohren kam, was ich auf dem Kerbholz hatte, wollte sie nichts mehr von mir wissen. Und doch mochte sie mich gern, das ist ja das Wunder. Und so sehr mochte sie mich, daß sie all ihre besten Tage allein geblieben ist, nur um meinetwillen.

Die Jahre vergingen, und ich habe mir in Barberton ein ansehnliches Stück Geld gespart. Da dacht' ich, vielleicht könnte ich sie suchen und günstig stimmen. Denn ich hatte gehört, sie sei noch immer unverheiratet. Ich hab' sie in Lausanne wiedergefunden und alles drangesetzt, was mir nur einfiel. Und sie ist auch weich geworden, das hab' ich schon gemerkt. Aber sie hat einen so starken Willen. Und als ich sie das nächste Mal aufsuchen wollte, da war sie auf und davon. Ich bin ihr nachgefahren und hab' sie in Baden-Baden von weitem beobachtet. Und dann hört' ich, ihr Mädchen sei hier in Montpellier. Ich bin ein plumper Geselle und hab' ein ziemlich holperiges und stürmisches Leben hinter mir. Kein Wunder, daß mir der Kragen geplatzt ist, wie Dr. Watson mich anredete. Aber jetzt sagen Sie mir, um Gottes willen, was aus Lady Frances geworden ist!«

»Das müssen wir ja gerade herausfinden«, versetzte Sherlock Holmes. »Wie ist Ihre Londoner Adresse, Mr. Green?«

»Über das Langham Hotel bin ich immer zu erreichen.«

»Dann mache ich Ihnen den Vorschlag, daß Sie dorthin zurückkehren und bereit sind für den Fall, daß ich Sie brauche. Ich möchte keine falschen Hoffnungen erwecken, aber Sie dürfen versichert sein, daß alles, was in unseren Kräften steht, für die Rettung von Lady Frances getan wird. Im Augenblick läßt sich mehr noch nicht sagen. Ich gebe Ihnen diese Karte, damit Sie Verbindung mit uns aufnehmen können ... Und du, Watson, tätest gut daran, wenn du jetzt deine Reisetasche packen wolltest. Wir fahren nach London.«

*

Zu Hause, in der Baker Street, wartete bereits ein Telegramm auf uns. »Ausgezeichnet!« rief Holmes, während er las. Dann warf er den Zettel zu mir. GESCHLITZT ODER ABGERISSEN, lautete die ganze Botschaft; sie kam aus Baden-Baden.

»Was bedeutet das nun wieder?« fragte ich.

»Alles!« war Holmes' Antwort. Doch dann fuhr er fort, als er meinen ratlosen Ausdruck sah. »Vielleicht erinnerst du dich meiner scheinbar belanglosen Frage, wie das linke Ohr dieses Geistlichen gebildet sei. Du hieltest es nicht für nötig, mir darauf zu antworten.«

»Ich war ja schon nicht mehr in Baden-Baden und konnte es nicht herausbekommen.«

»Schon recht. Aus diesem Grund sandte ich ein Duplikat meiner Bitte an den Direktor des ›Englischen Hofes‹, dessen Antwort hier vor mir liegt.«

»Und was ersiehst du daraus?«

»Ich sehe, mein lieber Freund, daß wir es mit einem außerordentlich listigen und gefährlichen Bruder zu tun haben. Dieser Missionar aus Südamerika, Hochwürden Dr. Shlessinger, ist nämlich kein anderer als der ›heilige Peters‹, einer der skrupellosesten Mordgesellen, die Australien großgezüchtet hat. Die besondere Spezialität dieses feinen Herrn ist es, einsame Damen mit geistreich edelmütigem Getue zu berücken und ihr religiöses Gefühl schamlos für seine betrügerischen Zwecke auszunutzen. Seine sogenannte ›Gattin‹ ist in England daheim und heißt in Wirklichkeit Fraser. Sie steht ihm als seine Begleiterin in nichts nach. Die Art der Taktik bei diesem Missionars-Ehepaar brachte mich auf seine Identität.

Hinzu kam das körperliche Merkmal. Der Australier wurde nämlich 1889 in Adelaide bei einer Wirtshausrauferei von seinem Gegner empfindlich ins Ohr gebissen. So sah ich meine Vermutung bestätigt. Die arme Lady ist in den Klauen eines üblen Paares, das vor nichts haltmacht, Watson. Daß sie schon unter die Erde gebracht wurde, ist durchaus möglich. Wenn sie aber noch lebt, dann bestimmt als Gefangene, außerstande, sich bemerkbar zu machen. Vielleicht auch hat sie London nie erreicht – oder ist schon wieder fort.

Aber nein, das erste ist deshalb nicht anzunehmen, weil es bei unserem Registriersystem für Ausländer ziemlich schwierig wäre, der Polizei einen Streich zu spielen. Ebenso unwahrscheinlich kommt mir jetzt die zweite Erwägung vor. Denn diese Erzschurken konnten nicht hoffen, einen anderen Platz zu finden, wo sie es so einfach hätten, einen Menschen in Gewahrsam zu halten. Ja, mein Gefühl sagt mir, sie ist in London. Da wir im Augenblick jedoch nicht ermitteln können, bleibt uns nur, zunächst in Geduld unser Abendbrot zu verspeisen. Am späteren Abend will ich dann noch nach Scotland Yard hinüberspazieren, auf ein Wort mit Freund Lestrade.«

Aber weder der Polizei noch Holmes' eigener wirksamer, wenn auch kleiner Hilfstruppe gelang es, das Rätsel zu lösen. Die drei Personen, die wir suchten, waren inmitten der Millionenmassen Londons so vollständig untergetaucht, als hätte es sie nie gegeben. Ausgeklügelte Anzeigen in den Zeitungen schlugen fehl. Vermeintliche Anhaltspunkte führten zu nichts. Vergeblich stöberte man irgendwelche Spelunken auf, wo Shlessinger sich allenfalls blicken lassen mochte.

Und dann, auf einmal, nach einer Woche hilflosen Aufschubs, zeigte sich ein Lichtstrahl. Ein silbernes Ohrgehänge mit Brillanten, altspanisches Muster, war bei Bevington, einer Pfandleihe, in der Westminster Road, versetzt worden. Der Verpfänder, seinem Äußeren nach ein Geistlicher, sollte ein massiger, glattrasierter Mann gewesen sein. Namen und Adresse hatte er offenkundig gefälscht, aber die Beschreibung stimmte genau auf Shlessinger.

Dreimal schon hatte unser bärtiger Freund aus dem Langham Hotel bei uns vorgesprochen, ohne daß wir ihm etwas Neues mitteilen konnten. Das dritte Mal kam er eine Stunde nach dieser letzten Nachricht. Seine Kleider hingen ihm immer loser um den großen Körper. In seiner Sorge und Unruhe schien er einfach hinzuschwinden.

»Ach, hätten Sie nur etwas für mich zu tun!« jammerte er auch jetzt wieder. Endlich war es Holmes möglich, diesen Wunsch zu erfüllen.

»Er hat angefangen, die Juwelen zu verschachern. Jetzt müßten wir ihn eigentlich kriegen.«

»Heißt das etwa, daß Lady Frances ein Leid zugestoßen ist?« fragte Mr. Green in heller Angst.

Homes wiegte bedächtig den Kopf hin und her.

»Angenommen, sie haben ihre Gefangene bis jetzt bei sich behalten, so sollten sie damit rechnen, daß es ihnen an den Kragen geht, sobald sie Lady Frances freilassen. Wir müssen auf das Schlimmste gefaßt sein.«

»Was kann ich tun?«

»Diese Leute kennen Sie nicht von Ansehen?«

»Nein.«

»Wenn der Kerl nächstes Mal einen anderen Pfandleiher aufsucht, müssen wir wieder von vorn anfangen. Andererseits wurde ein angemessener Preis geboten und nicht viel herumgefragt. Insofern wird er, sobald er dringend Bargeld braucht, wahrscheinlich wieder zu Bevington kommen. Ich gebe Ihnen eine Nachricht an den Inhaber mit, dann läßt er Sie im Laden warten. Wenn der alte Halsabschneider aufkreuzt, folgen Sie ihm auf seinem Heimweg. Aber keine Unbesonnenheit, bitte, und ja keine Gewaltanwendung!«

Zwei Tage lang brachte uns der ehrenwerte Philip Green keine Nachricht. Am Abend des dritten jedoch stürmte er in unser Wohnzimmer, blaß, zitternd, bebend vor Aufregung.

»Wir haben ihn! Wir haben ihn!« schrie er. In seinem inneren Aufruhr brachte er nur zusammenhangloses Gestammel hervor. Holmes besänftigte ihn und drückte ihn auf einen Lehnsessel nieder.

»Ruhig Blut! Erzählen Sie die Geschehnisse der Reihe nach.«

»Gerade vor einer Stunde ist sie erschienen, das Weib – seine Frau, mein' ich. Sie muß es gewesen sein, denn das Ohrgehänge erkannte ich. Eine Große, Bleiche, mit Marderaugen.«

»Ganz richtig«, bestätigte Holmes.

»Sie kam aus dem Leihhaus, und ich bin ihr nachgeschlichen. Plötzlich geht sie in einen Laden. Mr. Holmes, es war das Geschäft eines Leichenbestatters!«

Mein Gefährte schreckte zusammen.

»Ah – und?« fragte er mit vibrierender Stimme. Etwas von seiner leidenschaftlichen Seele, die hinter dem kalten, steingrauen Gesicht flackerte, wurde plötzlich spürbar.

»Sie redete mit der Geschäftsinhaberin hinter dem Ladentisch. Ich geh' auch rein und höre sie etwas von ›zu spät‹ sagen – oder so ähnlich. Die Verkäuferin entschuldigt sich. ›Er wäre ja schon geliefert worden, aber die Sonderausführung hat eben länger gedauert.‹ Dann sind die beiden plötzlich still und schauen zu mir her. Ich habe irgendwas Belangloses gefragt und bin wieder gegangen.«

»Ausgezeichnet haben Sie das gemacht«, lobte Holmes. »Was geschah dann?«

»Die Frau ist herausgekommen, aber ich war in einer Torfahrt versteckt. Anscheinend hat sie Verdacht geschöpft, denn sie blickte sich mißtrauisch um. Sie winkte einer Droschke und stieg ein. Ich habe Glück gehabt und gleich darauf eine andere erwischt. Mit der fuhr ich hinter ihr her. In Brixton macht sie schließlich halt, vor Nr. 36, Poultney Square. Ich lasse meine Droschke an der Ecke stehen und beobachte das Haus . . .«

»Haben Sie jemanden gesehen?«

»Alle Fenster waren dunkel, bis auf ein einziges im unteren Stockwerk. Aber auch da hatten sie die Jalousie heruntergezogen, und ich konnte nicht hineinschauen. Wie ich nun so dastehe und überlege, was ich tun soll, fährt ein langer, geschlossener Wagen vor. Zwei Männer steigen aus. Sie holen einen großen Gegenstand aus dem Wagen heraus und tragen ihn über die Treppe zur Vorplatztür hinauf . . . Es war ein Sarg, Mr. Holmes!«

»Aah!«

»Einen Augenblick lang war ich völlig außer mir, so daß ich um ein Haar hineingestürzt wäre. Die Tür stand weit offen, um die Männer und ihre Bürde einzulassen. Aufgemacht hat wieder die Frau und mich wahrscheinlich gesehen, möglicherweise sogar wiedererkannt. Ich merke nur, wie sie zusammenfährt und hastig die Tür schließt, sobald alle drin sind. Da ist mir mein Versprechen eingefallen, daß ich Ihnen gegeben habe. Und drum bin ich hier.«

»Sie haben vorzügliche Arbeit geleistet«, sagte Holmes und kritzelte ein paar Worte auf einen Papierbogen. »Leider dürfen wir ohne Haftbefehl nichts unternehmen. Darum dienen Sie unserer Sache am besten, wenn Sie uns sofort einen auf der Polizeibehörde holen. Kann sein, daß man dort ein bißchen Schwierigkeiten macht. Aber ich denke, der Verkauf des Schmuckes müßte doch genügen. Lestrade wird sich um diese Einzelheiten kümmern.«

»Oh, Gott! Wenn sie nun Frances in der Zwischenzeit umbringen? Was haben sie mit dem Sarg im Sinn? Für wen ist er gezimmert worden, wenn nicht für sie?«

»Wir setzen alles daran, sie zu retten, Mr. Green. Und wir werden keinen Augenblick verlieren. Haben Sie Vertrauen! Nun, Watson«, fügte mein Freund hinzu, als unser Mandant fortgehastet war, »er wird die offiziellen Mächte in Bewegung setzen. Wir sind wie gewöhnlich die Unbefugten und müssen auf eigene Faust zusehen, wie wir es schaffen. Die Situation kommt mir so verzweifelt vor, daß sie die äußersten Maßnahmen rechtfertigt. Drum auf nach Poultney Square! Jede Sekunde ist kostbar.«

*

»Versuchen wir uns den Hergang dieser Entführung noch einmal vor Augen zu halten!« begann Holmes nachher, als wir an den Parlamentsgebäuden vorbei- und über die Westminsterbridge jagten. »Diese Höllenbrut hat die unglückliche Lady beschwatzt, mit nach London zu reisen, nicht ohne sie vorher mit ihrem treuen Mädchen zu entzweien. Wenn sie irgendwelche Briefe geschrieben haben sollte, dann wurden diese abgefangen. Durch einen anderen Komplicen fanden sie Gelegenheit, in London ein Haus zu mieten.

Dort angelangt, machten sie Frances zu ihrer Gefangenen und ergriffen Besitz von ihrem wertvollen Schmuck, was ja von Anbeginn ihr Plan war. Sie haben schon begonnen, einen Teil davon zu verkaufen. Das erscheint ihnen ganz ungefährlich, weil sie keinen Anlaß zu der Befürchtung haben, es könne jemand am Schicksal der Lady Anteil nehmen. Wenn sie nun ihre ausgeraubte Gefangene wieder freiließen, würde sie die Diebe natürlich anzeigen. Deshalb muß sie weiter hinter Schloß und Riegel gehalten werden. Da es jedoch nicht möglich ist, ein Opfer auf Lebenszeit einzusperren, erscheint Mord als die einzige Lösung.«

»Nichts einleuchtender als das.«

»Folgen wir nun einmal davon unabhängig einer anderen Linie. Wir wollen jetzt nicht von der Lady ausgehen, sondern von dem Sarg, und zwar rückwärts. Dabei würden wir leider auf die Vermutung stoßen, daß Frances Carfax tot ist.

Weiterhin deutet hier alles auf ein kirchliches Begräbnis hin, mit Totenschein und allem Drum und Dran. Hätten sie die Lady simpel ermordet, wäre sie irgendwo hinten im Garten eingegraben worden. Aber hier verläuft alles ordnungsgemäß und wie es sich nach außen hin gehört. Wieso? Doch nur, weil man die Gefangene irgendwie in einen totenähnlichen Zustand versetzt und damit den Arzt getäuscht hat. Ein natürliches Ende wurde – vielleicht durch Gift – fingiert.

Und doch scheint es seltsam, daß sie sich überhaupt trauen, einen Doktor heranzuziehen – es sei denn, dieser wäre gleichfalls ein Verbündeter . . . kaum eine sehr glaubhafte Voraussetzung.«

»Konnten sie das ärztliche Zeugnis nicht fälschen?«

»Gefährlich, Watson, sehr gefährlich. Nein, ich glaube nicht recht, daß sie so etwas wagen würden. Halt, Kutscher! Hier haben wir vermutlich den Leichenbestatter. Würdest du mal 'reingehen, Watson? Deine Erscheinung flößt Vertrauen ein. Du brauchst nur zu fragen, wann morgen das Begräbnis stattfindet.«

Die Frau im Laden antwortete mir, es sei um acht Uhr früh.

»Du siehst, Watson, nichts wird verheimlicht. Alles hübsch offen und ehrlich. Auf irgendeine Weise werden die gesetzlichen Formalitäten erfüllt, nicht wahr? Und jetzt denken sie, sie hätten wenig zu befürchten. Na, da hilft nichts als Angriff. Bist du bewaffnet?«

»Mein Stock!«

»Wir werden schon stark genug sein. Frisch gewagt ist halb gewonnen! Wir können es uns einfach nicht leisten, auf die Polizei zu warten. Danke, ich brauche sie nicht mehr, Kutscher. Los, Watson, pakken wir den Stier bei den Hörnern, wie schon manches Mal vorher!«

*

Er hatte heftig am Klingelzug des großen, dunklen Hauses gezerrt. Man öffnete sofort, und die Gestalt einer großen, hageren Frau zeichnete sich gegen den trüb beleuchteten Korridor ab.

»Sie wünschen?« schnarrte sie kurz angebunden.

»Ich möchte Herrn Dr. Shlessinger sprechen« erwiderte Holmes.

»Hier gibt's keinen, der so heißt«, behauptete sie und versuchte, die Tür wieder zu schließen. Aber Holmes hatte seinen Fuß auf die Schwelle gestellt. »Auch gut, dann möchte ich eben den Mann sehen, der hier wohnt, einerlei, wie er sich nennt.«

Sie zögerte sekundenlang. Dann stieß sie die Tür auf und sagte: »Schön, kommen Sie rein! Mein Mann braucht sich vor niemandem zu fürchten.« Sie schloß die Tür hinter uns und führte uns in ein Wohnzimmer rechts der Diele. Ehe sie uns allein ließ, drehte sie das Gaslicht an. »Herr Peters wird jeden Augenblick hier sein«, kündigte sie noch an.

Es war buchstäblich so, wie sie sagte. Denn wir hatten kaum Zeit, uns in dem verstaubten und mottenzerfressenen Plüschsalon umzusehen, da trat schon ein stattlich gebauter, glattrasierter Kahlkopf leichten Schrittes in das Zimmer. Er hatte ein breites, rotes Gesicht mit Hängebacken und trug eine oberflächliche Gutmütigkeit zur Schau, die von einem grausamen, sinnlichen Mund Lügen gestraft wurde.

»Es handelt sich hier wohl um einen Irrtum, meine Herren«, empfing er uns mit zugleich salbungsvoller und unbekümmerter Stimme. »Wahrscheinlich hat man Sie falsch unterrichtet. Wenn Sie es vielleicht in einem der umliegenden Häuser versuchen ...«

»Wir sind hier schon richtig«, unterbrach mein Freund in ziemlich barschem Ton, »und haben keine Zeit zu verschwenden. Sie sind Henry Peters aus Adelaide, alias ›Hochwürden Dr. Shlessinger‹, wie Sie sich in Südamerika und Baden-Baden nannten. Dessen bin ich so sicher, wie daß mein eigener Name Sherlock Holmes ist.«

Peters, wie ich ihn fortan nennen will, zuckte unmerklich zusammen und starrte seinen berühmten Verfolger an. »Ihr Name erschreckt mich nicht sonderlich, Mr. Holmes«, versetzte er kalt. »Wenn einer ein unbeschwertes Gewissen hat wie ich, werden auch Sie ihn nicht aus der Fassung bringen. Was haben Sie hier in meinem Hause zu schaffen?«

»Ich will wissen, was Sie mit Lady Frances Carfax, die Sie aus Baden-Baden hierherbrachten, angestellt haben.«

»Es sollte mich freuen, wenn Sie mir Ihrerseits mitteilen könnten, wo diese Dame sich befindet«, gab Peters kühl zurück. »Sie schuldet mir nämlich annähernd hundert Pfund und gab mir als Unterpfand nichts anderes als ein Paar billiger Ohrgehänge, die ein Händler kaum eines Blickes würdigt. Sie schloß sich Mrs. Peters und mir in Baden-Baden an – es stimmt, daß ich unter einem anderen Namen reiste – und klammerte sich an uns, bis wir hierher nach London kamen. Ich zahlte ihre Rechnung und ihre Fahrkarte. Einmal in London, gab sie uns den Laufpaß. Das heißt, sie machte sich dünn und ließ uns diese paar altmodischen Steine zurück. Wirklich, Mr. Holmes, ich bin Ihnen sehr verbunden, wenn Sie die Dame finden.«

»Ich werde sie finden«, entgegnete Sherlock Holmes. »Und zwar durchsuche ich Ihr ganzes Haus hier, um sie zu entdecken.«

»Wo ist Ihr Durchsuchungsbefehl?«

Holmes zog einen Revolver halb aus seiner Tasche. »Einstweilen wird der mir die nötige Vollmacht geben, bis ich die richtige in Händen halte.«

»Sieh an! Sie sind ja ein ganz gewöhnlicher Einbrecher.«

»Nennen Sie mich nur so!« sagte mein Freund fröhlich. »Und hier mein Begleiter ist auch ein gefährlicher Raufbold. Wir gehen jetzt alle miteinander durch Ihr Haus.«

Unser Gegner öffnete die Tür.

»Hol jemanden von der Polizei, Annie!« rief er.

»Wir haben nicht viel Zeit, Watson, komm!« ermunterte mich mein Freund. Wo ist dieser Sarg, der in Ihr Haus gebracht wurde?«

»Was wollen Sie damit? Es liegt bereits eine Tote darin.«

»Ich muß die Leiche sehen.«

»Nicht mit meiner Einwilligung.«

»Dann ohne sie.« Mit einer raschen Bewegung stieß Holmes den Mann zur Seite und lief an ihm vorbei in die große Vorhalle. Auf dem Tisch unter einem Kronleuchter stand der Sarg. Holmes zündete die Gaslampe an und hob den Deckel.

Unten, in der Höhlung, lag eine abgezehrte Gestalt. Der Kerzenschein von oben fiel auf ein altes, vollständig verwelktes Gesicht. Keine grausame Gewalt, weder Hunger noch Krankheit, konnten aus der schönen Lady dieses abgenutzte Wrack gemacht haben. In Holmes' Gesicht spiegelte sich Erstaunen – und auch Erleichterung.

»Gott sei Dank!« murmelte er. »Es ist jemand anders.«

»Da haben Sie ja einen ganz schönen Bock geschossen, diesmal, Mr. Holmes«, bemerkte Peters, der uns nachgekommen war.

»Wer ist die Tote?«

»Wenn Sie es unbedingt wissen wollen – obwohl es Sie ja nichts angeht –, ein altes Kindermädchen meiner Frau, Rose Spender hieß sie. Wir fanden sie im Brixtoner Armenhausspital. Da brachten wir sie hierher und holten Dr. Horsom – Firbank Villas Nr. 15, wollen Sie, bitte notieren? Wir pflegten und hegten sie, wie das gute Christenmenschen eben tun. Am dritten Tag starb sie, laut ärztlichem Befund an Altersschwäche. Aber das ist ja nur des Doktors Ansicht. Sie wissen es natürlich besser ... Wir ordneten an, daß die Beerdigung vom Bestattungsinstitut Stimson & Co., Kensington Road, vorgenommen werden soll. Man wird sie morgen um acht Uhr früh beisetzen. Gibt es daran etwas zu bemängeln, Mr. Holmes? Einmaliger Reinfall, den Sie sich da geleistet haben, das dürfen Sie ruhig selber zugeben.«

Undurchdringlich wie stets blieb Holmes' Ausdruck bei dem Hohn seines Widersachers. Aber mir verrieten seine zusammengekrampften Hände, daß er sehr verärgert war.

»Ich gehe noch durch Ihr Haus«, erklärte er ruhig.

»So? Haben Sie noch nicht genug?« rief Peters schrill, als eine Frauenstimme und Schritte auf dem Gang hörbar wurden. »Das werden wir gleich haben. Hier herein, bitte, meine Herren! Diese Männer sind gewaltsam in unser Haus eingedrungen. Helfen Sie mir, die Eindringlinge hinauszubefördern!«

Ein Polizeisergeant und ein Konstabler standen in der Türöffnung.

Holmes zog seine Visitenkarte hervor: »Hier, mein Name und meine Adresse. Und dies hier ist mein Freund Dr. Watson.«

»Weiß der Teufel, Sir, wir kennen Sie recht gut«, sagt der Sergeant. »Nur ... ohne polizeiliche Vollmacht dürfen Sie hier nicht bleiben.«

»Natürlich nicht. Das verstehe ich vollkommen.«

»Verhaften Sie ihn doch!« schrie Peters.

»Wir wissen, wo wir diesen Herrn greifen können, wenn wir ihn brauchen«, entgegnete der Beamte hoheitsvoll. »Aber jetzt müssen Sie wirklich gehen, Mr. Holmes.«

»Ja, Watson, da bleibt uns nichts anderes übrig.«

Unten auf der Straße wirkte Holmes so kühl und unbewegt wie stets. Mir aber war heiß von der Demütigung, und ich konnte meinen Zorn nicht verhehlen. Der Sergeant war uns nachgekommen.

»Tut mir leid, Mr. Holmes, aber ich muß mich an meine Vorschriften halten ...«

»Selbstverständlich. Sie hätten nicht anders handeln können.«

»Ich denk' mir nur ... Ohne Ursache werden Sie ja da drinnen nicht gewesen sein ... Wenn ich irgend etwas ...«

»Eine Dame ist verschwunden, Sergeant. Und wir vermuten sie in diesem Haus. Der Haftbefehl wird in wenigen Minuten in meinen Händen sein.«

»Dann will ich auf die Konsorten schon ein Auge haben, Mr. Holmes. Wenn mir etwas mulmig vorkommt, benachrichtige ich Sie sofort.«

Es war erst neun Uhr, und schon folgten wir unserer Spur an einer anderen Stelle. Wir fuhren zu dem Armenhausspital nach Brixton. Dort erfuhren wir, daß tatsächlich vor einigen Tagen ein wohltätiges Ehepaar sich nach einer alten Schwachsinnigen erkundigt habe, die früher einmal Dienerin bei der Frau gewesen sei. Die beiden hatten die Erlaubnis erhalten, das hochbetagte Weiblein mit nach Hause zu nehmen. Es verwunderte sich auch niemand darüber, daß die Patientin inzwischen gestorben war.

Als nächstes suchten wir den Arzt auf. Er bestätigte uns, man habe ihn geholt, um die Todesursache festzustellen. Es sei einwandfrei erwiesen, daß die Frau allein an Altersschwäche gestorben war. Man habe mit angesehen, wie sie immer mehr dahinsiechte. Und so konnte er den Totenschein in der gebührenden Form ausstellen. »Es verlief wirklich alles normal«, versicherte er, »und überhaupt bot die ganze Angelegenheit für hinterhältige Absichten wenig Spielraum.«

Schließlich machten wir uns auf nach Scotland Yard. Was den Haftbefehl anging, so konnte Lestrade ihn erst am nächsten Morgen besorgen.

Ich zog mich spätabends zurück, während Holmes noch qualmend in seinem Ohrensessel saß. Schließlich, in aller Frühe, als man mich eben geweckt hatte, kam er in mein Schlafzimmer gestürmt. Er war im Morgenrock, aber sein bleiches, eingefallenes Antlitz und die Schatten unter den Augen verrieten mir, daß er die ganze Nacht schlaflos zugebracht haben mußte.

»Um welche Zeit sollte das Begräbnis stattfinden? War es nicht um acht?« erkundigte er sich. »Jetzt haben wir sieben Uhr zwanzig. Schnell, Menschenskind, spute dich! Es geht um Leben oder Tod.«

Es dauerte keine fünf Minuten, da rasten wir schon im Einspänner durch die Baker Street. Trotzdem war es bereits fünfundzwanzig Minuten vor acht, als unser Pferd am Big Ben vorbeigaloppierte. Und es schlug eben acht, da bogen wir in die Brixton Road ein. Doch zehn Minuten nach der verabredeten Zeit stand der Leichenwagen noch vor der Haustür. Als unser Wagen zum Stillstand kam, erschien der Sarg, getragen von drei Männern, auf der Schwelle.

Holmes stürzte vor und versperrte ihnen den Weg. »Umkehren!« rief er mit Donnerstimme und drückte dem nächsten der Männer seine Hand vor die Brust. »Tragen Sie ihn augenblicklich zurück!«

»Was, zum Teufel, wollen Sie? Ich frage Sie nochmals, wo ist Ihre gerichtliche Vollmacht?« schrie der wütende Peters, dessen großes, hochrotes Gesicht über das hintere Ende des Sarges hinwegstarrte.

»Der Gerichtsbefehl ist unterwegs. Der Sarg soll im Haus bleiben, bis er kommt.« Die Autorität in Holmes' Stimme verfehlte ihre Wirkung auf die Träger nicht. Peters war plötzlich im Haus verschwunden, und man gehorchte widerspruchsvoll den neuen Anordnungen.

»Schnell, Watson, schnell!« feuerte mein Freund mich an, als man den Sarg wieder auf den Tisch zurückgestellt hatte. »Hier, ein Schraubenzieher – und hier einer für Sie, Mann! Ein Goldstück, wenn der Deckel binnen einer Minute ab ist.«

Mit vereinten Kräften rissen wir den Deckel los. Im selben Augenblick strömte uns aus dem Innern ein betäubender, atemberaubender Chloroformdunst entgegen. Vor uns lag eine weißgekleidete Frau. Ihren Kopf hatte man über und über mit weißen Baumwollbinden umwickelt, die von dem schweren Narkotikum getränkt waren.

In Windeseile riß Holmes diesen grauenhaften Verband herunter und enthüllte ein ebenmäßiges, statuenhaft erstarrtes Gesicht.

»Ist sie schon hinüber, Watson? Oder hat sie noch einen Funken Leben in sich? Sag, daß es noch nicht zu spät ist!«

Eine halbe Stunde lang sah es allerdings ganz so aus, als sei die arme Lady Frances erstickt und durch die giftigen Gase des Chloroforms jenseits jeder Wiederbelebungsmöglichkeit. Wir versuchten es mit künstlicher Atmung und Ätherinjektionen, mit jedem Mittel.

Da, endlich – ein Beben der Nasenflügel, ein zartes Flattern der Augenlider, eine leichte Trübung an dem vorgehaltenen Siegel – und wir wußten, daß sie langsam, langsam wieder zum Leben erwachte.

Eine Droschke war vorgefahren. Holmes teilte die Fenstergardinen, um nach ihr auszuschauen. »Da ist ja Lestrade mit dem Haftbefehl«, sagte er. »Nur werden seine Vögel mittlerweile davongeflogen sein! Aber jetzt kommt einer«, fuhr er fort, als ein schwerer Schritt über den Gang polterte, »der ein größeres Anrecht darauf hat, die Dame zu pflegen, als wir . . . Guten Morgen, Mr. Green, ich glaube, je schneller Sie Lady Frances von hier fortbringen, desto besser!«

*

»Die ganze Nacht verfolgte mich der Gedanke, daß ich irgendwo einen Anhaltspunkt, übersehen hatte«, sagte Holmes. »Plötzlich, beim Morgengrauen, kehrten mir die Worte ins Gedächtnis zurück. Es war die Bemerkung der Leichenbestatterfrau, wie sie uns Philip Green übermittelte: ›Er wäre schon eher geliefert worden. Diese Sonderausführung hat eben länger gedauert.‹

Sie sprach von dem Sarg; von einer *Sonderausführung.* Das konnte nur bedeuten, daß er nach besonderen Maßen gezimmert worden war. Aber wozu nur, wozu? Da fielen mir auf einmal die tiefen Seitenteile ein und die winzige, verfallene Gestalt auf dem Boden. Warum dieser mächtige Sarg für einen so kleinen Körper? Um für einen zweiten Körper Raum zu lassen! Beide sollten unter dem Deckmantel des Totenscheins begraben werden. Um acht Uhr sollte Lady Frances in die Erde versenkt werden.

Unsere letzte Chance war, den Sarg aufzuhalten, ehe er aus dem Haus getragen wurde. Es war ja eine ziemlich verzweifelte Hoffnung, daß wir sie noch lebend herausholen würden. Soviel ich wußte, hatten die Leute bisher noch keinen erkennbaren Mord begangen. Wahrscheinlich scheuten sie vor einer solchen Gewalttat im Letzten doch zurück. Sie konnten ihr Opfer ohne sichtbare Merkmale der Todesursache begraben. Insgeheim vertraute ich auf diese Angst bei unserem falschen Heiligen.

Du wirst dir jetzt ohne weiteres vergegenwärtigen, wie er verfuhr. Das finstere Loch hast du gesehen, in dem die arme Frances Carfax so lange eingesperrt war. Sie stürzten hinein, überwältigten die Lady mit Chloroform, schleppten sie hinunter und legten sie in den Sarg. Um zu verhüten, daß die Unglückliche aufwacht, gießen sie noch mehr Chloroform nach und schrauben dann rasch den Deckel zu. Ein satanischer Streich, Watson, durchaus neu in meiner Verbrecherchronik . . . Falls unsere gerissenen Exmissionare den Klauen der Polizei entwischt sind, erwarte ich mir von ihrer künftigen Laufbahn noch ein paar glänzende Einfälle.«

Welche Schmetterlinge sind gleich?

Nur zwei Schmetterlinge haben dieselbe
Musterung. Welche?
Auflösung auf Seite 245

V

ACHTHUNDERT RIESEN

Von

Richard K. Flesch

Er weinte jetzt nicht mehr. Er lag zusammengekrümmt auf dem Feldbett, tat so, als ob er schliefe, und versuchte zu verstehen, was die beiden redeten. Eigentlich hätte er sich lieber die Decke über den Kopf gezogen – zu sehen gab es ohnehin nichts; nur ab und zu knipste einer der Männer die Taschenlampe an. Aber er zog sich die Decke nicht über den Kopf. Sie stank.

»Achthundert Riesen?« sagte der mit der hellen Stimme. »Du spinnst ja!«

»Was haste gegen achthundert . . . Das ist doch 'n Klacks für die.«

Das war der Dicke. Der, der ihm den Arm auf den Rücken gedreht hatte.

»Ach, hör doch auf! Nischt hab ich dagegen. Aber das läuft doch nicht. Mann! Soviel schleppen die doch nicht in der Handtasche rum. Und wir haben bloß vierundzwanzig Stunden. Weißt du doch. Kopenhagen. Die Kumpels warten.«

»Na und?«

»Na und, na und! Was ham wir heute? Freitag!«

»Na und?«

»Kannste vielleicht mal was anderes sagen? Wenn heute Freitag ist, dann ist morgen Sonnabend. Klar? Und sonnabends haben die Banken zu. Wo soll die Alte dann 800 Riesen herkriegen?«

»Ach so . . .«
»Na endlich.«
»Ja, aber . . .«
»Was aber?«
»Was machen wir dann?«
Pause. Dann:
»Laß mich mal nachdenken.«

Riesen kannte er. Riesen kamen im Märchenbuch vor. Allerdings meistens nur einer, oder manchmal waren sie auch zu dritt. Aber gleich achthundert . . . Riesen waren meistens dumm. Böse und dumm. Man konnte sie leicht überlisten, besonders, wenn man einen Wunschring hatte oder eine goldene Feder oder so . . . Sabine sagt immer, es gibt keine Riesen. Es gibt auch keine Hexen und keine Feen, sagt Sabine. Aber das sagt sie nur, weil sie eine Wut hat, wenn sie mir abends noch aus dem Märchenbuch vorlesen muß, obwohl ich doch schon selber lesen kann, und unten am Tor zum Park steht der Blonde mit dem roten Motorrad . . . Früher hat mir Mami manchmal vorgelesen. Aber seit sie immer die großen Rollen kriegt, hat sie keine Zeit. Sie hat furchtbar wenig Zeit. Meistens ist sie überhaupt weg . . . Ich hab noch nie so eine Rolle gesehen. Einmal hab ich gesagt, zeig mir doch mal so eine Rolle, Mami. Da hat sie gelacht . . . Mami, Mami, Mami . . . Warum kommst du nicht, Mami? Warum holst du mich nicht? Mami . . .

Er wollte wieder weinen. Aber da war er schon eingeschlafen.

*

Er träumte, und seltsamerweise wußte er, daß es ein Traum war. Es war wie im Fernsehen. Er kauerte am Eingang des Cañons und belauschte die Apachen. Es waren zwei. Der eine war blond und saß auf einem roten Motorrad, und der andere war kein Apache, sondern eine Apachin. Eine Squaw. Die Squaw drückte sich an den blonden Krieger, und der wäre beinahe vom Motorrad gefallen. Paß doch auf, sagte er.

Er wußte im Traum, daß er etwas träumte, was er erlebt hatte. Der Eingang zum Cañon, das war das Tor, die Einfahrt zum Park. Er hatte sich hinter dem offenen Torflügel versteckt und die beiden beobachtet. Sie konnten ihn nicht sehen, und die Villa lag hinter den alten Rotbuchen verborgen; von da konnte ihn auch keiner sehen. Außerdem war niemand zu Hause außer Sabine und ihm.

Achthundert Riesen, sagte der Blonde. Und Sabine sagte ärgerlich, es gibt doch gar keine Riesen. Doch gibt's welche, sagte der Blonde. Ach, Scheiße, sagte Sabine. Sie hatte eine ganz komische Stimme, wie eine hohe Männerstimme. Der Apache schlug auf den Tisch – wo kommt denn der Tisch her? – und sagte noch einmal:

»Scheiße! Gottverdammte Scheiße!«

Scheiße war ein böses Wort, das durfte man nicht sagen ... Was stinkt denn hier so? Ach so, die Decke. Ich bin ... Sie haben mich ...

Er war wach.

*

»Scheiße«, sagte der mit der hellen Stimme. »Das hat man davon, wenn man mit Anfängern arbeitet! Erst vermasselst du mir den Bruch, und dann kommst du mit dem Balg an und bist auch noch stolz darauf ... Kapierst du immer noch nicht, was du uns da eingebrockt hast, du Idiot?«

»Mensch, Gerhard, ich ...«

»Schnauze! Vielleicht zeigst du ihm gleich meinen Ausweis – vielleicht kann er schon lesen.«

Es wurde hell – die Taschenlampe. Ein Stuhl wurde gerückt. Leise Schritte. Jemand stieß an das Feldbett. Fremder Atem. Riecht schlecht, der Atem ... Er lag ganz still, mit geschlossenen Augen. Wieder Schritte, zum Tisch. Licht aus.

»Glück gehabt. Er schläft. Aber wenn du mich noch einmal mit Namen anredest, dann spuckst du Zähne. Deine nämlich. Klar?«

»Natürlich. Klar, 'tschuldige.«

»Okay; überschlag dich nicht gleich.«

»Nein.«

Pause. Es gluckerte aus einer Flasche.

»Prost!«

»Wenn du auch dämlich bist«, sagte die helle Stimme, »was Kidnapping ist, wirst du doch wenigstens wissen, oder?«

»'türlich! Steht doch immer in der Zeitung.«

»Hm, hm. Wenn du tatsächlich Zeitung lesen kannst, dann weißt du ja auch, was hinterher los ist. Bei Kidnapping drehn die Bullen nämlich durch.«

Wieder Pause. Gluckern. Schmatzen. Ein Rülpser.

Wenn man bei Tisch rülpst, muß man aus dem Zimmer. Man darf nicht fertigessen, auch nicht bei Pudding ... Was Kidnapping ist, wußte er natürlich. Aus dem Fernsehen. Eigentlich durfte er nur das Kinderprogramm sehen. Aber Mami war ja meistens weg, wegen einer Rolle und so, und dann paßte Sabine nicht so auf. Wegen dem Apach ... Wegen dem Blonden.

»Was machen wir also?« fragte der andere zum zweitenmal. Nicht der mit der hellen Stimme; der andere. Der Dicke.

»Gar nichts.« Die helle Stimme.

»Aha. Gar ... *Waaas?«*

»Wir machen gar nichts. Wir warten ab. Den Treff übermorgen früh in Kopenhagen, den müssen wir sausen lassen. Macht nix – hier gibt's Jobs genug. Ich hab da 'n Ding ausbaldowert, unten bei Frankfurt ... Egal. Später. Paß auf ...«

Gluckern, Schmatzen.

Er war hellwach. Er verstand jedes Wort, aber er begriff nicht, wovon die Rede war. Nur soviel war klar: Sie hatten ihn gekidnappt. Wie im Fernsehen ... Es überrieselte ihn. Es war kein unangenehmes Gefühl. Wie im Fernsehen. In der letzten Minute kommt die Polizei. Und morgen steh ich in der Zeitung.

»Paß auf«, sagte die helle Stimme. »Lage: Du blöder Hund hast den Bruch im Juweliergeschäft geschmissen, weil du die Alarmanlage ausgelöst hast, obwohl ich dir gezeigt habe, wie du ... Na ja; aus und vorbei. Wir türmen. Wir kommen ungeschoren in diesen Villenvorort. Ein Streifenwagen schleicht um die Ecke; wir jumpen über die Mauer und stehn in diesem Park, der so groß ist wie vor hundertfuffzig Jahren ein Duodezfürstentum ...«

»Duodez- was?« fragte der Dicke.

Er hätte auch gern gewußt, was ein Duodez- war. Es klang so lustig, das Wort.

»... egal. Ein Riesenpark halt. Wir finden im hintersten Winkel dieses Häuschen. Hat mal der Gärtner drin gewohnt, wahrscheinlich.

Ist nicht mal abgeschlossen. Überall satt Staub – seit Jahren kein Aas drin gewesen. Wir quartieren uns ein. Ich schick dich einkaufen, ich Vollidiot – hätt ich mir doch denken können, daß du Quatsch machst, und ...«

»Ich hab mir was dabei gedacht!«

»Ja, leider. Das Denken ist nicht deine starke Seite, weißt du? Du bist nämlich bei der Erfindung des Pulvers im Nebenzimmer gewesen, ja? Und auf dem Rückweg vom Einkaufen, du bist schon im Park, läuft dir dieser Gartenzwerg über den Weg ...«

Gartenzwerg? Das war eine Gemeinheit. Er war kein Gartenzwerg ...

Den Rest der Geschichte kannte er ja. Der Dicke mit der Glatze war furchtbar erschrocken, das hatte man deutlich sehen können. Dann hatte er gesagt, na kleiner Mann? Gib dem Onkel mal ein Händchen ... Er hatte dem Mann die Hand gegeben. Da hatte der ihm den Arm auf den Rücken gedreht und ihm gleichzeitig den Mund zugehalten und ihn zum alten Gärtnerhaus gezerrt.

»... sag ich dir doch – der Dampfer ist abgefahren! Die Bullen machen Sonderschicht – Straßenkontrollen; Bahnhöfe, Flughäfen – alles dicht ... Nee, du: Wir bleiben hier. Wir hocken uns auf unseren Bierarsch und spielen toter Mann. Laß sie doch suchen! Ausgerechnet hier suchense uns garantiert nicht! Und in ein paar Tagen, wenn keine Lösegeldforderung kommt, wenn sich kein Erpresser meldet, wenn sie die Kontrollen wieder abbauen ...«

»Kein Lösegeld?«

»Kein Lösegeld, Mann! Unsere einzige Chance!«

»Und er? Er hat mich gesehen. Er erkennt mich wieder. Er kann mich beschreiben ... Du, du bist fein raus. Du hast dich gleich rumgedreht, wie ich ihn reingebracht hab. Du hast ja die Weisheit mit Löffeln ... Dich erkennt er nicht. Aber mich.«

»Mann, ich fang gleich an zu weinen! Was kann ich dafür, daß du ein so dämliches Stück bist?«

»Gar nicht so dämlich. Achtthunderttausend, hab ich gedacht. Oder Geisel – falls sie uns einkreisen.«

»Mann, du siehst zu viele Krimis. Einkreisen! Wie denn? Die haben doch keine Ahnung, wo wir sind. Geschweige denn, wer wir sind.«

»Er kann mich beschrei ... Du – schläft der überhaupt noch?«

Licht, Stühlerücken, Schritte, der komische Atem – wie vorhin. Rütteln an der Schulter, ganz leicht. Flüstern:

»He, du . . .«

Er machte eine abwehrende Bewegung mit der Schulter und drehte sich weg – genauso, wie er es immer machte, wenn Sabine von dem Blonden mit dem roten Motorrad zurückkam und kontrollierte, ob er heimlich gelesen hatte, weil sie zu früh mit dem Vorlesen aufgehört hatte.

»Er schläft«, sagte die helle Stimme halblaut und ging zum Tisch zurück. Es wurde wieder dunkel.

»Er kann mich beschreiben.«

»Na und? Willste ihn umlegen?«

»Er kann mich . . .«

»Du kannst mich auch mal, du Hornvieh! Mann, bist du vielleicht bescheuert . . . Was könnse dir schon groß? Erst müssenses mal beweisen. Könnse aber nicht. Und wenn – bei den paar Kleckervorstrafen, die du . . . Aber Mord? Mann, du hast ja ne Meise hast du ja!«

Er hörte, wie sie stritten. Er begriff nicht alles, aber . . . Umlegen. Der Dicke will mich umlegen. Weil ich weiß, wie er aussieht . . . Soll ich jetzt sagen, ganz laut, nein, ich weiß nicht, wie Sie aussehen, ich hab's schon vergessen, und was ich doch noch weiß, das sag ich nicht . . .? Aber vielleicht glauben sie's mir nicht. Erwachsene sind da komisch. Wenn man mogelt, das merken sie meistens nicht. Aber wenn man die Wahrheit sagt, dann werden sie mißtrauisch . . . Allerdings, in Wirklichkeit kann ich ihn beschreiben. Groß und dick und mit einer Glatze. Und wenn er einem den Mund zuhält, die Hand riecht nach Teer oder so . . . Das muß ich den Polizisten dann sagen, wenn sie kommen. Wenn sie mich befreien. Sie kommen bestimmt. Im Fernsehen kommen sie immer. Und sie sagen doch die Wahrheit im Fernsehen. Das müssen sie. Das ist Gesetz, hat Papi gesagt . . . Oder war das Vati? Also, einer von ihnen . . .

*

Diesmal war es ein richtiger Cañon, nicht das Einfahrtstor. Er spähte auf die Prärie hinaus. In der Ferne eine Staubwolke – der Wagenzug der Siedler? Oder erhielten die Apachen Verstärkung? Bisher hatte er nur zwei ... nein, zwanzig gezählt; sie hatten sich in die Schlucht zwischen den beiden Tafelbergen zurückgezogen, nachdem er acht von ihnen aus dem Sattel geschossen hatte. Er sah ihre Rauchsignale. Sie kamen ganz regelmäßig und rasch hintereinander.

Und sie machten ein Geräusch: Tzb – tzb – tzb – tzb – tzb ... Und das Geräusch wurde lauter: TSCHUB – TSCHUB – TSCHUB – TSCHUB – TSCHUB ... Und dann ganz laut: TSCHUPP – TSCHUPP – TSCHUPP – TSCHUPP – TSCHUPP ...

»Hubschrauber!« schrie der blonde Apache – nein, der mit der hellen Stimme.

»Mist!« sagte der Dicke. »Jetzt reißen sie uns den Arsch auf.«

Arsch war auch ein böses Wort, das durfte man nicht ... Was ist denn? Wo ... Wieso ... Ach so. Gekidnappt. Sie wollen mich umlegen. Und die Polizei ist immer noch nicht ... Er setzte sich auf und ließ die Beine über den Rand des Feldbetts hängen.

Es war hell. Der Dicke stand am offenen Fenster, beugte sich hinaus und schaute zum Himmel.

»Zurück, du Idiot ...« Die helle Stimme.

Ein junger Mann. Bei Erwachsenen war es schwer, das Alter zu schätzen, aber der mit der hellen Stimme war bestimmt viel jünger als der Dicke. Gerhard hieß die helle Stimme, das hatte er behalten. Gerhard war ganz dünn und blond. Fast so blond wie der von Sabine, der mit dem Motorrad, aber kleiner. Und die Haare waren länger. Und er hatte einen Bart, so einen ganz komischen, krausen.

»... willst du unbedingt, daß sie dich sehen von da oben? Die sind doch höchstens dreißig Meter hoch!«

Der Dicke trat vom Fenster zurück, sah zum Bett und grinste. »Jetzt kann er dich auch beschreiben«, sagte er.

Der Hubschrauber tuckerte weiter, wurde leiser. Dann war es still.

»Ja«, sagte der Blonde, der Gerhard hieß. »Ja, jetzt kann er mich auch beschreiben.«

Es gab nur einen alten Gasherd, und das Gas war abgestellt, genau wie das elektrische Licht. Sie mußten kalt frühstücken. Er hätte gern ein Glas Milch gehabt oder eine Tasse Kakao. Und ein Bircher-Müsli. Wie sonst. Aber sie hatten nur Brot und Butter und Wurst, die nach Knoblauch schmeckte. Die Männer tranken Bier aus der Flasche.

»Und jetzt?« sagte der Dicke.

»Nichts.« Der Blonde, der Gerhard hieß, zuckte die Achseln. »Wir warten ab.«

»Und der Hubschrauber?«

»Zufall. Die haben nicht uns gemeint.«

»Bist du so sicher?«

»Klar. Hier in der Stadt würden sie erst Hubschrauber einsetzen, wenn sie wissen, wo wir stecken. Oder wenigstens, wo sie uns suchen müssen ... Nein, die waren hinter irgendwas anderem her.«

Der Dicke angelte sich die zweite Bierflasche. »Jetzt kann er uns beide beschreiben«, sagte er.

»Ja, das kann er jetzt ... Wie heißt du eigentlich?«

Es war seit dem albernen »Na, kleiner Mann?« das erstemal, daß einer etwas zu ihm sagte.

»Ich heiße Lionel Dickenberger«, sagte er. »Aber Mami heißt nicht so. Mami heißt Montegrasso ... Das ist Italienisch.«

»Leio ...« Der Dicke bekam große Augen.

»Lionel, ja. Das ist Englisch.«

»Alle können sie Englisch«, sagte der Dicke mißmutig.

Gerhard sagte: »Beschreib mich mal, Lionel ... Wie sehe ich aus?«

»Blond. Dünn. Und jünger als ...« Ein Daumen wies auf den Dikken: »... als der Dicke. Der dicke Herr, meine ich ... Und Bart.«

»So!« sagte der dicke Herr. »Und jetzt? Siehst du jetzt ein, daß ...«

»Schnauze!« Gerhard runzelte die Stirn. »Also, das kommt überhaupt nicht in Frage – klar?«

»Willst du in 'n Knast?«

»Wenn ich in den Knast gehe, dann so kurz wie möglich. Nicht lebenslänglich, auf alle Fälle.«

»Und das Ding in Augsburg? Das mit dem Taxifahrer, was du mir erzählt hast? Wenn sie dich erst haben, bist du dran. Das reicht für lebenslänglich. Und mehr könnse dir nicht aufbrummen, so oder so.«

»Hör mal, wenn du jetzt nicht endlich die Klappe ...«

»Wenn ich die Klappe halte, dann brauchen wir ihn nich umlegen, was? Denkste, Kleiner. Ich will, daß er umgelegt wird. Ich will ihn kaputtmachen ... Nee: ich will, daß *du* ihn kaputtmachst. Dann ham wir ne Chance. Du, in erster Linie. Denn *ich* hab ihn ja dann nicht kaputtgemacht, nicht wahr? Und *du* hast ohnehin schon den Taxifahrer in Augsburg ...«

Sie redeten zu schnell, zu erregt; wieder kam er nicht mit. Aber der Dicke hatte jetzt offenbar Oberwasser.

Das Hornvieh ... was hatte das Hornvieh da gesagt? Kaputtmachen ... Kaputtmachen war ganz schlecht. Als er zu seinem fünften Geburtstag von Vati – oder war das Papi gewesen? ... die elektrische Eisenbahn bekommen hatte ... Und Oma Bärbel, Oma Bärbel Dikkenberger hatte gesagt, das arme Kind, die elektrische Eisenbahn, das ist doch viel zu früh ... Und als er dann nachgesehen hatte, wieso und warum die Lokomotive lief, so ganz von allein, da haben sie nachher alle geschimpft – du hast sie kaputtgemacht, haben sie gesagt ... kaputtgemacht.

»... nicht – in – Frage, habe ich gesagt! Klar!«

Warum ist der denn auf einmal so böse? Und warum hat er den Revolver in der Hand? Aber das ist kein Colt, wie sie ihn im Fernsehen haben – ein Colt sieht anders aus. Länger.

»Mach doch keinen Scheiß, Mann!« sagte der Dicke. Er war plötzlich heiser und ganz blaß. »Ich mein's doch gut, Mann!«

Der Blonde, der Gerhard hieß, steckte den Revolver, der kein Colt war, in die Tasche.

»Na, also ... Gib mir 'n Bier rüber!«

*

»Immer ich!« Sabine war beleidigt. »Soll ich mir den Fratz vielleicht an die Schürze binden? Ich kann doch nicht Tag und Nacht ...«

»Es war vermutlich Tag«, warf der Kommissar milde ein. »Sie sagen, Sie haben den kleinen, eh ... Lionel vorgestern abend zu Bett gebracht. Gestern früh haben Sie ihn geweckt, gewaschen ... Dann haben Sie ihm sein, eh ...«

»... Müsli gemacht, ja. Und ihn in den Garten geschickt. Er spielt immer im Garten. Ich meine, wenn es nicht regnet, oder ...«

»Wann war das? Um wieviel Uhr?«

»Gott, so genau ... Also, um neun vielleicht. Neun, halb zehn.«

»Halb zehn, gut. Und dann?«

»Lieber Gott, wenn Frau Montegrasso im Ausland dreht, dann ist hier das Personal weg. Dann muß ich alles allein machen, und ...«

»Moment mal – Montegrasso? Die Schauspielerin? Ich denke ...«

»Ja, eigentlich heißt sie Dickenberger. So hieß ihr erster Mann. Der Regisseur. Den Namen hat sie dann behalten nach der Scheidung, auch nachdem sie ihren zweiten Mann ... Bloß Italienisch. Montegrasso. Künstlername, ja?«

»So ... eh ja. Und dann?«

»Dann was? Ach so ... Also, dann ist er in den Garten. Er spielt stundenlang im Garten. Ganz allein ...«

»Ja. Er kam nicht zum Mittagessen ... Was haben Sie getan?«

»Nichts. Er kommt öfters nicht. Er versteckt sich irgendwo. Er schleicht sich an, beobachtet, belauscht ... Ein ganz hinterhältiges Kind ist das, sag ich Ihnen!«

»Und was machen Sie, wenn er nicht kommt?«

»Ich warte, bis er doch kommt.«

»Sie warten, bis er ... Aha. Und Frau Montegrasso?«

»Ach, die ist doch immer weg. Fast immer ... Aber ich hab sie gleich angerufen, gestern abend.«

»Aha ...« Der Kommissar war verwirrt. Er hatte drei Kinder – neun, zwölf und fünfzehn. Und eines oder das andere davon war gelegentlich auch überfällig. Aber seine Frau regte sich dann auf.

»Aha«, sagte der Kommissar noch einmal. Er fühlte sich überfordert. »Also«, versuchte er zusammenzufassen, »der Junge ist seit gestern vormittag weg – das heißt, da haben Sie ihn zuletzt gesehen. Gestern abend haben Sie auf dem Revier angerufen, die Kollegen haben uns im Präsidium verständigt, und die Kollegin Teichert von der weiblichen Kripo ist gleich zu Ihnen gefahren. Das Zimmer des Jungen ist unaufgeräumt, aber es fehlt offenbar nichts – Kleider, Schuhe, alles da. Bis auf das, was er anhatte, als er in den Garten ...« Er hielt inne. Es hatte geschellt.

Sabine sprang auf und rannte zur Tür. Dann ein Aufschrei:

»Mein Gott – die gnädige Frau!«

*

Er sagte: »Ich muß mal.«

Sie hörten ihn nicht. Sie stritten sich immer noch. Gerhard war dafür, ihn auf dem Feldbett anzubinden – heute abend, sobald es dunkel war – und die Mücke zu machen. Riskant, jetzt aus der Deckung zu gehen, aber Kopenhagen ... Vielleicht doch noch ...

Er wußte nicht, was mit der Mücke gemeint war, aber es schien nicht so schlimm zu sein. Nicht so schlimm wie Kaputtmachen, auf alle Fälle. Der Dicke, der offenbar Mann hieß mit Vornamen, war jetzt dafür, ihn mitzunehmen.

»... wenigstens, bis wir aus der Stadt sind! Als Geisel, weißt du?«

»Prima Idee! Dann wissense wenigstens, in welcher Richtung wir abgehauen sind, Mann!«

»Also, wir können ja auch ... Still?«

»Was ...«

»Still!«

»Ich hab gesagt, ich muß mal«, sagte er in die Stille hinein.

»Schnauze!« sagte Gerhard. Ganz leise. Und böse.

Ein Hund bellte, kam hechelnd näher, entfernte sich wieder. Hasso. Er wußte gleich, daß es Hasso war. Hasso von nebenan, von Konsul Jany. Hasso bellte immer so komisch. Das war doch kein Grund, sich aufzuregen.

»Ob sie ne Hundestaffel ...«

»Nee, glaub ich nicht.« Gerhard zündete sich eine Zigarette an. »Die haben doch keine Ahnung, wo wir stecken, Mann! Wahrscheinlich ein Köter aus der Nachbarschaft.«

Er sagte: »Das ist Hasso. Von Konsul Jany.«

»Na siehste!«

Mann sagte: »Aber daß er weg ist, das wissen sie bestimmt mittlerweile. Meinst du nicht, daß sie zuerst hier auf dem Grundstück suchen? In dem Park kannste ne ganze Kompanie verstecken.« Mann sah Gerhard an. Gerhard sah Mann an.

Aber wahrscheinlich war Mann doch kein richtiger Vorname. Neulich im Western, da hatten sich zwei immer gegenseitig so angeredet.

»Mann«, sagte Gerhard langsam, »du bist ja gar nicht so dämlich, wie ich gedacht habe ... Los – raus hier!«

»Langsam! Wo willste denn hin? Willste am hellen Tag über die Mauer? Nee, du – ich weiß was Besseres: Du schleichst dich ans Haus ran, und ... Wennse kommen, kommense von da. Dann flitzt du hierher zurück, und dann können wir immer noch über die Mauer.«

»Hm, hm ...« Gerhard machte schmale Augen. »Und wer garantiert mir, daß du auch noch da bist, wenn ich ...«

»Na hör mal – doch nicht ich! Und außerdem ... außerdem muß doch einer auf den da aufpassen!«

Sie starrten einander an.

»Ich muß wirklich mal«, sagte er.

Sie achteten nicht auf ihn.

»*Du* gehst«, sagte Gerhard. Die helle Stimme klang besonders hell, und er hatte die Hand in der Tasche mit dem Revolver, der kein Colt war. »Und keine krummen Touren – klar? Ich kann dich nämlich auch beschreiben. Ich weiß sogar, wie du heißt ...« Er lachte; hell, meckernd.

*

»Liebe Frau Montegrasso«, sagte der Kommissar erschöpft, »so kommen wir doch nicht weiter! Wir wissen doch gar nicht, ob der Kleine tatsächlich entführt worden ist. Kinder kommen auf die komischsten Ideen, und ...«

»Lionel ist ein sensibles Kind, ein überdurchschnittlich begabtes Kind, ein ...«

»Eben! Dann ist er vermutlich auch ein sehr phantasievolles Kind. Und das sind die Schlimmsten – ich meine«, fügte er hastig hinzu, um dem Mutterprotest zuvorzukommen, »denen fällt am meisten ein ... Schau'n Sie mal: der Junge ist schätzungsweise« – ein neutraler Blick auf die Uhr, ein vorwurfsvoller zu Sabine – »vierundzwanzig Stunden weg. Und seitdem kein Erpressungsversuch, kein Brief, kein Anruf – nichts ...«

»Vielleicht hat er sich im Park versteckt«, warf Sabine ein. »Er ist doch manchmal so ... so geheimnistuerisch.«

»Sabine, ich verbitte mir solche ...«

»Bitte, gnädige Frau!« Der Kommissar hatte die Nase endgültig voll; seit einer Stunde keiften sich die beiden Weiber nun an, und er kam keinen Schritt weiter. »Ich finde, das ist ein sehr guter Gedanke.« Er unterdrückte die Bemerkung, daß er ihn bereits vor fünfundfünfzig Minuten gehabt und auch geäußert hatte. »Wir werden systematisch vorgehen. Als erstes mal das ganze Gelände absuchen. Dazu brauchen wir . . . Wie groß ist der Park?«

»Es reicht«, sagte die Schauspielerin mürrisch. »Ungefähr zwanzigtausend Quadratmeter; so genau weiß ich's nicht.«

»Gut. Dann genügen . . .« Der Kommissar stand auf. »Kann ich mal . . . Wo ist das Telefon?«

Sabine zeigte ihm, wo das Telefon war.

*

Der Dicke war erst zehn Minuten weg, aber Gerhard rauchte schon die dritte Zigarette, seit sie allein waren.

Er mußte wirklich mal. Dringend. Aber er sagte nichts. Er unterdrückte es und überlegte fieberhaft. Manchmal kamen die Polizisten auch nicht. Dann mußte sich der, den die Gangster gekidnappt hatten, selber befreien . . . Wenn ich hier rauskönnte, wenn ich im Park wäre . . . Keiner kennt sich im Park so gut aus wie ich. Und ich kann furchtbar schnell laufen. Haken schlagen. Und wenn Gerhard auch schnell . . . Halt mal!

Die Löwenfalle!

Im vorigen Sommer hatte er eine Löwenfalle gebaut. Eine Grube; ganz tief, mit Ästen darüber und Gras und altem Laub. Gestern war er dort noch vorbeigekommen. Sah noch ziemlich gut aus. Bloß Spieße waren keine drin. Die Spieße in Löwenfallen sind aus Bambus, und Bambus ist schwer zu kriegen. Aber tief ist sie, die Falle. So tief, wie ich groß bin. Wie ich im vorigen Sommer groß war . . . Er sah Gerhard an. Zweifelnd. Gerhard war kleiner als Sabines Blonder, aber immer noch ziemlich groß.

Gerhard steckte sich die vierte Zigarette an.

Wenn der in die Grube fällt, guckt er noch mit dem ganzen Oberkörper raus. Geht nicht. Schade . . . Außerdem, wie bring ich ihn dazu, daß er reinfällt . . .? Aber wenn man sich nicht selber befreien kann, müssen ja die Polizisten kommen. Sie müssen einfach.

»Ich muß mal«, sagte er. »Ganz dringend.«

»Auch das noch.« Gerhard drückte die Zigarette aus. Der alte Suppenteller quoll schon über vor Kippen. »Na, komm schon.«

Natürlich war auch das Wasser abgestellt. Man konnte die Toilette nicht benutzen. Sie stiegen die wackelige Treppe hinunter und gingen zur Haustür. Die Räume im Erdgeschoß waren leer und schmutzig.

Draußen schien die Sonne.

»He – wo willst du denn hin?« rief Gerhard, der stehengeblieben war. »Du sollst pinkeln, keinen Tagesausflug machen!« Er wandte ihm den Rücken zu und pinkelte auch.

Da rannte er los.

Er wußte, wo man am besten durch die dichte Rhododendronhecke kam. An zwei Stellen mußte er sich bücken. Gerhard muß sich öfter bücken, dachte er. Er hörte ihn hinter sich durch das Gebüsch brechen und leise fluchen. Er rannte über den Rasen, dann über die Gemüsebeete, auf denen das Unkraut so hoch wucherte, daß er sich darin verstecken konnte. Da war die alte Linde. Mit einem Satz war er hinter den Zweigen verschwunden, die bis zum Boden hingen. Er sah sich um. Er war noch gar nicht außer Atem. Gerhard hatte die Gemüsebeete erreicht und schlug gerade längelang hin, mitten in die Brennesseln.

Er war blindlings losgerannt, kopflos, ohne Ziel – nur weg! Jetzt wurde ihm klar, daß er ganz nahe bei der Löwenfalle war. Da drüben kam schon die Akaziengruppe. Dort hatte er die Löwenfalle gebaut, wegen der Akazien, weil die so afrikanisch aussahen. Gerhard kam mühsam hoch. Jetzt fluchte er laut.

Und wenn . . .

Und wenn er schießt?

Er riskierte den Umweg durch die Fliederbüsche. Gerhard hätte ihm den Weg abschneiden können, aber Gerhard wußte ja nicht, wohin er wollte. Gerhard holte auf. Jetzt hatte er den Revolver in der Hand. Da – die Akazien! Die Falle war genau in der Mitte der Baumgruppe, auf dem kleinen freien Platz . . . Jetzt! Er warf sich im letzten Moment zur Seite, fiel hin, zerriß sich die Hose an den Dornen eines dürren Akazienzweiges; sein Bein kriegte auch was ab . . .

Mit einem Satz sprang Gerhard über die Falle. Er hatte sie gar nicht gesehen. Und schon hatte er abgebremst, sich umgedreht, schon kam er auf ihn zu.

»Was soll denn das, du Gartenzwerg?« keuchte Gerhard. »Du glaubst doch wohl nicht im Ernst . . .«

Er sprach nicht weiter. Er starrte über ihn hinweg, durch ihn hindurch, auf etwas, das weiter oben im Park sein mußte, beim Haus. Und jetzt steckte Gerhard den Revolver in seine Tasche.

Er rappelte sich auf. Man konnte die Villa von hier nicht sehen, aber sie war ganz nahe, gleich hinter der zweiten, der ganz großen Rhododendronhecke. Man sah nur die Auffahrt. Und das Auto. Ein großes Auto, dunkelgrün gestrichen. Und daneben Polizisten.

»Scheiße!« sagte Gerhard. Dann machte er kehrt und rannte weg.

*

»Ich hatte Ihnen ja gleich gesagt, wie phantasievoll er ist!« seufzte die Schauspielerin.

Warum glauben sie mir denn nicht ... Erwachsene!

Der Kommissar unterdrückte die Bemerkung, daß ursprünglich *er* dies vermutet hatte, und wandte sich an den Jungen: »Schau mal, Lionel – so geht das doch nicht! Das mußt du doch einsehen ...« Verdammt noch mal, wann kommt denn die Teichert endlich? Dauernd gehen sie einem auf die Nerven, die Damen von der weiblichen Kripo, aber wenn man sie braucht ...

»Es waren aber doch Kidnapper«, sagte er. »Zwei. Der eine heißt Gerhard. Er ist blond und dünn. Er hat einen Bart. Und einen Revolver, aber es ist kein Colt. Und der andere ...«

»... ist dick und hat eine Glatze. Und sie wollen nach Kopenhagen – das hast du schon dreimal gesagt!« Der Kommissar seufzte jetzt auch. »So kommen wir doch nicht weiter! Du mußt die Wahrheit sagen ... Kidnapper fängt man doch nicht in einer Löwenfalle.«

»Ich hab ihn ja auch nicht gefangen«, sagte er. Er war vor zehn Minuten in die Villa gekommen, und seitdem versuchte er, den Erwachsenen klarzumachen, was passiert war.

»Ja – weil's ihn gar nicht gibt!« Der Kommissar wollte auf den Tisch schlagen, besann sich jedoch eines Besseren ... »Du darfst mir hier keine Märchen erzählen, Lionel.«

Märchen? »Da war noch was mit achthundert Riesen«, sagte er.

»Riesen!« Sabine, die sich bisher im Hintergrund gehalten hatte, mischte sich ein. »Bloß weil er sich die Hose zerrissen hat, erfindet er was von Riesen ...«

»Aber das mit dem Blonden auf dem roten Motorrad ist wahr!« sagte er böse. »Und das mit den Kidnappern auch.«

Sabine sagte nichts mehr.

»Augenblick mal – wie war das mit den Riesen?« Endlich konnte sich der Kommissar durchsetzen.

»Na ja, der Dicke wollte achthundert Riesen. Weil er doch den Bruch vermasselt hatte.«

»Den Bruch . . .«

»Da war irgendwas mit der Alarmanlage. Ich hab's nicht ganz mitgekriegt. Er hat da was falsch gemacht, der Dicke.«

»Junge, haben die *wirklich* . . .« Der Kommissar brach ab und sah unwillig auf: »Was ist denn? Ich will nicht gestört werden, hab ich gesagt.«

»'tschuldigung«, sagte der Uniformierte. »Es ist nur, wir haben unten in dem alten Gärtnerhaus einen ganzen Teller voller Kippen gefunden. Zigarettenkippen, ganz frisch. Ich dachte, es interessiert Sie.«

*

Jetzt hab ich doch tatsächlich in der Zeitung gestanden. Eigentlich schade, daß sie Gerhard . . . Aber sie haben ihn. Es steht in der Zeitung, und in der Zeitung dürfen sie nur die Wahrheit . . . Das ist genau wie im Fernsehen. Gerhard war dagegen, als der Dicke mich kaputtmachen wollte. Den Dicken haben sie noch nicht. Vielleicht kriegen sie ihn auch noch . . .

Ich kann noch nicht schlafen, aber Jutta hat das Licht ausgemacht. Jutta ist für Sabine gekommen, weil Mami Sabine doch rausgeschmissen hat. Weil sie nicht aufgepaßt hat auf mich. Das ist zwar Quatsch, aber erklär das mal den Erwachsenen . . .

Komische Leute, die Erwachsenen.

Aber ich hab eine gute Rolle gespielt in der ganzen Geschichte, sagt Mami. Sie hat mir erklärt, was eine Rolle ist. Ich weiß es jetzt.

Zu Jutta kommt der mit dem roten Motorrad nicht. Also, bisher nicht.

Aber Mami ist schon wieder weg. Sie hat eine neue Rolle.

Wer und was ist hier gemeint?

Ein GASSENBILDERRÄTSEL (Lösungen „um die Ecke")

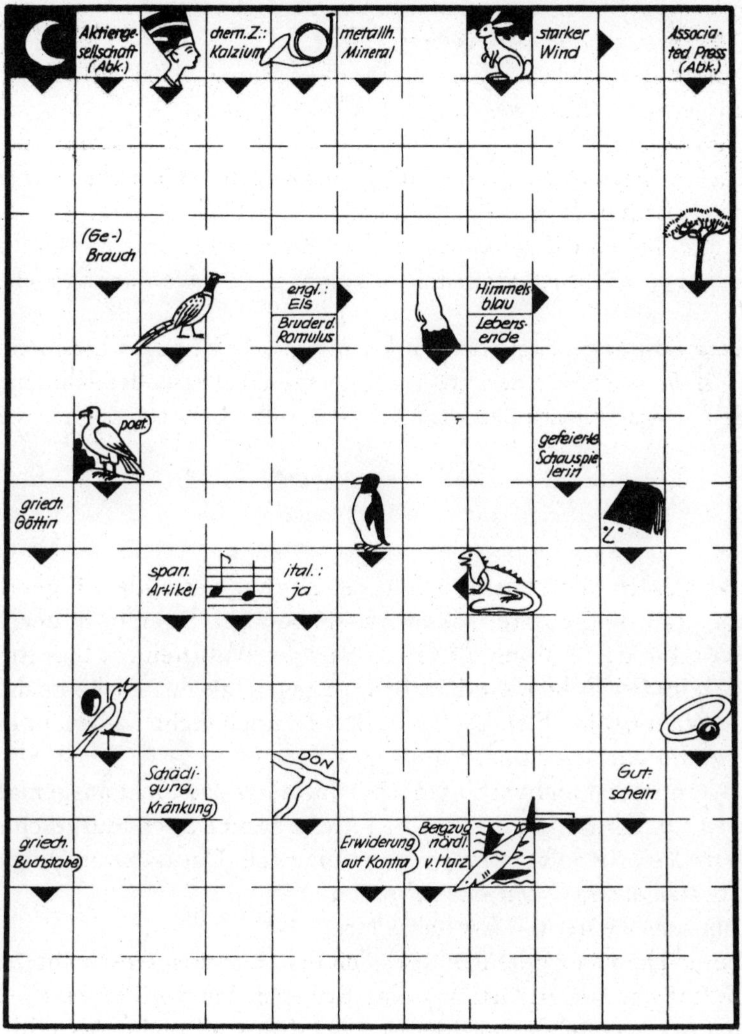

Die 2., 6., 10. und 15. Waagerechte nennen ein Zitat und den Verfasser
Auflösung auf Seite 245

VI

TODESFLUG NACH HONGKONG

Von

Hasso Hecht

Der Anruf kam gegen 23 Uhr. Professor Baker ignorierte das Schnarren, obwohl der Apparat in Griffweite auf dem Schreibtisch stand. Wahrscheinlich hörte er das störende Geräusch gar nicht, so konzentriert warf er eine Kolonne von Formeln auf den Notizblock.

Glen Foster kam schnell vom Bücherregal herüber und nahm den Hörer. »Foster, Assistent bei Professor Baker.«

Der Anrufer flüsterte fast: »Es ist soweit. Geben Sie ihm jetzt die Tropfen. Ich schelle in zehn Minuten.«

Ein nervöses Zucken lief über Fosters hageres Gesicht. Er wischte mit der linken Hand über den Nacken und murmelte: »Yes, Sir. Das geht in Ordnung.«

Baker schaute von seinen Notizen auf. »Was besonderes, Glen?«

Foster legte den Hörer ab. »Nur Dr. Vandam. Er wollte wissen, ob Sie morgen wirklich Ihren Urlaub antreten.«

Baker seufzte und strich über die Augen. »Eigentlich habe ich keine Minute Zeit übrig. Ein paar Vorträge auf dem Kongreß heute eröffnen neue interessante Aspekte. Ich muß das unbedingt verarbeiten.«

Foster ging zur fahrbaren Bar, nahm ein Glas heraus und gab aus einer Phiole zehn wasserhelle Tropfen hinein, ehe er zur Rotweinflasche griff und das Glas zur Hälfte füllte. »Sie sollten wirklich aus-

spannen, Herr Professor«, sagte er. »Ihr Vortrag war eine Glanzleistung und hat die meiste Beachtung gefunden.«

Er reichte dem Professor das Glas. »Ihr Schlaftrunk.«

Abwesend nahm Baker einen Schluck. »Danke, Glen. Wo steckt Sylvie eigentlich?« Seine Stimme klang fast zärtlich, als er fragte.

Foster ließ den Professor nicht aus den Augen. Schweiß glitzerte auf seiner hohen Stirn, der Adamsapfel hüpfte, als er heftig schluckte. »Ausgegangen. Mit Mock, dem Detektiv.«

»Dann ist sie ... ja wohl in ... in guten ...«, mitten im Wort fiel Bakers Kopf zur Seite. Eben noch rechtzeitig nahm Foster das Glas aus der erschlaffenden Hand, leerte es in der Küche in den Ausguß und spülte es sorgfältig.

Der Chinese, den er Minuten später einließ, hielt sich nicht lange mit Vorreden auf. Auch er fragte nach der Sekretärin des Professors, während er seinen Diplomatenkoffer öffnete und eine fertig aufgezogene Spritze aus der Vakuumpackung nahm. Fachmännisch staute er die linke Armvene Bakers, hielt die Spritze prüfend gegen das Lampenlicht, drückte den Kolben an, bis einige bernsteinfarbene Tropfen herausspritzten, und stieß die Nadel in die Vene.

Er löste die Stauschlinge und sagte: »Mock ist gefährlich. Ich habe ein Dossier über ihn gelesen.«

»Fürchten Sie, daß er etwas gewittert hat, Lin Tiao?«

Der Chinese zog die leere Spritze zurück und drückte einen Wattebausch in die Armbeuge des Professors. Er lächelte dünn. »Mock würde es nicht überleben, Mr. Foster.«

Der Assistent preßte die Lippen aufeinander. Zögernd murmelte er: »Was haben Sie Baker injiziert?«

»Ein exzellentes Mittel, das vorübergehend das Nervensystem blockiert und zu partiellen Lähmungen führt. Und jetzt werden Sie Zeuge, wie der markante Kopf des weltberühmten Atomphysikers Baker mittels Perücke, Bart und Paraffin-Einspritzungen völlig verändert wird.«

Lin Tiao verstand sein Handwerk wie ein Schönheitschirurg. Unter seinen geschickten Händen verwandelte sich das Gesicht des Professors von Minute zu Minute mehr, bis er sich selbst nicht mehr im Spiegel erkannt hätte. Fosters Nervosität steigerte sich, er stand dauernd hinter der Gardine und schaute zur stillen Vorortstraße hinüber.

Plötzlich zuckte er zusammen und rief unterdrückt: »Sie kommen! Mock steigt mit aus! Was sollen wir tun, wenn er . . .«

Lin Tiao griff in seinen Koffer und nahm eine Stahlrute heraus, die er pfeifend durch die Luft sausen ließ. »Nehmen Sie sich zusammen!« herrschte er Foster an. »Führen Sie die beiden herein!«

*

Der März war die neun Sonnentage noch schuldig geblieben, die Meteorologen ihm prophezeit hatten. Nach dem heftigen Frühlingssturm des Vortages hatte sich ein mildes Lüftchen durchgesetzt, das den Winter vergessen ließ. Aber ein Schäferstündchen im Freien hätte garantiert einen soliden Schnupfen eingebracht.

Harry Mock rangierte den Leihporsche in die Auffahrt der Villa, die Professor Baker für die Zeit des Kongresses von EURATOM in Amsterdam zugewiesen worden war. Der Motor starb, und Harry zog die Frau zu sich herüber. Sylvie Tuwan - ein Traum von einer Frau, Eurasierin mit Mandelaugen, Pfirsichteint und lockender Leidenschaft.

»Nicht hier!« flüsterte sie. »Nicht jetzt.«

»Sondern wo und wann? Du kannst doch nicht einen Vulkan erst zum Ausbruch reizen und ihn dann einfach mit kaltem Wasser begießen!«

In ihren Augen las er das große Versprechen, als sie das enge, seitlich geschlitzte Kleid - einen Cheongsam aus reiner Seide - raffte und aus dem Sitz glitt. Schnell stieg er auf seiner Seite aus, schloß ab und folgte ihr zur Villa. Auf dem Flur brannte Licht. Ärgerlich furchte Harry Mock die Stirn, als Bakers Assistent aus der Bibliothek trat und hüstelnd ›Guten Abend‹ wünschte. Harry fand ihn noch nervöser als sonst. Wahrscheinlich trieb Sylvies Anblick seinen Puls in die Höhe - wie das bei jedem Mann geschah, falls er nicht gerade Fischblut in den Adern hatte.

»Stimmt etwas nicht, Glen?« erkundigte sich Sylvie. »Ist Professor Baker noch auf?«

Sie ging schnell auf die Bibliothek zu. Mock folgte, nickte Foster zu und trat durch die Tür. Da lag ein Mann auf der Couch, den er noch nie gesehen hatte - und doch erinnerte ihn das Gesicht irgendwie an den Atomphysiker. Anstelle von Bakers grauem Haarkranz trug der Mann volles schwarzes Haupthaar mit grauen Schläfen, das Gesicht war dunkel gebeizt und aufgedunsen, der Bart ...

Zu spät nahm Harry Mock die flüchtige Bewegung hinter sich wahr. Er sah eben noch, wie Sylvie Tuwan vor der Couch stehenblieb, hörte einen pfeifenden Luftzug, wollte herumwirbeln – da traf ihn etwas mit der Wucht eines Schmiedehammers am Hinterkopf über dem rechten Ohr. Er sah nicht mehr, wie der Teppich ihm entgegenflog und seine Nase heftig stauchte.

Irgendwann, Minuten oder Stunden später, drangen ferne Stimmen in sein schlafendes Bewußtsein. Eine sehr erregte weibliche, die zweifellos Sylvies gehörte: »... ist unser Plan in Gefahr, Lin! Du darfst ihn nicht umbringen! Gib ihm eine Spritze.«

Eine scharfe Fistelstimme antwortete: »Sei keine Närrin! Nur Tote sind schweigsam.«

»Was soll er denn verraten? Er weiß nichts. Laß ihn vierundzwanzig Stunden schlafen oder noch länger. Bis dahin sind wir längst in Bangkok und liefern unsere Ware wohlbehalten ab.«

Harry Mock kämpfte gegen die Bewußtseinstrübung. Wütender Schmerz marterte seinen Kopf. Es wollte ihm nicht gelingen, die Augen aufzustemmen.

»Gut«, hörte er die Fistelstimme sagen, »ich verpasse ihm eine Ladung.«

Der Einstich in die Armbeuge war das Letzte, das der Detektiv für lange Zeit spürte.

*

»Morphinvergiftung«, sagte der Arzt. »Ein paar Milligramm mehr, und Sie wären über den Jordan gegangen, Mijnheer Mock.«

Dämmerung warf graue Schatten in das Krankenzimmer. Dämmerung nistete auch noch in Harrys Hirn. Nicht daß er sich miserabel fühlte, bewahre! Eher wie in einem Schwebezustand auf rosa Wolken. Erst viel später erfaßte er, daß einige Ärzte seit Stunden an ihm herummanipuliert hatten, begriff, daß nicht die Morgendämmerung vor dem Fenster stand, sondern der Abend graue Schatten hereinwarf.

Sylvie! war sein erster Gedanke, als er wieder denken konnte. Und der zweite: Baker! Sie hatten Baker geschnappt, den Atomphysiker, und Sylvies hübsche Händchen steckten bis zu den Ellbogen im Spiel. Er wollte nach der Polizei verlangen, aber eben noch rechtzeitig fiel ihm ein, daß eine Menge Porzellan zerdeppert werden konnte, wenn der Fall an die große Glocke gehängt würde. Dies war sein Bier.

Der Mann, der den Arzt beiseite schob, stand annähernd zwei Meter hoch in den Schuhen und stellte sich als Kommissar vor. Natürlich wollte er hören, was Mock über das Verschwinden des Professors wisse. Er bekam nur ein Achselzucken als Antwort und Harrys Gegenfrage: »Er ist also verschwunden? Und was haben Sie inzwischen herausgebracht, Mijnheer Kommissar?«

»Wenig. Der Lieferwagen einer chinesischen Wäscherei ist heute früh bei der Villa vorgefahren und hat einen großen Wäschekorb abgeholt. Ahnen Sie, was darin war?«

»Dazu brauch' ich keine Hellseherfähigkeiten, Kommissar. Anhaltspunkte? Spuren?«

»Nein. Der Lieferwagen war gestohlen. Wir haben ihn im Hafen gefunden.«

»Dann gebe ich Ihnen einen Tip: Durchsuchen Sie alle Schiffe, die den Blauen Peter im Topp haben.«

»Sie sind sehr witzig. Allein heute morgen haben schon zehn große Pötte Anker aufgemacht.«

»Mahlzeit! Wer hat mich eigentlich entdeckt?«

»Dr. Vandam, der Freund des Professors. Sie lagen im Bett der Sekretärin.«

Kaum hatte der Vertreter des Gesetzes das Zimmer verlassen, da schwenkte Harry die Beine aus dem Bett. In seinem Kopf veranstalteten drei Big Bands ein Jazzfestival. Er griff zum Telefon und zitierte Henk de Weert her, einen Kunstmaler, mit dem er schon einige Sausen durch Amsterdams Nachtleben gemacht hatte.

Er legte de Weert ein Foto des Professors vor und sagte: »Geh bitte von der charakteristischen Schädelform dieses Mannes aus, Henk. Zeichne ihn mit einem gedunsenen, braun gefärbten Gesicht. Setz ihm anstelle der Einsteintolle eine schwarzhaarige Parücke mit grauer Schläfenpartie auf. Denk dir ferner den Lenin-Spitzbart weg und mal ihm eine leicht ergraute Backenbartmatratze.«

De Weerts Zeichenstift huschte über das Papier. Nach zehn Versuchen entsprach das Porträt ziemlich genau dem Kopf des Mannes, den Harry Mock leider viel zu kurz auf der Couch hatte liegen sehen. Er steckte die Zeichnung in seine Brieftasche und vergatterte de Weert zu strengster Diskretion.

Als der Arzt wenig später erschien, war Mock fertig angekleidet. »Fragen Sie nicht, wie ich mich fühle«, murmelte er. »Wackelpudding in den Knien, Pauken und Trompeten anstelle eines Gehirns, aber ich muß los.«

Der Arzt hob die Achseln. »Ich lehne jede Verantwortung ab! Alles was ich für Sie tun kann, ist eine weitere Kreislaufspritze.«

»Fein. Packen Sie mir noch ein paar Pillen ein, wenn's not tut.«

Harry Mock bekam eine halbe Apotheke samt Gebrauchsanweisung mit auf den Weg. Ein Taxi brachte ihn zum Hilton-Hotel und wartete, bis er gezahlt und seinen Alarmkoffer geholt hatte. Die riesige Uhr am Empfangsgebäude des Flughafens Schiphol wies auf Viertel vor sieben Uhr abends, als Harry dort das Taxi verließ, dem Fahrer einen viel zu großen Schein hinwarf und sich durch das babylonische Völker- und Sprachengewirr einen Weg zum ersten Schalter bahnte. Bangkok! Dieser Name stand als Wegweiser vor ihm. Nur gut, daß nicht alle Fluggesellschaften den Fernost-Dienst versahen.

Er begann bei der KLM, wechselte zur Air France, zur PanAm und Japan Air Lines, blätterte überall das Konterfei des Mannes hin, hinter dessen veränderter Fassade er den Professor vermutete, und bekam nur Kopfschütteln und bedauerndes Achselzucken zur Antwort.

Endlich – die Uhr raste weiter – endlich stand er am Schalter der Pakistan International Airlines. Eine bezaubernde Hostess lächelte ihn an, er lächelte gequält zurück, sagte, während er das Porträt hinlegte: »Sweetheart, Sie würden mich zu ewigem Dank verpflichten, wenn dieser Gentleman bei Ihnen gebucht hat. Er ist schwerkrank, und ich muß ihm unbedingt eine Medizin nachbringen, die die Krankenschwester verschusselt hat.«

»Oh«, machte das Kußmündchen der Hostess. Dann stirnrunzelnd: »Er könnte es sein. Allerdings war er nicht hier am Schalter.«

»Sondern?«

»Ich habe ihn bei der Abfertigung gesehen.«

»Sie sind ein Engel! Er war nicht allein?«

»Wie könnte er! Sagten Sie nicht selbst, er sei schwerkrank? Er sitzt doch im Rollstuhl, nicht wahr?«

Harry nickte schnell. »Natürlich. Ich hätte Ihnen das gleich sagen sollen. War die Pflegerin bei ihm?«

»Ja. Eine rothaarige Krankenschwester. Der Rollstuhl wurde allerdings von einem Chinesen geschoben.«

»Danke. Welcher Flug bitte?«

Die Hostess blätterte in ihren Unterlagen. »Stimmt der Name Ayub Mabul? Mit Krankenschwester Jane Kerba ...«

»Richtig.«

»Flug Nr. PK 780, ab Schiphol 10.15 Uhr, gebucht bis Karachi. Der Flug geht via Damaskus und Dhahran.«

»Danke. Sie sind ein wahrer Engel! Wann landet die Maschine in Karachi?«

»Um 00.45 Ortszeit.«

Demnach, rechnete Harry schnell, befand sich der Professor jetzt, um 19 Uhr MEZ, knapp zwei Stunden vor Karachi. Weil man vier Stunden von der Westpakistan-Zeit zu Mitteleuropäischer Zeit zurückrechnen muß. Zeit schinden, hieß die Devise!

Er eilte zum Schalter seiner Fluggesellschaft, für die er als Detektiv arbeitete. Sollte er gleich nach Bangkok oder erst nach Karachi fliegen? Konnte er beide Ziele koppeln?

In absehbarer Zeit ging kein Direktflug ab Amsterdam. Als einzige Möglichkeit bot sich ein Umsteigen in Frankfurt Rhein-Main an. Eine B 737 ging in zwanzig Minuten, sie war nicht ausgebucht und Harrys Detektiv-Lizenz war das Sesam-Öffne-dich. Die Passagiere hatten längst Platz genommen, im Eiltempo passierte er den langen Schlauch der Schleuse und hatte die Maschine eben betreten, als die Düsen anfingen zu singen.

Pünktlich hob der Donnervogel die Beine von der Piste. Amsterdams Lichtermeer ertrank im Dunst und war plötzlich ausgelöscht, als sie in die Wolken hineinzogen. Harry Mock klippte den Anschnallgurt auf und ließ sich von einer Stewardess ins Cockpit bringen. Da es sich um eine Maschine seiner Gesellschaft handelte, kannte ihn der Kapitän und begrüßte ihn: »Hallo, Null Null Sex! Falls Sie an Bord sind, um unsere Stewardessen zu verführen ...«

»Ausnahmsweise fühle ich mich momentan wie mein eigener Großvater, Käptn. Machen Sie mir bitte schnellstens eine Funkverbindung mit dem Tower Frankfurt.«

»Wenn's weiter nichts ist! Wo brennt's denn?«

Harry gab seine Story nicht preis, sondern brummte nur etwas von top secret und Gefahrenstufe Eins. Der Käptn drückte ihm das Mikrophon in die Hand, und Harry konnte einen Platz in der Maschine nach Karachi belegen. Dann schluckte er wieder eine Pille, schlich nach hinten und ließ sich einen strammen Mokka servieren. Das war immer noch das beste Mittel gegen den Morphin-Mißbrauch, den man mit ihm getrieben hatte.

Trotzdem fand er in Frankfurt Zeit genug, sich vom Arzt den Puls fühlen zu lassen. Es ging ihm viel besser, und er kriegte nur noch eine Depot-Spritze in die Kehrseite. Gleich nach dem Start in Richtung Karachi – in der B 747 Flug Nr. 690 – machte er die Augen zu und verschwendete keinen Gedanken mehr an die Entführung des Professors, der in den USA Geheimnisträger Nr. 1 war und bei jeder Fluggesellschaft eine VIP *(very important person = wichtige Persönlichkeit).*

*

Schon beim »Verladen« auf dem Flughafen Schiphol war Professor Baker bei klarem Bewußtsein gewesen. Er sah, hörte und registrierte alles, sein logisch geschultes Gehirn verarbeitete es und zog die richtigen Schlüsse – aber tun konnte er nichts dagegen. Er versuchte zu sprechen, den nichtsahnenden Passagieren der First Class die Wahrheit ins Gesicht zu schreien, doch die Zunge verweigerte den Dienst wie Arme und Beine. Das lähmende Gift wirkte.

Der Chinese – Lin Tiao hieß er – hatte den Professor wie eine Puppe aus dem Rollstuhl in den Sitz gehoben und angeschnallt. Jetzt saß Sylvie Tuwan neben ihm. Fast hätte er sie nicht erkannt mit der rostroten Perücke und dem weißgeschminkten Gesicht. Sie bemühte sich um ihn wie eine aufopfernde Schwester, fütterte ihn, flößte Getränke ein, und er konnte nichts tun, als alles mit dumpfer Wut über sich ergehen zu lassen.

Niemand merkte, wie flehend, wie ratlos und verzweifelt er Sylvie ansah. So als wollte er ihr etwas sagen und konnte nicht.

In Karachi verließen sie die Maschine. Der Rollstuhl verschwand in einem geräumigen Lieferwagen, dessen Fahrt durch die Nacht auf einem Hinterhof endete. Kurz darauf blinzelte Baker in einem kahlen Zimmer in grelles Lampenlicht, und Lin Tiao machte sich über sein Gesicht her. Anstelle der ersten Perücke wurde jetzt graues Stichelhaar über Bakers Kopf gezogen. Den Backenbart stutzte Sylvie Tuwan und färbte ihn weiß. Die Beize wurde vom Gesicht des Professors abgeschminkt und seiner Haut blasse Stubenfarbe gegeben.

Sylvie Tuwan verzichtete jetzt auf die rote Perücke und ließ ihr schwarzes Naturhaar locker auf die Schultern fallen. Sie legte einen indischen Sari an. Indessen telefonierte Lin Tiao wohl ein Dutzendmal. Von seinem chinesischen Dialekt verstand Baker nicht ein Wort.

Dann setzte der Chinese wieder eine Injektion in Bakers Vene und sagte in einwandfreiem Englisch zu Sylvie: »Es ist alles über den Haufen geworfen. Mock fliegt uns nach.«

»Unmöglich!« rief Sylvie.

»Ich hätte ihn erledigen sollen! Er hat bis Bangkok gebucht. Warum wohl?«

»Er kann unmöglich wissen, daß wir dort . . .«

»Er kann! Falls er nämlich gerade da bei Bewußtsein war, als du von unseren Plänen geschwatzt hast.«

»Und nun?«

»Wir nehmen die Maschine nach Hongkong. Start 09.35 Uhr. Sollte Mock hier in Karachi schnüffeln, wird er von unseren Leuten fertig gemacht.«

Mehr hörte der Professor nicht. Er dämmerte sachte hinüber in ein bizarres Traumland.

*

Karachi. Um 9.15 Uhr stemmte die B 747 ihre mächtigen Beine auf die Piste und wurde in unmittelbarer Nähe einer DC 10 der Japan Air Lines eingewinkt. Die Düsen verstummten.

Harry Mock schaute aus dem Cockpit zum Empfangsgebäude hinüber, dann über das hitzeflimmernde Vorfeld. Ein flüchtiger Blick galt der Rolltreppe bei der DC 10. Die letzten Passagiere kletterten hinauf, der Bus rollte schon wieder zurück. Eine Inderin in buntem Sari mit schulterlangem Schwarzhaar drehte sich oben auf der Rolltreppe um, ehe sie in der Maschine verschwand. Das war doch ... nein, sie konnte es nicht sein. Nicht Sylvie Tuwan. Die war längst unterwegs nach Bangkok. Oder nicht?

Harry fuhr mit dem Kleinbus der Crew zum Empfang. Gar nicht schnell genug konnte er zum Office der Japan Air Lines kommen. Die beiden Chinesen beachtete er nicht, die vor einem Kiosk standen.

»Wohin fliegt Ihre Maschine, die eben zum Start rollt?« fragte er die adrette Hostess.

Keine Geisha hätte bezaubernder lächeln können als diese Tochter Nippons. »Nach Hongkong, Sir.«

Harry hielt ihr Henk de Weerts Porträt hin. »Ist dieser Gentleman an Bord?«

»Nein, Sir.«

»Er ist schwer krank und sitzt in einem Rollstuhl. Zu seiner Begleitung gehören vermutlich ein chinesischer Diener und eine Krankenschwester.«

»Ein Passagier im Rollstuhl ist an Bord, aber nicht dieser!«

»Sondern? Ist seine Begleiterin eine schwarzhaarige Frau in indischem Sari?«

»Allerdings. Der Herr ist gelähmt, ein englischer General ...«

»Mit chinesischem Diener?«

»Ja, gewiß.«

»Sein Name? Bitte, es ist eminent wichtig!«

Harrys männlicher Charme schien noch nicht gelitten zu haben. Die Hostess blätterte in ihren Unterlagen und las vor: »General a. D. Arthur W. Reston mit Begleiterin Mi Dong und Diener ...«

»Danke. Können Sie den General beschreiben?«

Ja, das konnte die Hostess sehr präzise. Harry Mock bedankte sich überschwenglich und machte sich auf den Weg zur Crew Lounge *(Aufenthaltsraum für Besatzungen).* Warum, überlegte er, hatten die Gegner ihre Pläne geändert? War ihnen die amerikanische CIA auf den Hacken? Kaum. Blieb die andere Möglichkeit, daß man ihn, Harry Mock, in Schiphol beschattet hatte. Telegramme flogen auch im Düsenzeitalter immer noch schneller um den Erdball als der schnellste Jet.

Die beiden Chinesen standen nicht mehr am Kiosk. In dem Menschengewirr wären sie Harry ohnehin kaum aufgefallen. Er verließ die Halle, durchquerte einen stickigen Gang und wandte sich dahinter nach rechts zur Treppe.

Der erste Chinese kam ihm so schnell entgegen, daß sie beinahe zusammengeprallt wären. Er verbeugte sich tief und murmelte lächelnd eine Entschuldigung. Harry beäugte ihn mißtrauisch, witterte noch nichts - und sah beim nächsten Schritt den zweiten Chinesen. Er sprang blitzschnell zur Seite und wirbelte herum.

Das rettete sein Leben. Um einige Millimeter nur verfehlte ihn der malaiische Dolch des ersten Chinesen, der nun in seinem Rücken stand. Harrys ausgestreckte Hand sauste blitzschnell hoch und traf mit einem mörderischen Karate-Schlag den Chinesen seitlich am Hals. Er sah nicht mehr, daß der Mann gegen die Wand taumelte und zu Boden ging, denn schon sprang ihn der zweite Gegner an. Das Messer in dessen Hand blitzte auf. Harry wich mit einem Sidestep aus, schlug die geballte linke Faust mit einem Uppercut an das Kinn des Mannes und setzte in schneller Körperdrehung einen rechten Schwinger in den Nacken hinterher.

Das Messer klirrte auf den Beton, der Mann verstauchte sich jämmerlich die Nase, als er aufschlug. Mock schaute sich schnell um, doch niemand war Zeuge des Intermezzos geworden. Er grinste in sich hinein, als er linker Hand die Tür zu einem Abstellraum sah. Der Schlüssel steckte, und Sekunden später hatte er die beiden Chinesen zwischen Besen, Eimern, Putzmitteln und Kisten abgelegt. Er schloß ab und spazierte fröhlich pfeifend zur Besatzung der Boeing.

»Wie komme ich schnellstens nach Hongkong?« wollte er wissen.

Guter Rat war nicht billig, denn der letzte Direktflug war der eben gestartete der Japan Air Lines. »Fliegen Sie mit uns nach Bangkok«, riet der Flugkapitän. »Von dort geht auch abends noch eine lahme Krähe der Cathay Pacific Airways nach Hongkong.«

So lahm war der Vogel gar nicht, wie Harry anhand der Flugpläne feststellte, die er unterwegs nach Bangkok wälzte. Immerhin würde er etwa zwei Stunden später als die Entführer und ihre Beute in Hongkong landen. Nämlich abends um neun Uhr.

*

Die Turboprop Lockheed Electra steckte einigermaßen pünktlich die Nase aus der dichten Wolkendecke, und wie ein Zauberteppich breitete sich das Lichtermeer der Millionen-Stadt Hongkong zu ihren Füßen aus. Der Pilot mogelte sich an den Bergen vorbei und steuerte Kai Tak an, dessen Landepiste sich weit in die Bucht vorschob und jäh am Wasser endete.

Am Fuß der Rolltreppe wartete ein Jeep mit dem Inspektor der Kronkolonie-Police Morrison. Er kaute auf einer erkalteten Stummelpfeife, nahm sie aus dem Mund und streckte Harry Mock die Hand entgegen. »Fein, Sie mal wieder zu sehen. Habe Ihr Telegramm leider erst vor einer Stunde erhalten.«

Harry nahm die Hand und schüttelte sie herzlich. »Hallo, old Boy! Und ich hatte gehofft, Sie würden mir den ›General‹ samt Anhang auf silbernem Tablett überreichen. Es ist eben nichts, wie es sein sollte. Nächstens schicke ich eine Brieftaube.«

»Nur nicht die Flinte ins Getreide werfen. Steigen Sie ein. Den Zoll können wir uns schenken.«

»Prima. Ich habe nämlich drei Pfund Heroin dabei.«

»Also«, erklärte Morrison, während der Anlasser jingelte und er dann im ersten Gang durch die Schranke neben dem Empfangsgebäude zockelte, »Ihr sogenannter General ist pünktlich gelandet. Daß er kein General ist, habe ich schon festgestellt.«

»Und jetzt möchten Sie natürlich wissen, warum ich hinter ihm her bin. Er ist einer der wichtigsten Atomphysiker der USA.«

»Au! Gekidnappt?«

»Im Raten sind Sie Klasse. Ich vermute, daß er auf schnellstem Weg durch den Bambusvorhang geschleust werden soll. Und wie ich unsere Chancen einschätze . . .«

»Mies, Harry. Vorsichtshalber habe ich schon alle unsere Spitzel auf den Fall angesetzt.«

Harry seufzte. »Wissen Sie, wie ich mir vorkomme? Als solle ich einen stecknadelkopfgroßen Brillanten unter den Sandkörnern an Hongkongs Renommierstrand Repulse Bay suchen.«

Der Inspektor kurvte zum Taxistand ein und stoppte. Ein chinesischer Sergeant der Kronkolonie-Police – sie besteht zum größten Teil aus chinesischen Polizisten – trat salutierend heran. Hinter ihm grinste ein Taxifahrer.

»Das ist Sergeant Liu«, stellte Morrison vor. »Haben Sie was erfahren?«

Der Taxifahrer überschüttete sie auf einen Wink Lius mit einem Wortschwall in Pidgin-Englisch. Harry verstand nicht alles, aber doch soviel, daß der Chauffeur den grauhaarigen Mann im Rollstuhl – er nannte ihn Silberbart – gesehen hatte. Ja, er sei ihm sogar mit einem Fahrgast bis zur Fähre nach Victoria gefolgt.

»Silberbart ist also mit der Star Ferry gefahren?« fragte Morrison.

»Gewiß«, nickte der Chauffeur. »Er und Inderin und China-Boy. Mit Lieferwagen von Cheng Fai.«

Morrison schüttelte nachdenklich den Kopf. »Du meinst doch nicht Cheng Fai, dem das große Exportgeschäft gehört?«

Der Chauffeur legte beteuernd beide Hände aufs Herz. »Ich kennen Lieferwagen gelb-rot-blau. Ich auch kann lesen Kantonchinesisch und englisch. Yes, Sir!«

Harry schob dem Chinesen eine Dollarnote hinüber. US-Dollar, denn zum Eintauschen von Hongkong-Dollar war er noch nicht gekommen. »Dieser Gentleman, den du gefahren hast – hat er verlangt, daß du dem Lieferwagen folgst?«

»Yes, Sir. Er sagen, immer hinterher. Bis Star Ferry. Er american Gentleman. Yes, Sir.«

»Ist er auch mit der Fähre gefahren?«

»No. Er zu Hotel Peninsula. Sie kennen, Sir?«

Harry kannte es. Ganz so hoffnungslos kam ihm der Fall nun nicht mehr vor. Vorausgesetzt, daß er sich nicht irrte und der Amerikaner wirklich Glen Foster hieß ...

*

Früher schon war Harry Mock im Hotel Peninsula abgestiegen, jenem Prachtbau der dreißiger Jahre, in dem 1941 der damalige Gouverneur die Kronkolonie Hongkong an die Japaner übergeben hatte. Mit geschichtlichen Betrachtungen hielt Mock sich nicht auf, als er an der Reception eine Beschreibung Glen Fosters gab. Die Autorität des Inspektors hinter ihm verlieh seinen Worten Gewicht – der Angestellte schlug das Anmeldebuch auf, tippte auf einen Namen und eine Zimmernummer und klappte es wieder zu.

Morrison blieb in der Halle. Auch in Hongkong zeichnete sich die englische Polizei durch äußerste Zurückhaltung aus. Harry Mock schaukelte im Lift nach oben, schaute sich vor Zimmer 521 kurz um und drückte die Klinke herunter. Ein Mann im Pyjama stand im Lichtkreis der Stehlampe: Foster. Ein struppiger Schnauzbart verunstaltete sein Gesicht, sein blondes Stichelhaar war unter einer brünetten Perücke verborgen. Aber das Profil stimmte. Die Stimme auch.

». . . du hast mir versprochen, daß wir beeinander bleiben, Sylvie! Ich gehe nicht über die Grenze, wenn du nicht mitkommst!«

»Rede keinen Unsinn!« Sylvie Tuwan war nicht zu sehen. »Zieh dich an, mein Motorboot wartet.«

»Und du? Wir könnten nach Südamerika gehen, Sylvie. Oder wir bleiben einfach in Hongkong.«

»Nein! Du kannst nicht mehr zurück. Was glaubst du, was passiert, wenn deine Landsleute dich erst haben?«

Foster griff nach einem Whiskyglas und leerte es. Seine Hand zitterte. Jetzt erst schien ihm bewußt zu werden, was auf ihn zukam.

Der Lift hinter Harry Mock schwappte auf. Er schaute nicht hin, und das war ein Fehler. Vielmehr lehnte er die Tür an und tat so, als kriege er den Schlüssel nicht ins Schloß. Die Lifttür schwappte zu, sonst kein Geräusch, kein noch so leiser Schritt.

Harrys Nackenhaare sträubten sich, als die tonlose Stimme hinter ihm raunte: »Gehen Sie hinein, Mr. Mock! Was Sie in Ihrem Rücken verspüren, ist keine Spritzpistole!«

Harry glaubte dem Mann aufs Wort. Der unangenehme Druck in seiner Nierenpartie zwang ihn zum Gehorsam, er trat über die Schwelle. Glen Fosters Gesicht war eine Augenweide, aber auch Sylvie Tuwan sperrte entgeistert das Kußmündchen auf.

»So sieht man sich wieder!« sagte Harry mit einem Anflug von Galgenhumor. »Da bin ich mit Umwegen mehr als dreizehntausend Kilometer hinter euch hergeflogen . . .«

»Shut up!« fauchte der Mann hinter ihm. Als Harry den Kopf wandte, schaute er in die fanatischen Augen eines Chinesen. Daß er Lin Tiao hieß, erfuhr er erst später.

»Das ist Hexerei«, flüsterte Sylvie.

Lin Tiaos Kopf ruckte zu ihr herum. »Sei still! Er ist mit einem Polizeijeep gekommen.«

Harry Mock verlor keine Sekunde. Blitzschnell packte er das Handgelenk des Chinesen und bog den Arm nach oben. Es machte »Plop«, denn die Pistole in Tiaos Hand trug einen aufgeschraubten Schalldämpfer. Im nächsten Sekundenbruchteil schlug Harrys Rechte voll an Tiaos Kinn ein.

Er hörte schräg hinter sich Glen Foster aufschreien ... Tiao setzte einen Judohebel an, den Harry gedankenschnell mit einem Ausheber parierte. Sie gingen beide zu Boden und rangen wie Wildkatzen auf Leben und Tod. Wieder machte die Waffe Plop und gleich noch einmal. Harry glaubte den fauchenden Luftzug der Kugel zu spüren. Der Körper Tiaos bäumte sich plötzlich, und Harry schleuderte ihn mit äußerster Kraftanstrengung von sich, federte hoch, sah Sylvie Tuwan eben durch die Tür auf den Gang hinaus verschwinden, sah herumwirbelnd Glen Foster wie eine verrenkte Gliederpuppe neben dem Sessel liegen ... sah, daß Lin Tiao aus einer unschönen Halswunde blutete und vergeblich versuchte, die Waffe hochzubringen ...

Er würde es nicht überleben. So wenig wie Foster, den die verirrte erste Kugel getroffen hatte. Nur Sylvie Tuwan blieb übrig.

Harry stürmte aus dem Zimmer. Der Lift war unterwegs, also rannte er die Treppen hinab. Als er die Halle erreichte, passierte Sylvie gerade die Schwingtür nach draußen.

In ihrem engen, seitlich geschlitzten Rock war Sylvie nicht so schnell wie Harry, und auf dem kurzen Stück bis zum Kai holte er sie fast ein. Sie schaute sich um, schrie etwas Chinesisches, hastete eine Treppe hinunter und sprang in das wartende Motorboot.

»Stop!« brüllte Harry und hob die Pistole.

Das Fischernetz flog so plötzlich über ihn, daß er es noch nicht begriffen hatte, als er schon zappelnd am Boden lag. Hinter einem Stapel Fischkisten kamen zwei Chinesen hervor, schnappten ihn und warfen ihn ohne Rücksicht auf Verluste die Treppe hinunter in das Rennboot. Gleich darauf röhrte der bullige Motor auf. Mit full speed gischtete das Boot hinaus in die dunkle Bucht.

Sylvie beugte sich über Harry. »Es ist nicht gut, wenn man zu neugierig ist, Darling!«

Das Darling, fand er, konnte sie sich sparen.

*

Wer Hongkongs Dschunken zählen will, muß viel Zeit mitbringen und noch mehr Geduld. Es mögen zehntausend sein oder zwanzigtausend, und es gibt viele Chinesen, die auf einem Hausboot geboren werden und darauf sterben, ohne je einen Fuß an Land gesetzt zu haben.

Die rasende Fahrt des Rennbootes endete im Dschunkengewirr der Causeway Bay. Harry Mock erinnerte sich, daß er hier auf einer Spieldschunke einmal eine ganze Nacht beim Fantan verbracht und fünfhundert HK-Dollar verspielt hatte.

Bord an Bord mit einer klobigen Transportdschunke legte das Rennboot an. Jetzt erst befreiten die Chinesen ihren Gefangenen aus dem engmaschigen Netz, während Sylvie Tuwan schon den Rock raffte und über eine Strickleiter zur Dschunke hinaufkletterte. Bedroht von einer Maschinenpistole, mußte Harry ihr folgen. Er setzte den Fuß auf die hölzerne Reling, hörte unter sich das Rennboot davondonnern – und stieß sich jäh ab. Mit einem eleganten Hechtsprung rückwärts tauchte er in das elend schmutzige Wasser ein.

Er nahm beide Lungen voll Luft mit, tauchte sehr tief und stieß trotzdem unsanft mit dem Kopf an das Kielschwert der Dschunke. Er tastete sich darunter hindurch und tauchte jenseits wieder auf, tankte die Lungenflügel mit Sauerstoff auf und verschwand wieder unter Wasser. Keine zehn Meter entfernt ankerte die nächste Dschunke, hinter deren unförmigem Ruder er in Deckung ging.

Schwer atmend beobachtete er die Aufregung an Bord der Transportdschunke, die auf den schönen Namen »Goldener Lotos« getauft war. Erst eine Viertelstunde später, als drüben die Ankerkette rasselte und das Segel aufgezogen wurde, stieß er sich ab und tauchte hinüber. Er mußte wie ein Delphin aus dem Wasser springen, um den jetzt festgezurrten Anker zu erreichen und hinaufzuentern. Die Dschunke drehte die Nase ins Fahrwasser, und er hangelte sich an der rostigen Ankerkette hinauf und steckte vorsichtig den Kopf über den ausladenden Bug.

Sekunden später lag er triefnaß zwischen Tauwerk an Deck. Er kroch hart an der Reling entlang bis zum Niedergang, lauschte lange und wagte sich endlich in den Bauch der Dschunke hinab.

Sylvie Tuwans erregte Stimme wies ihm den Weg zu einer Kajüte. ». . . ich wette, daß er die Polizei alarmiert hat! Wenn wir von einem

Polizeiboot gestoppt werden, muß der Professor unauffindbar sein!«

Eine Antwort wartete Harry nicht ab. Er stieß die Kajütentür auf. Der Kapitän der Dschunke war sprachlos und im nächsten Moment noch sprachloser, weil er nämlich k.o. auf seiner Koje lag.

Sylvie Tuwan zog einen kleinen Revolver aus ihrer Handtasche, aber sie konnte bei Harry Mock nicht mehr auf zärtliche Behandlung hoffen. Er schlug ihr die Waffe aus der Hand, packte ihren Arm mit Polizeigriff und raunte dicht an ihrem Ohr: »Dein Leben oder meines, das ist hier die Frage! Wenn du schreist, bist du tot!«

Sie lachte spöttisch auf. »Sei kein Narr, Harry. In einer halben Stunde sind wir in chinesischem Gewässer. Dort erwartet uns ein Kanonenboot. Dann bist du erledigt!«

Harry fesselte und knebelte sie und den Kapitän. Dem reglos in einem Sessel liegenden Professor Baker konnte er sich nicht widmen. Mit der Pistole in der Hand schlich er an Deck und ins Ruderhaus. Die Dschunke hatte sich schon aus dem Hafen freigesegelt – und ein gutes Stück voraus erkannte Harry die typischen Lichter eines Polizeikreuzers.

»Halte drauf zu!« befahl er und rammte dem Steuermann die Waffe in die Seite.

Der Chinese gehorchte. Als sie auf gleicher Höhe mit dem Polizeiboot waren, griff Harry Mock zum Megaphon und rief hinüber: »Hallo, ich brauche Ihre Hilfe! Kommen Sie bitte längsseits, wir stoppen!«

Der Rest war ein Kinderspiel. Sylvie Tuwan verbarg ihr hitziges Temperament hinter asiatischem Gleichmut und unerschütterlicher stolzer Haltung. Ein Jammer, daß sie die nächsten Jahre hinter Gitter vertrauern mußte . . .

*

Drei Tage später saß Professor Baker als VIP neben Harry im Jet. Die Düsen brüllten auf, Hongkongs wunderbares Panorama unter ihnen schrumpfte zusammen, die bunten Segel der Dschunken wurden zu Kinderspielzeugen.

»Ich hatte Sylvie gern wie eine Tochter«, sagte der Professor wie zu sich selbst. »Vielmehr noch: Sie war meine Tochter, aber sie wußte es nicht, niemand wußte es. Vor vielen Jahren hatte ich eine chinesische Geliebte. Sylvie ist unsere Tochter. Ihre Mutter starb kurz nach ihrer Geburt, wir waren nicht verheiratet. Sylvie wuchs bei Verwandten auf, aus der Ferne sorgte ich für sie; sie hat es nie erfahren. Schließlich nahm ich sie als meine Sekretärin zu mir. Ich habe den Mut nicht gefunden, ihr die Wahrheit zu sagen. Ich gäbe Jahre meines Lebens dafür, wenn ich sie wieder bei mir haben könnte. Warum hat sie das getan? Die eigene Tochter!«

»Was, sie war Ihre Tochter?« Jetzt war Harry dran, sich zu wundern. »Dann ist die Sache doppelt schlimm. Vielleicht hätte sie es nicht getan, hätte sie die Wahrheit gekannt. So fühlte sie sich offensichtlich als Chinesin, ihr Heimatland war China. Vielleicht tat sie es aus Patriotismus? Oder nur aus Geldgier? Alles wegen der Formel für eine Bombe, die die Welt vernichten kann.«

Der Professor nickte mit dem Kopf, und er wirkte traurig: »Ja, dann war wohl alles meine Schuld. Ich war viel zuviel mit meinem Beruf beschäftigt, statt mich um Sylvie zu kümmern. Sie mußte ohne Eltern aufwachsen, und dabei hatte sie einen Vater. Aber der schwieg und erdachte immer neue tödliche Formeln, anstatt seiner Tochter Liebe zu schenken. Nein, das kann ich mir nie verzeihen!«

Harry glaubte zu sehen, daß die Augen des Professors feucht waren.

»Vielleicht kann ich ihr wenigstens jetzt noch helfen, um etwas gutzumachen. Vielleicht. Hoffentlich. Sonst weiß ich nicht, wie ich mit meiner Schuld weiterleben soll«, sagte der Professor leise.

»Das werden Sie, Professor, da bin ich sicher«, sagte Harry beinahe sanft und legte seine Hand auf den Arm des alten Mannes.

In einem Punkt wußte er sich mit dem Professor einig: Sylvie würden sie beide nie vergessen.

Rätselkrimi: Fall 2
Wer war der Dieb?

Inspektor Greifzu mußte den Tod eines Geschäftsmannes und einen Diebstahl aufklären. Er schellte in einem der oberen Stockwerke des Tathauses an einer Tür. Eine junge Dame öffnete. „Sie sind Renate Hellerberg und haben heute früh in dem Papierladen unten im Haus eine Rolle Alufolie gekauft?" fragte Greifzu. Die junge Dame bestätigte dies und ließ Greifzu eintreten. Er hatte den Namen des Mädchens von zwei erregt vor dem Haus diskutierenden Frauen erfahren. Renate erzählte, daß sie vor dem Laden etwas warten mußte, denn er war noch geschlossen. Wenig später kam der Verkäufer und öffnete. Renate schilderte genau, wie er mit einer Stange die Rolläden hochschob und sie eintreten ließ. Es war genau 9.10 Uhr. Renate ging dann wieder hinauf in ihre Wohnung. Um 9.15 Uhr rief der Verkäufer aufgeregt bei der Polizei an. Er meldete, daß er soeben seinen Chef tot auf der Kellertreppe gefunden habe. Die polizeiärztliche Untersuchung schloß ein Verbrechen aus. Der Mann war einem Herzschlag erlegen. Als er in den Keller gegangen war, um die Stange für die Rolläden zu holen, mußte er einen Anfall erlitten haben, an dem er unmittelbar verstarb. Der Tod mußte kurz vor 9 Uhr eingetreten sein, stellte der Arzt fest. Jemand hatte jedoch die Brieftasche des Toten mit tausend Mark gestohlen. Inspektor Greifzu wußte rasch, wer die Brieftasche gestohlen hatte. Was war ihm aufgefallen?

Auflösung auf Seite 245

VII
EINE KORREKTE FAMILIE

Von

Patricia Highsmith

Eigentlich war dies für Evelyn Ward der erste richtige Job. Etwas Erfahrung mit Babysitten hatte sie schon, aber nur in der eigenen Nachbarschaft. Doch da gab es nicht viele Jobs, und die Konkurrenz war groß: Es waren noch ein halbes Dutzend andere Teenager da, die auch alle eine Gelegenheit suchten, ein bißchen Geld zu verdienen.

Evelyn hatte deshalb in ihrer Heimatstadt Pendleton/New Jersey eine Agentur aufgesucht – »Allerhand Jobs« hieß sie –, und dort hatte man ihr für heute abend etwas angeboten: Babysitten in West Hills; das war ein Vorort mit recht wohlhabenden Eigentümern.

»Sie schicken mir auch noch einen Begleiter, der holt mich nachher ab«, berichtete Evelyn ihren Eltern, als sie beim Abendessen saßen.

»Was meinst du mit Begleiter?« fragte ihre Mutter.

»Na ja, jemand mit einem Wagen. Wie ein Taxi, so ähnlich. Ich brauch's aber nicht zu bezahlen. Die Agentur hat einen Wagen, der holt die Jobber ab, die sie vermittelt hat, und bringt sie nach Hause.«

»Warum können die Eltern dich denn nicht nach Hause bringen, wenn sie heimgekommen sind?« fragte die Mutter.

Evelyn seufzte. Manchmal kam es ihr vor, als höre die Mutter ihr überhaupt nicht zu, und dabei behauptete sie immer, sie, Evelyn, höre nicht richtig zu.

»Ich hab dir doch gesagt, Mami, die Dame – Mrs. Vanderhurst – muß ihren Mann in New York vom Flughafen abholen, er hat gerade eine Herzoperation in Houston hinter sich. Das Flugzeug soll gegen zehn Uhr ankommen. Wenn sie zurückkommt, muß sie natürlich zu Hause bleiben, ist ja klar, und ihr Mann kann auch nicht fahren, der kommt ja gerade erst aus dem Krankenhaus.«

»Aha – der Job ist also nur für diesen einen Abend. Ich hab's nicht sehr gern, wenn du so weit weg von zu Hause etwas übernimmst.«

»Ich auch nicht«, warf der Vater ein.

»Du bist schließlich erst fünfzehn.«

»Mami – Kinder von zwölf tun das schon! Sogar noch jüngere!« sagte Evelyn entrüstet.

»Aber bestimmt nicht über eine Agentur!« entgegnete der Vater. »Das ist ja beinahe Sklavenarbeit!« lachte er wie über einen Witz.

Evelyn wußte, er wollte sie bloß aufziehen, und sie sagte nichts. Immerhin hatte er versprochen, sie um acht Uhr bei den Vanderhursts in West Hill abzuliefern, dafür mußte er auf sein Lieblingsprogramm im Fernsehen verzichten. Sie mußte also nett zu ihm sein.

Evelyn ging hinauf in ihr Zimmer und holte zwei Bücher zum Mitnehmen und auch noch eine Tafel Schokolade. Sie freute sich darauf, das Haus der Vanderhursts kennenzulernen, obgleich ihre Mutter sie dauernd ermahnte, nicht etwa herumzuschnüffeln und sich anderer Leute Sachen allzu gründlich anzusehen.

»Also, mach's gut, mein Mädchen!« sagte der Vater auf der Fahrt, als sie fast in West Hills angekommen waren. »Stell auch nicht den Fernsehapparat an, wenn sie's dir nicht extra erlauben. Wenn du was kaputtmachst, kriege ich die Rechnung, weißt du – und die wäre höher als dein Verdienst heute abend.«

»Aber Papi!«

Der Vater scherzte immer noch. Er ging mit ihr den Eingangsweg hinauf bis zur Haustür und klingelte. Eine hübsche junge Frau öffnete die Tür.

»Guten Abend – ich bin Evelyn Ward«, sagte Evelyn höflich.

»Ah ja – guten Abend. Kommen Sie doch herein.«

»Danke schön, ich will gleich wieder gehen«, sagte Mr. Ward. »Ich bin Evelyns Vater – aber für heute abend nur ihr Chauffeur.«

Evelyn hätte ihn ohrfeigen mögen.

Mrs. Vanderhurst stieg mit Evelyn die Treppe hinauf, die aus der großen Diele nach oben führte. Im Kinderzimmer saß ein kleines, etwa vierjähriges Mädchen auf dem Boden und spielte; ein Junge, der wohl ein Jahr älter war, lag auf dem Bett und hatte ein Buch vor sich. Beide hatten Pyjamas an.

»Also, Simon und Beth – hier ist Evelyn. Sie bleibt nachher bei euch, wenn ich fort muß. Sagt mal guten Tag.«

»Tag, Evelyn«, sagte der Junge und lächelte sie an.

»Tag«, sagte auch Beth etwas leiser und mit schüchterner Stimme.

»Guten Tag«, sagte Evelyn.

»Also, ihr zwei macht jetzt Schluß für heute, ja? Ich möchte gern, daß ihr im Bett seid, wenn ich gehe – das ist in fünf Minuten. Ihr wißt ja, Daddy kommt heute nach Hause, und ich möchte ihm doch sagen, daß ihr brav gewesen seid, oder?«

»Okay, Mommie«, sagte der Junge etwas zögernd und klappte sein Buch zu.

Mrs. Vanderhurst sagte zu Evelyn: »Sie möchten sicher lieber unten sitzen, da ist der Fernsehapparat. Ich werde . . .« Ihr freundliches Lächeln sagte, sie werde dafür sorgen, daß die Kinder schnell zu Bett gingen. »Zähne geputzt habt ihr doch, ja?« Ja, das hatten sie.

Mrs. Vanderhurst sagte den Kindern gute Nacht und deckte sie liebevoll zu. Durch die halboffene Tür sah Evelyn ein Badezimmer mit Waschbecken. Das Kinderzimmer war angefüllt mit Spielsachen und Bücherregalen, sogar ein Schaukelpferd war vorhanden.

Als sie wieder unten waren, zeigte Mrs. Vanderhurst ihr die Küche und öffnete den Kühlschrank. »Hier ist Cola, wenn Sie mögen, und auch Milch. Ach ja, und der Kuchen – der ist hier. Mit Ananasscheiben.« Sie hob den Plastikdeckel hoch.

»Uijeh! Ich meine . . .« Evelyn war plötzlich verlegen. »Der sieht aber schön aus – vielen Dank.«

»Ich bin wohl etwa um zwölf Uhr zurück, wenn die Maschine keine Verspätung hat. Noch etwas: Ich habe Ihnen eine Telefonnummer aufgeschrieben – hier.« Sie zeigte Evelyn den Zettel, der im Wohnzimmer neben dem Telefon lag. »Das sind meine Nachbarn, sie gehen immer sehr spät zu Bett, da können Sie anrufen, falls Sie Angst haben oder sonstwas ist. Aber die Türen sind ja abgeschlossen, vorn und auch hinten. Ich glaube, Sie können ganz beruhigt sein.«

»Ja, natürlich. Hoffentlich geht es Ihrem Mann wieder gut – die Agentur sagte, er kommt gerade aus dem Krankenhaus.«

»Ja, das stimmt. Vielen Dank, es geht ihm sicher nicht schlecht, sonst würden sie ihn nicht entlassen. Ach ja – der Fernseher, soll ich ihn einschalten? Oder wollen Sie lieber lesen?«

»Ja, bitte schalten Sie ihn ein. Mein Vater hat mir eingeschärft, ich sollte ihn nicht anfassen, damit ich ja nichts kaputtmache.«

Mrs. Vanderhurst lachte. »Da habe ich keine Sorge – Sie sehen aus, als ob Sie sehr vorsichtig mit Sachen umgehen.« Sie schaltete den Apparat ein und zeigte Evelyn die Knöpfe für die Kanäle.

»Gehen Sie bitte nach einer halben Stunde mal rauf und sehen Sie nach, ob die Kinder schlafen, ja? Hier ist eine Taschenlampe, damit sie nicht aufwachen.« Sie gab Evelyn eine kleine Lampe, nicht größer als eine Zigarettenpackung.

Dann fiel die Tür ins Schloß, und sie war fort. Durch ein Seitenfenster beobachtete Evelyn, wie sie einen großen grünen Wagen rückwärts bis zur Straße hinunterfuhr und dann einbog und verschwand. Wirklich eine sehr nette und liebe Dame, dachte Evelyn.

Und das Haus war einfach wundervoll! In der Stille tickte eine Uhr (der Fernsehapparat war ohne Ton eingestellt), und sie ging, um festzustellen, woher das Ticken kam. Im Speisezimmer fand sie eine hohe Großvateruhr, das dunkle Holz war schimmernd blank poliert. Sechs Stühle standen um einen ovalen Tisch, und in zwei silbernen Kandelabern steckten rote Kerzen.

Sie ging ins Wohnzimmer zurück. Auf dem Telefontischchen lag ein Brieföffner aus Silber, im Griff blinkte ein Türkis. Auch ein Klavier stand im Zimmer, auf einem kleinen Schild stand der Name: Steinway. Das große Sofa war mit rot-grünem Stoff bezogen, der aussah wie Gobelingewebe. Evelyn seufzte tief.

Ob sie jemals so ein Haus besitzen würde? Ach, hoffentlich . . . Inzwischen konnte sie heute abend so tun, als ob dieses hier ihr gehöre, als ob sie Mrs. Soundso sei, wenn es klingelte. Aber natürlich klingelte es heute abend bestimmt nicht.

Evelyn trat an die Haustür und besah sich die verschiedenen Schlösser und auch den Riegel mit der Kette, die nicht vorgelegt war; sie nahm den Riegel und schob ihn durch den Schlitz. Dann betrachtete sie sich selbst in dem rechteckigen Spiegel an der Tür.

Diesen Sommer trug sie das Haar glatt zusammengefaßt im Nakken, und heute abend hatte sie ein schmales schwarzes Band eingebunden. Es war eine ganz einfache Frisur, die ihre hohe runde Stirn gut zur Geltung brachte. Evelyn hatte braunes Haar und hellbraune Augen, und ihre Haarfarbe fand sie – wenn sie darüber nachdachte – nicht schlecht. Bisher hatte sie gar keine Pickel im Gesicht, wie so viele ihrer Freundinnen, und die Jungen waren noch schlimmer dran; man konnte meinen, sie äßen nichts als Süßigkeiten, was ja vielleicht auch zutraf.

Bei den Süßigkeiten fiel ihr ein, daß sie Hunger hatte. Ob sie jetzt mal ihre Schokolade anbrechen oder lieber den Ananaskuchen probieren sollte? Nein, lieber jetzt die Schokolade und später den Kuchen. Mit vollem Mund trat sie an den Fernsehapparat und stellte ihn lauter.

»Mensch – die Kinder!« sagte sie plötzlich laut, griff nach der Taschenlampe und stieg leise die Treppe hinauf. In der Diele hatte Mrs. Vanderhurst das Licht brennen lassen. Evelyn öffnete behutsam die Kinderzimmertür und richtete den Strahl der Lampe zunächst auf den Fußboden, bis sie sich im Halbdunkel zurechtfand. Die Kinder schienen fest zu schlafen, aber sie wollte lieber ein paar Sekunden warten, um ganz sicher zu sein; wenn sie bloß so taten, dann würde bestimmt eins von beiden gleich losprusten. Aber beide blieben ruhig liegen. Prima!

Und dafür bekam sie fünf Dollar pro Stunde! Das waren zwei Dollar mehr, als sie bisher jemals verdient hatte, obgleich sie hier natürlich zwanzig Prozent an die Agentur bezahlen mußte. Mr. Vanderhurst schickte der Agentur einen Scheck über den vollen Betrag, die Agentur behielt eine Provision von zwanzig Prozent und zahlte den Rest an Evelyn aus. Das gefiel Evelyn – es war alles sehr geschäftsmäßig. Es gefiel ihr auch, daß »Allerhand Jobs« offensichtlich an ihr Gefallen fand.

Mit Fernsehen, Kuchen und zwei Glas Cola verging die Zeit schnell. Es war jetzt Mitternacht. Der Fensehapparat lief noch, aber Evelyn horchte auch auf das Geräusch eines Wagens in der Einfahrt. Ob Mr. Vanderhurst wohl auf einer Tragbahre kam? Ach woher denn, sagte sie sich, dann wäre er ja mit dem Krankenwagen gekommen.

Um ja nichts zu versäumen, ging Evelyn noch einmal hinauf ins Kinderzimmer und fand alles wie zuvor: Die Kinder schliefen fest. Evelyn hatte schon Familien kennengelernt, wo es ihr schien, als nähmen sich die Kinder fest vor, spät noch mal aufzuwachen und nach Wasser oder Kakao oder sonstwas zu heulen, einfach um ihr auf die Nerven zu fallen. Dies heute war wirklich ein Traumjob. Wenn Mrs. Vanderhurst nicht vor ein Uhr zurück war, hatte Evelyn fünfundzwanzig Dollar verdient, minus zwanzig Prozent, also zwanzig Dollar – ein Vermögen.

Rrruummmm . . . ein Wagen fuhr in die Einfahrt, dann war alles still. Das mußten sie sein.

Sie kamen durch die hintere Tür. Einen Moment hatte Evelyn ein komisches Gefühl – beinahe wie Angst. Wenn es nun gar nicht die Vanderhursts waren, die da die Hintertür aufmachten, sondern irgendein Fremder? Aber sie waren es.

Mrs. Vanderhurst machte Evelyn mit ihrem Mann bekannt. Er war ein gutaussehender dunkelhaariger Mann, ein bißchen blaß, aber das lag wohl nur an der Operation.

»Alles in Ordnung?« erkundigte sich Mrs. Vanderhurst freundlich.

»Ja, ich denke schon«, gab Evelyn zur Antwort. »Ich war vor ein paar Minuten noch mal oben.«

»Gut – dann rufe ich jetzt die Agentur an, damit sie den Wagen losschicken, ja?« Mrs Vanderhurst ging ans Telefon; ihr Mann nahm auf dem Sofa im Wohnzimmer Platz.

»Sie kommen sofort – keine zehn Minuten«, sagte Mrs. Vanderhurst zu Evelyn, als sie den Hörer aufgelegt hatte. »Sie müssen sehr müde sein – es ist ja fast ein Uhr.«

»Nein, ich bin nicht müde«, versicherte Evelyn. Daß sie eine Viertelstunde lang vor dem Fernsehschirm eingedöst war, wollte sie nicht sagen. Es war noch nicht ganz ein Uhr, aber Mrs. Vanderhurst war sicher nicht kleinlich wegen der zehn Minuten und würde ihr die fünf Stunden voll bezahlen.

Draußen fuhr ein Wagen vor und hielt – cremefarben, und auf der Tür stand der Name der Firma mit Adresse und Telefonnummer. Evelyn verabschiedete sich, und Mrs. Vanderhurst sagte, sie werde die Agentur morgen anrufen und den Scheck sofort abschicken.«

»Also gute Nacht, und noch vielen Dank!« sagte sie.

Der Mann im Wagen öffnete die vordere Tür, und Evelyn nahm auf dem Beifahrersitz Platz. »'n Abend«, sagte sie. »Sie sind Charley, nicht wahr?«

»Ja«, erwiderte der Mann. »Charley.« Er wandte sich gleich wieder ab und zog seine Mütze ins Gesicht.

Der Wagen fuhr an.

»Ich möchte nach Milbrook Drive siebenundfünfzig. Leider ganz am anderen Ende der Stadt.«

»Ja, kenne ich. Macht nichts.«

Er war noch jung, soviel glaubte Evelyn zu erkennen; vielleicht knapp zwanzig, schätzte sie. Aber der weite Mützenschirm, tief in die Stirn gezogen, verwehrte einen genauen Blick in Charleys Gesicht. Außerdem war es dunkel im Wagen. Der Junge kaute auf einem Zahnstocher und saß leicht gebückt über dem Lenkrad. An seiner rechten Hand sah Eveleyn eine breite Narbe, die leicht gebogen war. Das Licht der Armaturen fiel auf die Hand. Der Junge wackelte mit dem Kopf und lächelte, als ob ihn etwas amüsierte.

»Was haben Sie denn?« fragte Evelyn.

»O nichts – gar nichts.«

Er fuhr jetzt eine Umgehungsstraße, die am Reitklub vorbeiführte: ein unnötiger Umweg.

»Sie hätten quer durchfahren können. Durch die Stadt, meine ich«, sagte Evelyn.

»Ich mag die vielen Ampeln nicht. Immerzu rot«, gab der junge Mann zur Antwort.

Evelyn wies ihn nicht darauf hin, daß nach Mitternacht die Ampeln nicht mehr rot leuchteten und überall nur gelbflackernde Warnlichter blinkten.

»Sind Sie schon lange bei der Firma – ich meine bei ›Allerhand Jobs‹?« fragte sie, um irgend etwas zu sagen. Sie fühlte, wie Unruhe in ihr aufstieg, deshalb mußte sie reden.

»Ja, sechs Monate ungefähr.«

»Ist das alles, was Sie zu tun haben – Leute abholen?«

Er lachte. »Nee – ich bring sie auch hin, zur Arbeit, manchmal. Wenn es so'n Job ist wie Gartenarbeit oder Wände anstreichen oder so was.«

Sie fuhren jetzt eine Straße entlang, die auf beiden Seiten von Wald eingesäumt war. Die Bäume standen hoch und dunkel. Evelyn hatte keine Ahnung, wo sie waren.

»Fahren Sie auch richtig – ist dies die Straße nach Milbrook Drive? Wenn Sie hier runter fahren, müßten Sie über Hampstead Avenue kommen.«

»Ja, weiß ich.« Er kaute immer noch an seinem Zahnstocher. »Wir könnten uns ne Weile in den Wald setzen, ne Zigarette rauchen und 'n bißchen was reden – was meinen Sie?«

»Nein! Ich will nach Hause – kurz nach zwölf sollte ich schon zu Hause sein.« Furcht stieg in ihr auf, ihre Stimme zitterte leicht. »So spät irgendwo anzuhalten, das ist doch blöd!«

»Ach was – bloß für zwei Minuten.« Er wendete plötzlich den Wagen nach rechts und bog in einen Seitenweg ein.

»Was machen Sie denn?« fragte sie nervös.

»Ich halt bloß mal 'n Augenblick an. Ganz kurz, dann geht's wieder weiter, Süße. Für 'n Kuß wirst du doch Zeit haben?« Er lehnte sich zu ihr hinüber, legte ihr den rechten Arm um die Hüfte und zog sie an sich. Wieder erkannte sie für einen Augenblick schwach die breite Narbe an der rechten Hand.

»Wenn Sie glauben, ich – lassen Sie mich los, sofort! Ich werd's der Firma melden . . . loslassen! Das wird Ihnen noch leid tun!« schrie sie. Es waren Worte, die sie ohne Überlegung ausstieß.

Er packte ihr Haar am Hinterkopf und küßte sie. Gräßlich war das! Und dabei wußte sie noch immer nicht genau, wie der Junge eigentlich aussah. Es war dunkel und der Mützenschirm ungewöhnlich groß. Er verdeckte das Gesicht bis zu den Augen, wenn er jetzt auch etwas nach hinten geschoben wurde.

»Lassen Sie mich sofort los!« Jetzt hatte sie den Türgriff gefunden, öffnete, riß ihre Hand los und sprang aus dem Wagen. Aber der Boden war uneben; sie fiel hin, sprang auf und rannte los in die Dunkelheit, wo ihr Fuß sich im Unterholz verfing und sie wieder stolperte. Die Schultertasche lag unter ihr; es war wohl am besten, jetzt einen Augenblick stillzusitzen, um wieder zu Atem zu kommen. Das Dunkel ringsum war schrecklich, der Kerl hatte auch die Wagenlichter abgeschaltet. Hoffentlich entschloß er sich wegzufahren, wenn er sie nicht finden konnte.

Mein Gott, dachte Evelyn, wenn jetzt bloß Phil da wäre! Der würde mir helfen und dem unverschämten Burschen eins auf die Rübe geben! Phil war Evelyns Freund.

Da kam der Strahl einer Taschenlampe – ein starker Strahl, es mußte eine große Lampe sein.

»Wo bist du? Wie willst du denn ohne mich nach Hause kommen?« schrie er durch die Dunkelheit.

Evelyn rührte sich nicht. Ganz rauh war sein Gesicht gewesen, und er hatte so nach Kaugummi gerochen, als er sie küßte – ekelhaft. Aber wenn es zu einem Kampf kam, war sie bestimmt die Schwächere. Nein, lieber wollte sie die Nacht im Freien verbringen oder zu Fuß nach Hause gehen, als sich noch einmal in den Wagen zu setzen. Und diesen Charley – gleich morgen wollte sie ihn anzeigen. Wenn Phil nur hier wäre! Bei ihm fühlte sie sich beschützt und geborgen. Kein Wunder, denn er kam aus einer angesehenen, korrekten Familie.

»Hallo – hallo!« kam der Ruf von neuem, diesmal etwas weiter entfernt im Wald. Gott sei Dank, er suchte in der falschen Richtung. Sie hörte ihn fluchen, hörte das Buschwerk krachen, als ob er hingefallen sei. Prima! Hoffentlich glaubte er, daß sie längst weit weggelaufen sei und er sie nie einholen würde.

Doch kurz darauf hörte sie in der Nähe Zweige knacken; der Strahl der Taschenlampe strich über ihren Kopf und kam dann zu ihr herunter.

»Da bist du ja!«

Sie war sofort wieder auf den Beinen und rannte los, und dann schrie sie – teils um Hilfe, teils aus blanker Angst. Phil, warum bist du nicht hier?! In einem Haus etwa dreißig Meter weiter links an der Straße brannte noch Licht, zwei Fenster oben waren erleuchtet. Hoffentlich hatte man ihre Schreie gehört.

Sie stürzte auf das Haus zu, stolperte und fiel noch einmal zu Boden. Keuchend rang sie nach Luft. Jetzt war kein Lichtstrahl mehr hinter ihr. Vielleicht hatte Charley die erleuchteten Fenster auch gesehen und fürchtete nun, die Leute würden herauskommen und fragen, was da los sei.

Sie hörte, wie der Wagen angelassen wurde, weit hinter ihr. Wunderbar – im Wagen konnte er ihr querfeldein bestimmt nicht folgen. Als das Motorengeräusch verstummt war, stand Evelyn auf und ging auf das Haus mit den beiden erleuchteten Fenstern zu, langsam und vorsichtig, sie wollte nicht noch einmal hinfallen. Bis auf etwa zwanzig Meter war sie herangekommen, als ein Hund zu bellen begann, laut und anhaltend. Es klang nach einem großen Tier, vielleicht einem Schäferhund, der offenbar drinnen im Haus war. Ein Fenster im Erdgeschoß schien nicht geschlossen zu sein – ob der Hund da herausspringen konnte? Sie wollte doch bloß mal telefonieren!

Ohne nachzudenken, drehte Evelyn sich um und rannte den breiten Einfahrtsweg wieder hinunter, den sie in der Dunkelheit kaum erkennen konnte. Er führte auf die Straße, und sie wandte sich nach links, denn in dieser Richtung lag Pendleton, nahe dem Hauptteil der Stadt, wo sie in der Ferne jetzt mehrere Lichter blinken sah.

Eine Eule schrie irgendwo. Wenn jetzt ein Wagen käme, hätte ich nicht den Mut, ihn anzuhalten, dachte Evelyn. Und wenn nun dieser Charley die Straße zurückfuhr und sie entdeckte?

Wieder kam links ein Haus in Sicht; unten war ein Fenster schwach erleuchtet. Sie entschloß sich zu einem neuen Versuch. Es mußte bald zwei Uhr sein, dachte sie; sicher hatten ihre Eltern schon bei den Vanderhursts angerufen.

Evelyn klopfte mit dem Türklopfer an, wartete viele Sekunden und wollte gerade noch einmal klopfen, als eine Männerstimme fragte: »Wer ist denn da?«

»Ich – Evelyn Ward.« Wieder stockte ihr Atem. »Dürfte ich wohl – bitte mal telefonieren?«

Vorsichtig wurde die Tür einen Spaltbreit geöffnet. »Sind Sie allein?«

»Ja!«

»Kommen Sie herein. Was ist denn passiert – ein Autounfall?« Der Mann trug einen Schlafrock, er war ungefähr fünfzig.

»Nein, ich – nein, kein Autounfall. Ich war mit jemand – aber die sind jetzt weg. Ich möchte nur gern zu Hause anrufen, bei meinen Eltern in Pendleton. Ich war als Babysitter unterwegs, heute abend.«

»Als Babysitter. Na, nun kommen Sie erst mal rein und telefonieren Sie.« Der Mann wies auf die Diele, wo ein Telefon auf einem kleinen Tisch stand. Evelyn trat näher und wählte die Nummer.

Ihr Vater meldete sich sofort. »Ja, ja, ich bin ganz in Ordnung Papi. Nur – ich weiß nicht, wo ich hier bin, warte mal eben . . .«

Der Hausherr trat näher und sagte: »Westbourne vierhundert. Wir heißen Schroeder.«

Eine Frau war die Treppe heruntergekommen, auch im Morgenrock, und stand neben dem Mann. Evelyn nannte ihrem Vater die Adresse. »Ich komme sofort hin«, sagte er.

Der Mann sprach mit seiner Frau. »Ich glaube, sie hat einen Schock. Mach ihr doch eine Tasse Tee, meinst du nicht? Oder heißen Kakao. Sie ist ja noch ein Kind.«

»Komm mal mit in die Küche und ruh dich einen Augenblick aus«, sagte die Frau freundlich zu Evelyn. »Ich mach dir was Heißes zu trinken, das wird dir guttun.«

Evelyn hörte, wie der Mann vorn an der Haustür den Riegel vorschob. Die Leute waren so nett – aber vielleicht glaubten sie doch nicht, daß sie allein gekommen war; vielleicht nahmen sie an, es sei noch jemand draußen.

Jetzt war ihr auf einmal zum Lachen zumute, und sie lachte auch und merkte, daß sie ein bißchen hysterisch war. »Ich bin so froh, daß ich hier bin!« stieß sie hervor und blickte die Frau an, die gerade Milch in einen Topf goß und die Herdflamme anzündete.

»Nun verschnauf erst mal einen Moment«, sagte die Frau. »Eben sahst du noch ganz weiß aus. Das ist jetzt schon besser.«

Sicher wartete sie darauf, daß Evelyn erklärte, was vorgefallen war, aber sie mochte nicht. Es kam ihr so blöd vor.

Evelyn hatte ihren Kakao noch nicht ganz ausgetrunken, als jemand an die Haustür klopfte. Der Mann ging hin, und Evelyn hörte, wie er auch diesmal fragte: »Wer ist denn da?« und wie dann die Stimme ihres Vaters antwortete.

Die Tür wurde geöffnet, und die beiden Männer sprachen miteinander, als sie in die Diele kamen. Dann sagte ihr Vater besorgt:

»Evelyn! Was zum – was um Himmels willen ist passiert?«

»Ach – es war der Junge, der mich abgeholt hat.« Sie wollte es nicht erzählen, aber sie wußte, einmal mußte sie doch damit herauskommen. Sie konnte nicht gut sagen, sie habe einfach beschlossen, zu Fuß nach Hause zu gehen – vier Meilen mitten in der Nacht, das war unmöglich. »Der Junge von der Agentur.«

»Ach so, der Begleiter. Was war mit dem? Du bist doch nicht verletzt, Kind? Habt ihr einen Unfall gehabt?«

Die beiden Schroeders standen dabei und hörten zu, aber das machte Evelyn nichts aus.

»Passiert ist gar nichts. Er ist bloß frech geworden, und da bin ich aus dem Wagen gesprungen, das war da unten im Wald – er hatte angehalten. Ich wollte weglaufen, und da bin ich ein paarmal hingefallen, beim Laufen. Das ist alles.«

Sie hatte bemerkt, daß ihre dunkelblauen Hosen am linken Knie eingerissen waren, außerdem hatte sie einen langen Kratzer am rechten Handballen, der jetzt anfing zu brennen, aber er blutete nicht.

Sekundenlang sagte ihr Vater gar nichts, dann meinte er halblaut zu den Schroeders: »Ich bringe sie jetzt am besten schnell nach Hause, damit sie ins Bett kommt. Ich danke Ihnen sehr, daß Sie sie hereingelassen haben und sie mich anrufen durfte.«

»Aber das ist doch nicht der Rede wert«, meinte Frau Schroeder freundlich.

»Sie hatte einen Job als Babysitter angenommen für heute abend, drüben in West Hills«, fügte der Vater erklärend hinzu.

»Daddy – das interessiert doch niemand!« Evelyn genierte sich. Sie war so naiv gewesen – ob jemand anderes sich wohl geschickter angestellt hätte in der gleichen Situation?

Der Vater nahm ihre Hand. »Komm, Kindchen, schleunigst ins Bett jetzt.«

Sie gingen alle zusammen zur Haustür. Evelyn hörte, wie Mrs. Schroeder zu ihrem Vater sagte: »Da müßte man aber doch was tun . . .«, und wie ihr Vater erwiderte, er werde gleich morgen etwas unternehmen.

Evelyns Mutter war noch auf, als sie nach Hause kamen, aber der Vater schnitt alle Fragen ab und sagte:

»Nichts – gar nichts. Morgen kann sie dir alles erzählen.«

Es war fast zehn, als Evelyn am nächsten Morgen erwachte. Beim Frühstück setzte sich die Mutter zu ihr, und sie erzählte ihr, was geschehen war.

»Ich will aber kein großes Theater draus machen, Mami. Der Junge hat einfach versucht, frech zu werden, du weißt schon.«

»Ein Angestellter der Agentur, und er ist mit dem Wagen von der Straße abgebogen! Wenn er das nun noch mal versucht, mit einem anderen Mädchen – das wäre doch wirklich nicht schön, was?«

Nein, das wäre ganz gewiß nicht schön, dachte Evelyn.

»Der Junge heißt Charley. Wie alt?«

»Ach, er sah aus wie zwanzig. Eher groß. Etwas rauhes Gesicht, als ob er vielleicht Akne gehabt hätte oder so was, soweit ich es in der Dunkelheit erkennen konnte. Der Schirm seiner Mütze hat ja das halbe Gesicht verdeckt.«

»Ich werde da mal anrufen und sehen, wie weit ich mit ihnen komme. Mach dir weiter keine Gedanken, mein Herz. Aber beim nächstenmal gehst du doch lieber zu einer anderen Agentur, meinst du nicht?« Dann ging die Mutter zum Telefon.

»Ja, ich bin Evelyn Wards Mutter, und ich rufe Sie an, weil es da gestern abend etwas gegeben hat ... ein junger Mann namens Charley hat meine Tochter in West Hills abgeholt, um sie nach Hause zu bringen. Sie kennen doch Charley? Ach, tatsächlich? Sehr tüchtig? Ein großer Junge mit einer Schirmmütze ... Nein? Ich wollte Ihnen sagen, daß er sich Evelyn gegenüber keineswegs korrekt verhalten hat – milde gesagt. Sie mußte aussteigen und durch den Wald fliehen ... nicht gerade ein angenehmes Erlebnis, das werden Sie zugeben ... Aha ... Ja, ich verstehe. Nun, dann kann vielleicht der tüchtige Charley feststellen, wer der Junge mit der Mütze war. Meine Tochter sagt, der Name Ihrer Firma stand auf dem Wagen.«

Längere Pause. Evelyn, das Geschirrtuch in der Hand, stand still und hörte zu.

»Ja, vielen Dank. Doch, ja, sie könnte den Jungen zweifellos identifizieren.«

Evelyn zuckte zusammen. Sie hatte nicht den Wunsch, den Burschen jemals wiederzusehen.

»Ja, ich bin den ganzen Vormittag hier. Vielen Dank. Auf Wiedersehen.« Die Mutter legte den Hörer auf und kam in die Küche zurück.

»Also – ich kann mir jetzt vorstellen, wie alles zusammenhängt«, sagte sie. »Der richtige Charley war das nicht. Er muß den Wagen gestern abend dem anderen überlassen haben – wozu er ganz bestimmt kein Recht hatte. Die Agentur sagte, Charley ist seit fast einem Jahr bei ihnen und war immer in Ordnung. Sie wollen ihn anrufen und feststellen, was mit ihm los ist, weil er heute morgen nicht erschienen ist. Der Wagen war übrigens heute morgen wieder bei der Agentur.

Den Burschen, der dich abgeholt hat, kennen sie dort überhaupt nicht. Jedenfalls tut es ihnen aufrichtig leid.«

Das Telefon klingelte. Die Mutter nahm den Hörer ab. »Ja –? Oh, Sie sind's, Phil. Einen Augenblick, bitte.«

Evelyn stürzte ans Telefon. »Hallo, Phil!« sagte sie. Phil fragte, wie es ihr gehe und ob sie abends frei sei, im Freilichtkino gebe es einen guten Film. Phil war siebzehn und hatte einen Führerschein. »Ja, ich hab Zeit. Wann denn?«

Sie verabredeten sich.

Wenn Phil heute nacht da gewesen wäre, hätte er mit dem unangenehmen Burschen kurzen Prozeß gemacht, ganz bestimmt. »Ich geh mit Phil ins Kino«, berichtete sie.

Die Mutter sagte: »Ein netter Junge, Phil – bring ihn doch demnächst mal mit, auf eine Cola oder so. Daddy kann Steaks brutzeln. Überhaupt, Phils Familie, das sind lauter nette, korrekte Leute. Halte dich an solche Menschen, da passiert dir so was wie heute nacht bestimmt nicht.«

Evelyn antwortete nicht, aber sie dachte wie ihre Mutter: Bei Phils Familie, da war sie wirklich gut aufgehoben.

Am Abend kam Phil mit dem Wagen, und sie fuhren beide ins Kino. Vor dem Eingang wartete ein großer Junge; er winkte ihnen lachend zu. Als er vor den beiden stand, erstarb sein Lachen. Betreten sah er Evelyn an.

Sie wußte sein merkwürdiges Benehmen nicht zu deuten, aber der Junge kam ihr irgendwie bekannt vor. Das Kinn, die unreine Haut ...

»Das ist mein großer Bruder Robert«, sagte Phil, »du hast ihn noch gar nicht kennengelernt.«

Robert sagte kein Wort. Noch immer starrte er Evelyn an. Dann streckte er ihr schweigend seine Rechte hin.

Entsetzt wich Evelyn einen Schritt zurück. Auf Roberts Handrükken sah sie eine breite Narbe, die leicht gebogen war ...

Eine korrekte Familie ... halte dich an solche Leute ... da passiert dir so was nicht ... da bist du geborgen ... hörte Evelyn in diesem Augenblick ihre Mutter sagen. Und sie dachte daran, wie sehr sie Phil letzte Nacht im Wald herbeigesehnt hatte ...

Kennt Ihr ihre Heimat?

Wo sind die lustigen Pinguine zu Hause?

Auflösung auf Seite 245

VIII
DIE SCHATZGRÄBER

Von

Edgar Wallace

Es herrscht in Verbrecherkreisen seit eh und je die Absicht, daß auch der bescheidenste Kriminalbeamte ein wohlhabender und vermögender Mann ist, der seinen geheimen Schatz durch Diebstahl, Bestechung und Erpressung ergaunert hat. So erzählt man sich auf den Feldern, in den Steinbrüchen, den Schneidereien, Wäschereien und Backstuben von fünfzig Provinzgefängnissen und drei Zuchthäusern, daß alle hohen Kriminalbeamten auf anrüchige Weise genügend irdische Güter zusammengerafft haben, um ihren Beruf nur als Steckenpferd auszuüben und ihren offiziellen Hungerlohn als den unbedeutendsten Teil ihrer Einkünfte zu betrachten.

Da nun Detektiv J. G. Reeder sich seit über zwanzig Jahren ausschließlich mit Bankräubern und Fälschern, den Aristokraten und Kapitalisten der Unterwelt also, befaßte, dichtete ihm die Legende ganze Landhäuer und unermeßliche geheime Rücklagen an. Nicht, daß er viel Geld auf der Bank gehabt hätte! Man mußte ihm lassen, daß er zu schlau war, um eine Entdeckung durch die Behörden zu riskieren. Nein, es mußte irgendwo verborgen liegen.

Und so kam es, daß Hunderte von Leuten, die mit dem Gesetz auf dem Kriegsfuß standen, sehnlichst davon träumten, diesen Schatz eines Tages zu heben und den Rest ihres Lebens damit in Freuden zu

verbringen. Das einzig Tröstliche an seinem Reichtum war – darin stimmten sie alle überein –, daß Mr. Reeder mit seinen über fünfzig Jahren schon ein alter Mann war, der sein Geld einmal doch nicht mit sich nehmen könnte; denn Gold schmilzt bei einer gewissen Temperatur, und mündelsichere Wertpapiere werden selten auf Asbest gedruckt.

*

An einem Samstagmittag speiste der Erste Staatsanwalt in Gesellschaft eines Richters vom Oberhofgericht in seinem Klub; der Samstag ist ja der eine der beiden Wochentage, an denen auch ein Richter einmal in Ruhe essen kann. Dabei kamen sie auf einen gewissen Mr. J. G. Reeder, den Meisterdetektiv des Staatsanwalts, zu sprechen.

»Er ist ein fähiger Mensch«, gab dieser widerwillig zu, »aber ich kann seinen Hut nicht ausstehen. Es ist der gleiche Hut, den dieser Mr. . . .« (hier nannte er den Namen eines sehr bekannten Politikers) »zu tragen pflegte. Und mir graut vor seinem schwarzen Gehrock. Jeder, der ihn ins Büro kommen sieht, hält ihn für einen Leichenschaubeamten. Aber fähig ist er. Sein Backenbart ist abscheulich, und ich habe das Gefühl, daß er in Tränen ausbrechen würde, wenn ich ihn einmal anfahren sollte – so empfindsam ist der Kerl. Fast zu empfindsam für meine Art von Arbeit. Jedesmal, wenn er nach dem Amtsboten klingelt, entschuldigt er sich bei ihm.«

Der Richter, der allerhand Menschenkenntnis besaß, antwortete mit einem frostigen Lächeln.

»Ihrer Beschreibung nach kommt er mir eher wie ein potentieller Mörder vor«, sagte er zynisch.

Mit dieser Übertreibung tat er Mr. J. G. Reeder unrecht, denn Mr. Reeder war völlig unfähig, eine gesetzwidrige Handlung zu begehen. Andererseits aber machten sich viele Leute grundfalsche Vorstellungen über Reeders Harmlosigkeit als Privatperson.

Zu diesen gehörte auch ein gewisser Lew Kohl, der sich die Zeit mit Banknotenfälschungen und Einbrüchen ersten Schwierigkeitsgrades vertrieb.

Bedrohte Menschen leben lang, sagt ein abgedroschenes Sprichwort, das sich dennoch, wie die meisten abgedroschenen Redensarten, häufig bewahrheitet. In wie vielen Verhandlungen hatte nicht Mr. J. G. Reeder, wenn er den Zeugenstand verließ, den drohenden Blick des Mannes auf der Anklagebank gespürt und mit freundlichem Interesse den verschiedenen Verheißungen gelauscht, was ihm in naher oder ferner Zukunft passieren würde! Denn er war eine große Autorität für Banknotenfälschungen und hatte schon viele Männer ins Zuchthaus gebracht.

So hatte es der sanftmütige Mr. Reeder schon erleben müssen, wie Gefangene vor Wut buchstäblich schäumten und leichenblaß wurden, wenn sie ihm ihre entsetzlichen Verwünschungen ins Gesicht schrien. Traf er dann dieselben Leute wieder nach ihrer Entlassung aus dem Gefängnis, so lernte er in ihnen Seelen von Menschen kennen, die sich über ihre schon fast vergessenen Ausbrüche und ihre grauenhaften Drohungen halb beschämt und halb belustigt zeigten.

Als aber anfangs 1914 Lew Kohl zu zehn Jahren verurteilt wurde, stieß dieser weder Verwünschungen aus, noch legte er ein Gelübde ab, Mr. Reeder das Herz, die Lunge oder andere lebenswichtige Organe aus dem schmächtigen Körper zu reißen.

Lew lächelte nur, während sich sein Blick für den Bruchteil einer Sekunde auf die Augen des Detektivs heftete. Die Augen des Fälschers waren blaßblau und versonnen, es lag weder Haß noch Wut in ihnen, dafür aber ein deutliches Versprechen:

»Bei der ersten Gelegenheit bringe ich dich um.«

Mr. Reeder las die Botschaft und seufzte schwer, denn er haßte Lärm und Aufregung aller Art und ärgerte sich, soweit er dieses Gefühl überhaupt kannte, über die Unbill, persönlich für die Ausübung seiner Amtspflichten verantwortlich gemacht zu werden.

Viele Jahre waren seither vergangen, nicht ohne in Mr. Reeders Dasein beträchtliche Änderungen zu hinterlassen.

Von seiner Spezialaufgabe, Fälscher aufzuspüren, war er in den umfassenderen Wirkungsbereich des Staatsanwaltsbüros berufen worden, aber Lews Lächeln hatte er nie vergessen.

Die Arbeit in Whitehall war nicht schwer und sehr interessant. Durch Mr. Reeders Hände gingen fast alle die anonymen Briefe, die der Staatsanwaltschaft in Unmengen zuflossen. Meistens erklärten sich die Schreiben von selbst, ohne daß es besonderer Intelligenz bedurft hätte, die ihnen zugrundeliegenden Triebfedern aufzudecken.

Eifersucht, Bosheit, nackte Schadenfreude, doch gelegentlich auch die schmutzige Absicht, aus den gelieferten Hinweisen finanziellen Gewinn zu ziehen, waren die hauptsächlichen Beweggründe. Mitunter kamen aber auch Zuschriften wie diese:

> Sir James will seine Kusine heiraten, und es sind noch keine drei Monate her, daß seine arme Frau bei der Überfahrt nach Calais über Bord fiel. An der Sache ist etwas faul. Miß Margaret kann ihn nicht leiden, weil sie weiß, daß er hinter ihrem Geld her ist. Warum hat er mich in der Nacht nach London geschickt, wo er doch bei Dunkelheit nicht gern selber fährt? Komisch, daß er gerade in dieser Nacht, in der es noch dazu in Strömen goß, unbedingt selbst fahren wollte.

Dieser außerordentliche Brief trug die Unterschrift: »Ein Freund.« Justitia hat ja viele solcher Freunde.

»Sir James« war Sir James Tithermite, der während des Krieges Direktor in irgendeinem neuen Regierungsamt gewesen und für seine Verdienste geadelt worden war.

»Sehen wir mal nach«, sagte der Chef, als er den Brief sah. »Ich erinnere mich, daß Lady Tithermite im Meer ertrunken ist.«

»Am 19. Dezember vergangenen Jahres«, sagte Mr. Reeder feierlich. »Lady und Sir James Tithermite waren unterwegs nach Paris, um von dort gleich nach Monte Carlo weiterzufahren. Sir James, der in der Nähe von Maidstone ein Haus hat, fuhr mit dem Auto nach Dover und stellte dort den Wagen im Lord-Wilson-Hotel unter. Die Nacht war stürmisch, und es herrschte starker Seegang. Als sie schon halb drüben waren, kam Sir James zum Zahlmeister und meldete ihm, er vermisse seine Frau. Ihr Gepäck war in der Kabine, ebenso wie der Paß, die Eisenbahnfahrkarte und der Hut. Aber die Dame war unauffindbar und wurde nie wieder gesehen.«

Der Chef nickte.

»Ich sehe, Sie haben den Fall nachgelesen.«

»Das nicht, aber er ist mir in Erinnerung«, entgegnete Mr. Reeder. »Dieser Fall gehört nämlich zu meinen liebsten Denksportaufgaben. Leider Gottes wittere ich überall Unrat, und ich habe mir schon oft gedacht, wie leicht es doch wäre . . . Aber ich fürchte, ich sehe das Leben durch eine verbogene Linse. Es belastet einen zuweilen schrecklich, die Phantasie eines Verbrechers zu haben.«

Sein Chef sah ihn argwöhnisch an. Er wußte nie ganz sicher, ob Mr. Reeder im Ernst sprach. Aber im Augenblick schien sein Ernst außer Zweifel zu stehen.

»Der Schreiber des Briefes ist offensichtlich ein entlassener Chauffeur«, begann er.

»Thomas Dayford, 179 Barrack Street, Maidstone«, fuhr Mr. Reeder fort. »Er ist zur Zeit bei der Kent-Autobusgesellschaft beschäftigt und hat drei Kinder, zwei davon Zwillinge, reizende kleine Schlingel.«

Der Chef lachte hilflos.

»Ich gebe gern zu, daß Sie Bescheid wissen!« sagte er. »Versuchen Sie mal herauszukriegen, was hinter dem Brief steckt. Sir James ist ein hohes Tier in Kent, ein Friedensrichter mit gewaltigem politischem Einfluß. Der Brief ist natürlich gegenstandslos. Gehen Sie behutsam vor, Reeder! Wenn wir hier einen Anpfiff bekommen, gebe ich ihn an Sie weiter – mit Zinsen!«

Mr. Reeder hatte über behutsames Vorgehen seine eigenen Vorstellungen. Er fuhr am nächsten Morgen nach Maidstone, nahm einen Bus, der am Eingangsportal des Herrschaftsgutes Elfreda vorbeifuhr, und erreichte so bequem und billig, den Regenschirm zwischen den Knien, sein Ziel.

Er ging durch das Portal hindurch, eine lange, gewundene Pappelallee hinauf, und hatte alsbald das graue Gutshaus vor sich.

In einem bequemen Stuhl auf dem Rasen saß ein junges Mädchen mit einem Buch auf den Knien. Offensichtlich hatte sie ihn bemerkt, denn als er den Rasen überquerte, erhob sie sich und kam eilig auf ihn zu.

»Ich bin Miß Margaret Letherby – kommen Sie von . . .?«

Sie erwähnte den Namen eines unbekannten Anwaltsbüros und war sichtlich enttäuscht, als Mr. Reeder mit Bedauern jede Verbindung mit jenen Leuchten der Jurisprudenz ablehnte.

Sie war so hübsch, wie man das bei einem makellosen Teint und einem runden, wenn auch nicht allzu intelligenten Gesichtchen nur sein kann.

»Ich dachte – wollen Sie Sir James sprechen? Er ist in der Bibliothek. Wenn Sie läuten, wird eines der Mädchen Sie zu ihm bringen.«

Wäre Mr. Reeder ein Mann gewesen, den noch etwas in Erstaunen setzen konnte, so hätte er sich sicher darüber gewundert, wie ein junges Mädchen mit eigenem Geld wider ihren Willen einen wesentlich älteren Mann heiraten mochte. Der vorliegende Fall gab ihm indes kaum Rätsel auf. Miß Margaret würde jeden willensstarken Mann geheiratet haben, der nachdrücklich genug um sie geworben hätte.

»Sogar mich«, sagte sich Mr. Reeder mit einem gewissen melancholischen Vergnügen.

Es war nicht nötig zu läuten. Ein großer, breitschultriger Mann in Golfkleidung stand in der Haustür. Sein blondes Haar war lang und fiel ihm in einer dicken, glatten Strähne über die Stirn. Ein buschiger, hellbrauner Schnurrbart verdeckte seinen Mund und reichte hinab bis zu einem kraftvoll ausgeprägten Kinn.

»Was gibt's?« fragte er barsch.

»Ich komme im Auftrag der Staatsanwaltschaft«, murmelte Mr. Reeder. »Ich habe einen anonymen Brief bekommen.«

Dabei ließen seine ausdruckslosen Augen nicht vom Gesicht seines Gegenübers ab.

»Kommen Sie herein«, sagte Sir James mürrisch.

Bevor er die Tür schloß, blickte er rasch erst nach dem jungen Mädchen und dann die Pappelallee hinunter.

»Ich erwarte nämlich so einen dämlichen Rechtsanwalt«, sagte er und riß die Tür eines Raumes auf, der augenscheinlich die Bibliothek war.

Seine Stimme war ruhig, und nicht einmal das Zucken einer Wimper verriet eine noch so leise Besorgnis, als Reeder seinen Auftrag nannte.

»Na schön, was wollen Sie also mit diesem anonymen Brief? Sie werden doch einen solchen Quatsch nicht ernst nehmen?«

Mr. Reeder legte seinen Schirm und seinen flachen Hut auf einen Stuhl, bevor er ein Schriftstück aus seiner Tasche nahm und es dem Baronet reichte, der es mit gerunzelter Stirn durchlas. War Mr. Reeders lebhafte Phantasie daran schuld, oder wurde das harte Licht in Sir James' Augen beim Lesen dieser Zeilen tatsächlich sanfter?

»Dieses Schauermärchen ist frei erfunden. Da hat also jemand gesehen, daß die Schmucksachen meiner Frau in Paris zum Verkauf angeboten wurden. Das Ganze ist Unsinn. Ich kann über jedes Schmuckstück meiner Frau Rechenschaft ablegen, da ich die Schatulle nach jener furchtbaren Nacht mit zurückgebracht habe. Die Handschrift ist mir unbekannt. Wer ist denn der verlogene Schuft, der dies geschrieben hat?«

»Ich habe es auch nicht für wahr gehalten«, sagte Mr. Reeder kopfschüttelnd. »Ich bin den Einzelheiten des Falles sehr genau nachgegangen. Sie sind hier nachmittags weggefahren . . .«

»Am Abend«, berichtigt der andere schroff. Er war nicht geneigt, über die Angelegenheit zu sprechen, aber Mr. Reeders flehender Blick war unwiderstehlich. »Es ist nur achtzig Minuten Fahrt von hier nach Dover. Wir erreichten die Anlegestelle um elf Uhr, ungefähr zur selben Zeit wie der Dampfer-Zug, und gingen unverzüglich an Bord. Ich ließ mir vom Zahlmeister meinen Kabinenschlüssel geben und brachte meine Frau und das Gepäck nach unten.«

»War die gnädige Frau seefest?«

»Vollkommen; sie fühlte sich an jenem Abend außerordentlich wohl. Ich ließ sie in der Kabine schlafen und ging ein wenig an Deck . .«

»Wobei es stark regnete und ein heftiger Seegang herrschte«, nickte Reeder, als wolle er etwas bestätigen, was ihm der andere erzählt hatte.

»Ja . . . Mir macht die See auch nichts, und . . . Na, die Geschichte von den Juwelen meiner Frau ist jedenfalls kompletter Unsinn. Das können Sie Ihrem Chef bestellen, mit meinen besten Empfehlungen.«

Er öffnete seinem Besucher die Tür, aber es dauerte noch einige Zeit, bis Mr. Reeder den Brief eingesteckt und seine Habseligkeiten zusammengesucht hatte.

»Sie haben hier einen prächtigen Besitz, Sir James – einfach wundervoll. Ist das Grundstück groß?«

»Dreitausend Morgen.« Diesmal machte er keinen Versuch, seine Ungeduld zu verbergen. »Guten Tag.«

Mr. Reeder ging langsam die Auffahrt hinunter, während sein bemerkenswertes Gedächtnis unablässig arbeitete.

Er versäumte den Bus, den er leicht hätte erreichen können, und spazierte scheinbar ziellos durch die gewundene Straße entlang, die parallel zur Grenze des herrschaftlichen Besitztums verlief. Nach einem halben Kilometer stieß er auf einen Seitenweg, der im rechten

Winkel von der Hauptstraße abbog und vermutlich die südliche Grenze bildete.

In der Ecke des Grundstücks stand hinter einem abweisenden Eisengitter ein altes, steinernes Pförtnerhaus. Es war in einem traurigen Zustand von Verwahrlosung und Verfall. Dachziegel hatten sich gelöst, die Fenster waren verschmutzt oder zerbrochen, und der kleine Garten war von Ampfern und Disteln überwuchert. Jenseits des Gitters sah man einen engen, unkrautbewachsenen Fahrweg, der sich in einer entfernt liegenden Anpflanzung verlor.

Mr. Reeder hörte hinter sich ein Geräusch wie vom Zuschnappen eines Briefkastens. Er wandte sich um und sah einen Briefträger, der eben sein Rad bestieg.

»Was ist denn das hier?« fragte er den Postboten.

»Südeingang – Sir James Tithermites Besitztum. Er wird nie mehr benutzt, schon seit Jahren – warum, weiß ich nicht. Dabei wäre er eine Abkürzung, wenn man von dieser Stelle her kommt.«

Mr. Reeder ging mit dem Mann in Richtung auf das Dorf. Er verstand es geschickt, auch aus dem trockensten Brunnen Wasser zu pumpen, und der Briefträger war keineswegs trocken.

»Ja, die arme Frau! Sie war sehr zart – von jener Art kränklicher Frauen, die manchen kerngesunden Mann überleben.«

Mr. Reeder stellte aufs Geratewohl eine Frage und traf unversehens mitten ins Schwarze.

»O ja, die gnädige Frau konnte die See nicht vertragen. Ich muß es ja wissen, wo sie doch vor jeder Auslandsreise eine Flasche von dem Zeug geschickt bekam, das man gegen die Seekrankheit einnimmt. Eine Menge Flaschen habe ich davon abgeliefert, bis Raikes es in seiner Drogerie führte. Wie hieß es doch gleich? . . . Ach ja, ›Pickers Reisebegleiter‹. Erst kürzlich erzählte mir Mr. Raikes, daß er noch ein halbes Dutzend von den Flaschen auf Lager hat und nicht weiß, was er damit anfangen soll. In Climbury macht kein Mensch jemals eine Seereise.«

Mr. Reeders ging weiter bis zum Dorf, wo er seine kostbare Zeit an den unwahrscheinlichsten Stellen vertrödelte, in der Drogerie, in der Schmiede und bei dem bescheidenen Maurermeister. Er bekam den letzten Bus zurück nach Maidstone und mit viel Glück auch den letzten Zug nach London.

Am nächsten Tag antwortete er in seiner unverbindlichen Art auf die Frage seines Chefs: »O ja, ich habe Sir James gesprochen, ein sehr interessanter Mann.«

Dies hatte sich an einem Freitag zugetragen. Den ganzen Samstag hatte Reeder dienstlich zu tun, aber am Sonntag wurde es wieder interessant.

An diesem klaren Sonntagmorgen stand Mr. Reeder in einem geblümten Schlafrock und in schwarzen Samtpantoffeln am Fenster seines Hauses an der Brockley Road und blickte auf die menschenleere Straße hinab. Vom Turm der Pfarrkirche hatte die Glocke zum Frühgottesdienst geläutet, und noch war kein lebendes Wesen zu sehen, außer einer schwarzen Katze, die auf der obersten Stufe des gegenüberliegenden Hauses in der Sonne schlief. Es war halb acht Uhr, und Mr. Reeder hatte schon seit sechs Uhr im Schein seiner Schreibtischlampe (es war bald Ende Oktober) gearbeitet.

Von seinem halbmondförmigen Erker aus überblickte er einen Teil der Lewisham High Road und den Höhenzug von Tanners Hill bis hin zu der Stelle, wo er an der Eisenbahnbrücke vorbei steil nach Deptford abfällt.

Plötzlich trat er an seinen Tisch zurück, öffnete eine Packung der billigsten Zigaretten, steckte sich eine an und begann, wie ein Anfänger draufloszupaffen. Er rauchte Zigaretten wie eine Frau, die sie eigentlich verabscheut, aber meint, das Rauchen gehöre zum guten Ton.

»Du meine Güte«, sagte Mr. Reeder leise vor sich hin.

Dann stand er wieder am Fenster, von dem aus er einen Mann um die Ecke der Lewisham High Road hatte biegen sehen. Der Mann kam die Straße herüber, direkt auf die Villa »Narzisse« zu (das war der idyllische Name, der über dem Eingang zu Mr. Reeders Behausung zu lesen war). Er war groß und stattlich, sein Gesicht war gebräunt und hatte einen finsteren Ausdruck. Jetzt trat er durch die Gartentür und entschwand den Blicken seines Beobachters.

»Du meine Güte«, wiederholte Mr. Reeder, als er die Hausglocke hörte.

Wenige Augenblicke später klopfte seine Haushälterin an die Tür. »Wollen Sie einen Mr. Kohl empfangen, Sir?«

Mr. J. G. Reeder nickte.

Als Lew Kohl in das Zimmer schritt, sah er hinter einem Schreibtisch einen ältlichen Mann, der in einen farbenprächtigen Schlafrock gehüllt war und einen Kneifer schief auf der Nase balancierte.

»Guten Morgen, Kohl.«

Lew Kohl betrachtete den Mann, dem er siebeneinhalb Jahre Hölle verdankte, und seine dünnen Lippen kräuselten sich verächtlich.

»Morgen Mr. Reeder.« Sein Blick streifte die fast leere Schreibtischplatte, auf der Reeders leicht gefaltete Hände ruhten. »Sie haben wohl nicht erwartet, mich zu sehen, nehme ich an.«

»Nicht ganz so früh«, antwortete Reeder kaum hörbar. »Aber ich hätte daran denken sollen, daß das Frühaufstehen eine der guten Gewohnheiten ist, die einem im Zuchthaus beigebracht werden.«

Er sagte dies im Tonfall eines Mannes, der ein Lob für gute Führung ausspricht.

»Vermutlich können Sie sich ganz gut vorstellen, warum ich gekommen bin, was? Ich vergesse nicht leicht, Reeder, und in Dartmoor hat man Zeit, um nachzudenken.«

Der Ältere zog seine hellen Augenbrauen hoch, und der Stahlkneifer rutschte noch schiefer.

»Dieser Satz kommt mir bekannt vor«, sagte er, und seine Augenbrauen zogen sich zusammen. »Lassen Sie mich mal nachdenken – ach ja, aus einem Rührstück natürlich, aber war es nun ›Seelen in Ketten‹ oder war es ›Das Heiratsversprechen‹?«

Er schien zur Behebung seines Zweifels allen Ernstes Kohls Mithilfe in Anspruch nehmen zu wollen.

»Dies hier wird eine ganz andere Art von Theater werden«, zischte der langgesichtige Lew durch die Zähne. »Ich kriege Sie noch, Reeder – das können Sie ruhig Ihrem Alten, dem Staatsanwalt, erzählen. Aber ich fasse Sie auf Nummer Sicher! Da wird es keinen Beweis geben, um mich an den Galgen zu bringen. Und dann hole ich mir auch Ihren hübschen kleinen Sparstrumpf, Reeder.«

Das Gerücht von Reeders Vermögen wurde sogar von einem so intelligenten Menschen wie Kohl für wahr gehalten.

»Meinen Strumpf wollen Sie haben! Lieber Himmel, dann werde ich also barfuß laufen müssen«, sagte Reeder mit einer Andeutung von Humor.

»Sie wissen, was ich meine – denken Sie nur darüber nach. Eines schönen Tages gehen Sie hops, und ganz Scotland Yard wird mir nichts anhängen können. Ich habe mir das schon ausgedacht ...«

»In Dartmoor hat man ja Zeit zum Nachdenken«, murmelte Mr. Reeder ermunternd. »Sie werden noch einer der größten Denker der Welt, Kohl. Kennen Sie Rodins Meisterwerk – eine herrliche Statue, in der das Leben zu pulsieren scheint ...«

»Das genügt für heute.« Lew erhob sich, während das Lächeln noch immer seine Mundwinkel umspielte. »Vielleicht lassen Sie es sich durch den Kopf gehen; morgen oder übermorgen sind Sie nicht mehr so vergnügt.«

Reeders Gesicht war in seiner Traurigkeit geradezu ergreifend. Sein ungepflegtes, graubraun meliertes Haar schien zu Berg zu stehen, und seine großen Ohren, die fast rechtwinkelig zum Kopf standen, zuckten gleichsam vor Erregung.

Schon lag Lew Kohls Hand auf der Türklinke.

Wumm!

Es klang so dumpf, wie wenn ein schwerer Gegenstand gegen ein Brett fliegt. An seiner Wange pfiff etwas vorbei, vor seinen Augen erschien ein tiefes Loch in der Wand, und herumfliegende Gipssplitter spritzten ihm ins Gesicht. Mit einem Wutschrei fuhr er herum.

Mr. Reeder hielt einen Browning mit langem Lauf, über dessen Mündung ein trommelförmiger Schalldämpfer angebracht war, in der Hand und starrte mit offenem Mund auf die Waffe.

»Wie, um Himmels willen, konnte das nur passieren?« fragte er verblüfft.

Lew Kohl stand da mit wächsernem Gesicht und zitterte vor Wut und Angst.

»Sie – Sie Schweinehund!« schnaubte er. »Sie wollten mich über den Haufen schießen!«

Mr. Reeder starrte ihn über seine Gläser hinweg an.

»Du lieber Himmel – wie können Sie so was glauben? Wollen Sie mich immer noch umbringen, Kohl.«

Kohl suchte nach einer Antwort, aber er fand keine Worte. Er riß die Tür auf und rannte die Treppe hinunter zur Haustür hinaus. Doch gerade als er auf die erste Steinstufe trat, sauste etwas an ihm vorbei und zersplitterte krachend zu seinen Füßen.

Es war eine große steinerne Vase, die den Fenstersims von Mr. Reeders Schlafzimmer geziert hatte. Er sprang über die Scherben und die Topferde hinweg und stierte empor in das erstaunte Gesicht des Mr. J. G. Reeder.

»Ich kriege Sie noch!« blubberte er.

»Hoffentlich sind Sie nicht verletzt?« fragte der Mann am Fenster besorgt. »So etwas kann leider passieren. Eines schönen Tages . . .«

Als Lew Kohl die Straße hinunterlief, redete der Detektiv immer noch.

*

Mr. Stan Bride war bei seiner Morgentoilette, als sein Freund und ehemaliger Gefängniskollege in das kleine Zimmer stürzte, das auf den Fitzroy Square hinausging.

Stan Bride (zu deutsch »Braut«) mutete mit seiner fülligen, untersetzten Statur, seinem roten, feisten Gesicht und seinem ausgeprägten Doppelkinn keineswegs jungfräulich an. Er hörte auf, sich abzutrocknen, und blickte auf seinen Kollegen.

»Was ist los mit dir?« fragte er scharf. »Du siehst aus, als wäre ein Polyp hinter dir her. Warum bist du schon so früh auf den Beinen?«

Während ihm Lew Bericht erstattete, wurde das aufgeräumte Gesicht seines Stubengenossen länger und länger.

»Du Idiot!« zischte er. »Mit so einer billigen Tour gehst du zu Reeder! Kannst du dir denn nicht vorstellen, daß er auf dich schon wartete? Glaubst du vielleicht, er wußte nicht ganz genau, wann du aus dem Kasten rauskommst?«

»Auf jeden Fall habe ich ihm Angst eingejagt«, erwiderte der andere, aber Mr. Bride lachte nur höhnisch.

»Du liebe Zeit!« höhnte er. »Dem alten Herrn« (in Wirklichkeit sagte er nicht »Herr«). »Bange machen! Wenn er so käsig ist wie du, hat er Angst. Aber das ist er nicht. Klar, daß er an dir vorbeigeschossen hat – wenn er dich hätte umlegen wollen, wärst du jetzt kalt. Aber das wollte er nicht. Schlaumeier! Von dem hast du einen schönen Denkzettel gekriegt.«

»Wo auf einmal das Schießeisen hergekommen ist, weiß . . .«

Da klopfte es an der Tür, und die beiden Männer wechselten besorgte Blicke.

»Wer ist da?« fragte Bride, und eine ihnen wohlvertraute Stimme antwortete.

»Der Polyp von Scotland Yard«, flüsterte Bride und öffnete die Tür.

Der »Polyp« war Sergeant Allford von der Criminal Investigation Division oder Kriminalabteilung, ein freundlicher, stattlicher Mann und ein vielversprechender Detektiv.

»Morgen, Jungs, noch nicht in der Kirche gewesen, Stan?«

Stan grinste höflich.

»Wie geht das Geschäft, Lew?«

»Leidlich.« Der Fälscher war wachsam und argwöhnisch.

»Ich komme da wegen eines Schießeisens . . . Habe den Eindruck, Sie haben eins bei sich, Lew – automatischer Colt Nr. R 7/94318. Das ist nicht recht, Lew – Revolver haben in unserem Land nichts zu suchen.«

»Ich habe keinen Revolver«, sagte Lew unwirsch.

Bride schien plötzlich gealtert, denn auch er war vorzeitig auf Bewährung entlassen worden, und die Entdeckung einer Waffe konnte ihn zur Abbüßung der Reststrafe leicht wieder ins Gefängnis bringen.

»Wollen Sie einen kleinen Spaziergang bis zum Revier machen, oder wollen Sie sich hier durchsuchen lassen?«

»Suchen Sie nur«, sagte Lew und hob steif die Arme, während der Detektiv seine Kleidung abtastete.

»Ich will mich hier mal ein bißchen umsehen«, sagte der Sergeant darauf, und aus dem ›bißchen‹ wurde eine sehr gründliche Angelegenheit.

»Muß mich wohl getäuscht haben – aber was war denn das, was Sie in den Fluß geworfen haben, als Sie am Embankment entlanggingen?«

Lew fuhr zusammen. Das war der erste Hinweis, daß man ihn an diesem Morgen beschattet hatte.

*

Bride wartete, bis er vom Fenster aus den Detektiv über den Fitzroy Square gehen sah; dann fuhr er seinen Kumpan wütend an:

»Du kommst dir wohl sehr schlau vor? Der alte Schuft wußte von deinem Schießeisen – sogar die Nummer kannte er. Und wenn Allford es gefunden hätte, dann wärst du jetzt kassiert, und ich dazu!«

»Ich hab' es in den Fluß geworfen«, sagte Lew verdrossen.

»So viel Grips scheinst du doch noch zu haben!« sagte Bride schwer atmend. »Aber schlag dir den Reeder aus dem Kopf – er ist schlimmer als der Teufel, und wenn du das nicht kapierst, dann hast du Dreck in den Ohren ... Den und einschüchtern! Du Vollidiot! Der schneidet dir die Gurgel durch und dichtet ein Gesangbuchlied darauf.«

»Ich wußte doch nicht, daß sie mir nachschleichen würden«, knurrte Kohl. »Aber ich kriege ihn noch, und sein Geld dazu!«

»Dann erledige das gefälligst von einem anderen Quartier aus«, sagte Bride barsch. »Gegen einen Betrüger habe ich nichts – bin selber einer –, auch nichts gegen einen Mörder, aber ein geschwätziger Dummkopf macht mich krank. Hol dir doch seinen Zaster, wenn du kannst – ich wette, er hat alles in Grundstücken angelegt, und Häuser kannst du nicht klauen –, aber rede nicht darüber! Du gefällst mir, Lew, bis zu einem bestimmten Punkt; aber dieser Punkt ist jetzt meilenweit überschritten. Den Reeder mag ich nicht – ich mag keine Schlangen; deshalb bleib ich auch vom Zoo weg.«

So bezog also Kohl eine neue Bude im Dachgeschoß eines Hauses in der Dan Street – der Besitzer war ein Italiener –, und hier mangelte es ihm weder an Zeit noch an Lust, über seinen Kummer zu grübeln und neue Pläne zur Vernichtung seines Feindes zu schmieden. Und das war notwendig, denn die Pläne, die in seiner stillen Zelle in Devonshire so unfehlbar schienen, erwiesen sich als voller Risse und Sprünge.

Lews Mordlust hatte einen beträchtlichen Dämpfer bekommen. Ein sehr geschickter Psychologe hatte ihn bearbeitet – obwohl er Mr. Reeder noch nie von dieser Seite her gesehen hatte und sicher nicht recht wußte, was dieses Wort bedeutete. Aber es gab ja noch andere Mittel, um Reeder zu treffen, und so kehrte Lew in Gedanken immer wieder zu seinem Wunschtraum zurück, den verborgenen Schatz des korrupten Beamten zu heben.

*

Es war fast eine Woche später, als Mr. Reeder sich selbst in das Allerheiligste seines Chefs einlud. Gebannt lauschte der hohe Beamte, als ihm sein Untergebener seine höchst skandalöse Theorie über Sir James Tithermite und den Tod von dessen Frau vortrug. Als Mr. Reeder fertig war, stieß der Direktor seinen Stuhl zurück.

»Mein lieber Freund«, sagte er etwas gereizt, »auf Grund bloßer Mutmaßungen kann ich Ihnen unmöglich einen Haftbefehl, ja nicht einmal einen Haussuchungsbefehl ausstellen. Die Geschichte ist so phantastisch, so unglaublich, daß sie besser in einem Groschenroman als in einem Protokoll der Staatsanwaltschaft aufgehoben wäre.«

»Es war eine stürmische Nacht, und dennoch war Lady Tithermite nicht seekrank«, gab der Detektiv schonend zu bedenken.

Der Direktor schüttelte den Kopf.

»Ich kann nicht – jedenfalls nicht auf diese Gründe hin«, sagte er. »Das gäbe einen Sturm, der mir bei der Regierung teuer zu stehen käme. Können Sie nichts tun – inoffiziell?«

Mr. Reeder schüttelte den Kopf.

»Meine Gegenwart in der Nachbarschaft ist schon aufgefallen«, sagte er zimperlich. »Es wäre mir kaum möglich, meine – hm – Spuren zu verdecken. Und dabei habe ich die Stelle gefunden und könnte Ihnen auf wenige Zentimeter genau angeben . . .«

Wieder schüttelte der Staatsanwalt den Kopf.

»Nein, Reeder«, sagt er ruhig. »Die ganze Sache ist nur eine Schlußfolgerung von Ihnen. O ja, ich weiß, Sie haben eine kriminelle Phantasie – ich glaube, das haben Sie mir schon einmal erzählt. Und gerade deshalb darf ich Ihnen keinen Haftbefehl ausstellen. Sie trauen ganz einfach diesem unglücklichen Menschen Ihren eigenen Scharfsinn zu. Kommt nicht in Frage!«

Mr. Reeder seufzte und ging in sein Büro zurück. Er war aber gar nicht so verzagt, denn in seinen Ermittlungen war ein neuer Gesichtspunkt aufgetaucht.

Im Lauf der Woche war Mr. Reeder mehrere Male nach Maidstone gefahren, aber nie allein, obgleich er sich scheinbar gar nicht bewußt war, auf Schritt und Tritt von einem Schatten begleitet zu werden. In Wirklichkeit aber hatte er Kohl bei verschiedenen Gelegenheiten gesehen, und ein paar unbehagliche Minuten durchlebt, während deren er sich fragen mußte, ob sein Experiment nicht mißlungen war.

Beim zweiten Mal war in ihm ein Gedanke aufgekeimt, und wäre ihm das Lachen leichtergefallen, so hätte er bestimmt laut vor sich hin gelacht. Das war an einem Abend gewesen, an dem er unauffällig den Bahnhof von Maidstone verließ und beim Besteigen eines Taxis bemerkte, wie Lew Kohl sich eifrig um ein anderes bemühte.

*

Mr. Bride unterzog sich gerade der zwar langweiligen, aber notwendigen Übung, wie man ein Spiel Karten so abhebt, daß Karo-As stets unten bleibt; da stürzte plötzlich sein früherer Zimmergenosse zur Tür herein. In Lews kalten Augen stand ein so triumphierendes Leuchten, daß Mr. Bride das Herz in die Hosen rutschte.

»Ich hab' ihn erwischt!« rief Lew.

Bride legte die Karten beiseite und stand auf.

»Erwischt ... wen?« fragte er kalt. »Und wenn's ein Mord ist, brauchst du gar nicht erst zu antworten, dann mach nur, daß du fortkommst.«

»Keine Spur von Mord.«

Lew setzte sich breit an den Tisch, die Hände in den Taschen und auf dem Gesicht ein wahrhaftiges Lächeln.

»Seit einer Woche spüre ich Reeder nach, und das will bei dem etwas heißen!«

»Und?« fragte der andere kurz, als Lew eine dramatische Pause machen wollte.

»Ich habe seinen Sparstrumpf gefunden!«

Bride kratzte sich am Kinn, nur halb überzeugt.

»Tatsächlich?«

Lew nickte.

»In der letzten Zeit ist er sehr oft nach Maidstone und von dort noch ungefähr acht Kilometer zu einem kleinen Nest gefahren. Dort habe ich ihn immer aus den Augen verloren. Aber als er neulich am Abend zum Bahnhof zurückkam, um den letzten Zug nach London zu bekommen, verduftete er in den Wartesaal, während ich mir einen Platz aussuchte, von dem aus ich ihn beobachten konnte. Was glaubst du wohl, was er tat?«

Mr. Bride riskierte keine Vermutung.

»Er öffnete seine Handtasche«, sagte Lew mit Nachdruck, »und nahm ein sooo dickes Bündel Geldscheine heraus! Die hatte er von seiner ›Bank‹ abgehoben! Ich folgte ihm bis nach London. Da ist ein Bahnhofsrestaurant, in das er auf eine Tasse Kaffee hineinging, während ich mich hübsch in Deckung hielt. Als er aus dem Lokal herauskam, zog er sein Taschentuch aus der Tasche und wischte sich den Mund. Er bemerkte dabei nicht, wie ihm ein Büchlein herausfiel – ich dafür um so mehr. Mir war ganz übel vor Angst, jemand anders könnte es sehen, oder er selbst würde lang genug stehenbleiben, um den Verlust zu entdecken. Aber er verließ den Bahnhof, und ich hatte das Buch schneller, als du bis drei zählen kannst. Sieh mal – hier!«

Es war ein abgegriffenes kleines Notizbuch, in verblichenes rotes Saffianleder gebunden. Bride streckte seine Hand danach aus.

»Einen Augenblick«, sagte Lew. »Machst du mit, zu gleichen Teilen? Ich brauche nämlich Hilfe.«

Bride zögerte. »Wenn's weiter nichts ist als Diebstahl, bin ich dabei«, sagte er.

»Reiner Diebstahl – und kinderleicht«, frohlockte Lew und schob das Buch über den Tisch.

Den größten Teil der Nacht hindurch saßen die beiden zusammen und unterhielten sich über Mr. J. G. Reeders methodische Buchführung und seine grenzenlose Unfähigkeit.

*

Die Nacht zum Montag war regnerisch. Ein starker Wind blies von Südwesten und wirbelte die fallenden Blätter durch die Luft, als Lew und sein Kumpan die acht Kilometer bis zu jenem Dorf in Angriff nahmen, in dem Sir James Tithermites sein Besitztum hatte. Keiner von ihnen schleppte sichtbare Gepäckstücke, aber unter Lew Regenmantel verbarg sich eine Garnitur von außerordentlich sinnreichen Werkzeugen, während Mr. Brides Manteltaschen von den Einzelteilen eines mächtigen Brecheisens tief nach unten gezogen wurden.

Sie begegneten keinem Menschen, und die Kirchturmuhr schlug gerade elf, als Lew die Gitterstangen des südlichen Eingangstores von Tithermites Anwesen umklammerte, sich emporzog und auf der anderen Seite behende hinabsprang.

Mr. Bride, der trotz seines Umfangs ein ungewöhnlich beweglicher Mann war, folgte ihm. In der Dunkelheit tauchte das halb verfallene Pförtnerhäuschen auf, und sie traten durch die knarrende Schranke an die Tür. Lews Lampe strahlte kurz das Schlüsselloch an, bevor er selbst mit den Geräten aus seiner Werkzeugtasche zu hantieren begann.

Nach zehn Minuten war die Tür geöffnet, und gleich darauf standen die beiden in einem kleinen, niedrigen Raum, der von einem tiefen, unvergitterten Kamin beherrscht wurde.

Lew zog seinen Mantel aus und hängte ihn vor das Fenster, bevor er seine Lampe aufleuchten ließ.

Dann kniete er nieder, wischte die Aschenreste beiseite und besah sich sorgfältig die Fugen des großen Herdsteines.

»Hier war ein Pfuscher am Werk«, sagte er. »Das sieht ein Blinder.«

Er schob die Spitze des Brecheisens in eine Ritze und ließ die Hebelkraft spielen; der Stein bewegte sich leicht. Von Zeit zu Zeit vertiefte er den Spalt mit Hammer und Meißel und stieß das Brecheisen weiter hinab. Der Stein erhob sich über den Rand des Fußbodens, und Bride schob den Meißel darunter.

»Jetzt beide zusammen«, grunzte Lew.

Sie faßten mit den Fingern unter die Herdplatte und klappten sie mit einem Ruck hoch. Lew ergriff die Lampe, kniete nieder und leuchtete in die dunkle Höhlung hinein.

»Mein Gott!« schrie er auf.

Einen Augenblick später stürzten zwei vom hellen Entsetzen gejagte Männer zur Tür hinaus auf den Fahrweg. Hier schien sich ein Wunder ereignet zu haben, denn das Tor stand offen, und eine dunkle Gestalt vertrat ihnen breitbeinig den Weg.

»Hände hoch, Kohl!« rief eine Stimme, und so sehr auch Lew Kohl diese Stimme haßte, er hätte Mr. Reeder um den Hals fallen mögen.

*

In eben dieser Nacht, gegen zwölf Uhr, besprach Sir James Tithermite mit seiner zukünftigen Frau geschäftliche Angelegenheiten: die Engstirnigkeit ihres Anwalts, der unbedingt ihr Vermögen für sie sicherstellen wollte, und seine eigene Klugheit und Voraussicht, mit der er seiner zukünftigen Frau volle Handlungsfreiheit zu sichern gedachte.

»Diese Halunken denken an nichts anderes als an ihr Honorar«, begann er eben, als sein Diener ohne Anklopfen in das Zimmer trat, gefolgt vom Polizeipräsidenten der Grafschaft und einem Mann, an den er sich zu erinnern glaubte.

»Sir James Tithermite?« fragte der Präsident ganz unnötigerweise, denn er kannte Sir James sehr genau.

»Ja, natürlich, Oberst, was gibt's denn?« entgegnete der Baronet, während es in seinem Gesicht zuckte.

»Ich verhafte Sie unter der Anklage des vorsätzlichen Mordes an Ihrer Frau Eleanor Mary Tithermite.«

*

»Die ganze Geschichte lief auf die Frage hinaus, ob Lady Tithermite seefest war oder nicht«, erklärte J. G. Reeder seinem Chef. »War sie es nicht, so konnte sie schwerlich auch nur fünf Minuten auf dem Schiff verbringen, ohne die Dienste der Stewardeß in Anspruch zu nehmen. Diese hat aber, ebenso wie alle übrigen Leute an Bord, Lady Tithermite gar nicht gesehen, aus dem einfachen Grund, weil sie sich nicht an Bord befand! Sie war innerhalb der Grenzen ihres Landsitzes ermordet worden.

Sir James verbarg die Leiche unter dem Herdstein des alten Pförtnerhauses und fuhr sogleich weiter nach Dover. Dort übergab er sein Gepäck einem Träger und ließ es in seine Kabine bringen; dann ging er noch mal von Bord, um seinen Wagen in die Hotelgarage zu fahren. Er hatte seine Ankunft so genau berechnet, daß er zugleich mit den vielen Passagieren des Dampfer-Zuges an Bord kam, und kein Mensch wußte oder kümmerte sich darum, ob er nun allein oder in Begleitung war. Er ließ sich vom Zahlmeister seinen Schlüssel aushändigen, brachte das Gepäck samt dem Hut seiner Frau in die Kabine, bezahlte den Träger und schickte ihn fort. Offiziell war Lady Tithermite an Bord, denn er hatte ja ihr Billett mit abgegeben und ihre Landungskarte erhalten. Nun brauchte er nur noch zu entdecken, daß sie verschwunden war. Das Schiff wurde durchsucht, aber die Unglückliche war natürlich nicht aufzufinden. Wie ich schon einmal erwähnt habe . . .«

». . . besitzen Sie eine verbrecherische Phantasie«, ergänzte der Staatsanwalt gut gelaunt. »Erzählen Sie weiter, Reeder.«

»Nachdem ich nun einmal diesen ausgefallenen und wenig erfreulichen Charakterzug habe, erkannte ich, wie einfach es sein mußte, den Anschein zu erwecken, als sei die Dame an Bord. Und damit stand es für mich fest, daß, wenn wirklich ein Mord vorlag, er nur innerhalb weniger Kilometer vom Haus begangen worden sein konnte. Dann erzählte mir im Dorf der Maurermeister, daß er Sir James eine kleine Lektion in der Kunst des Mörtelmischens erteilt hatte. Und der Schmied daneben teilte mir mit, daß das Gittertor, vermutlich durch Sir James' Auto, beschädigt worden war – ich hatte die zerbrochenen Eisenstäbe schon gesehen und wollte nur erfahren, wann die Reparatur ausgeführt worden war. Daß Lady Tithermite unter dem Kamin des Pförtnerhauses lag, war mir klar. Ohne einen Haussuchungsbefehl war es aber unmöglich, meine Theorie auf die Probe zu stellen, und ich selbst konnte auch nicht eine private Untersuchung durchführen, ohne das Ansehen unseres Amtes aufs Spiel zu setzen – hm –, wenn ich ›unseres‹ sagen darf«, fügte er entschuldigend hinzu.

Der Staatsanwalt überlegte. »Aha, und dann haben Sie also diesen Kohl verleitet, den Kamin aufzubrechen, indem Sie so taten, als hätten Sie dort Geld vergraben. Diese Tatsache haben Sie wohl in Ihrem Notizbuch enthüllt? Aber wie, um alles in der Welt, konnte er sich einbilden, daß Sie einen verborgenen Schatz besäßen?«

Mr. Reeder lächelte traurig.

»Die Phantasie eines Verbrechers ist etwas recht Sonderbares«, sagte er seufzend. »Auf ihrem Boden gedeihen Illusionen und Märchen. Glücklicherweise kann ich mich gut hineinversetzen. Denn, wie ich schon oft gesagt habe . . .«

SEELEUTE-RÄTSEL

Die abgebildeten vier Schiffe stammen aus verschiedenen Jahrhunderten. Ob ihr herausbekommt, zu welchem Schiff welcher der vier Männer gehört?

Auflösung auf Seite 245

IX
BEDINGUNGSLOS

von

Irene Rodrian

Es war so ein Tag, an dem schon morgens feststand, daß irgend etwas passieren würde. Etwas Schreckliches.

Die Hitze flimmerte über dem fast leeren Parkplatz und ließ den Teer zwischen den Steinplatten schmelzen. Die Reifen klebten auf dem Asphalt fest, und wenn sie ganz langsam fuhr, konnte sie das schmatzende Geräusch hören, mit dem sie sich wieder lösten. Und je näher sie kam, desto langsamer fuhr sie. Es gab nur den einen Weg durch die Siedlung, und sogar wenn sie hinten über die Baustelle gefahren wäre und das letzte Stück geschoben hätte, am Supermarkt wäre sie in jedem Fall vorbeigekommen und an dem Spielplatz, bei dem die anderen sich immer trafen.

Sie konnte sie schon von weitem sehen. Die blinkenden Lenker ihrer Mopeds und sogar die Nieten an ihren Lederjacken. Taffy im Sattel, ein Bein auf die Bank gestützt, Lutz wie ein Brillenaffe auf der Banklehne hockend, Cella auf der Bank und neben ihr Frido. Er saß weit zurückgelehnt, die Beine übereinandergeschlagen, auf Taffys Vorderreifen und hatte die Arme hinten über die Banklehne gehakt. Er saß so dicht neben Cella, daß es aussah, als würden sie sich berühren.

Sie hörte auf zu treten, das Vorderrad stellte sich quer, das Hinterrad rutschte über ihr weg, sie konnte gerade noch abspringen. Sie

schaute nicht auf, befestigte ihre Schulmappe auf dem Gepäckträger und tat so, als wäre sie absichtlich abgestiegen. Sie schwitzte. Ihre nackten Füße rutschten in den Sandalen, und ihre Beine ragten bleich und dürr wie Besenstiele unter dem albernen geblümten Rock hervor. Ihre Mutter erlaubte nicht, daß sie mit Jeans in die Schule ging; sie sah doch so reizend im Rock aus! Sie wurde wütend, und das half ihr, wieder aufzusteigen und an der Bank vorbeizufahren, ohne hinzusehen. Sie beachteten sie nicht. Nur Cella kicherte, aber das konnte genausogut einen anderen Grund haben.

Sie lehnte ihr Rad gegen die Mülltonnen, schloß es ab und ging hinein. Im Treppenhaus war es kühl und roch nach Putzmitteln und angebratenen Zwiebeln. Sie stieg hinauf. Für den Lift brauchte man einen Schlüssel, und Kinder sind jung, die können laufen. Im vierten Stock roch es nach grünen Bohnen, im fünften nach Kartoffeln. Sie läutete.

»Ja, gleich!« Ihre Mutter machte auf und lief wieder in die Küche zurück. »Deck schon den Tisch, der Vater muß jeden Moment da sein.«

Die Zwillinge spielten auf dem Fußboden und brüllten, als sie aus Versehen gegen ein Spielzeugauto stieß. Sie ging ins Wohnzimmer und holte die Teller aus dem Schrank. Ein Auto fuhr auf den Parkplatz und hupte. Sie hörte Gelächter. Die Stimme von Frido hätte sie unter Tausenden erkannt. Vorsichtig schob sie sich auf den Balkon und schaute über die Brüstung.

Es war der graue VW ihres Vaters. Er stieg aus, klein, dick, unbeholfen. Er hatte eine Glatze, und von hier oben sah sein Kopf wie ein rosaroter Tennisball aus. Frido sagte etwas, sie konnte nicht verstehen, was, hörte nur das Gelächter der anderen und sah, daß ihr Vater schneller ging. Taffy sprang auf und watschelte ein paar Schritte hinter ihm her, er drehte sich nicht um.

Sie ging ins Zimmer zurück und deckte den Tisch fertig. Es gab Bratkartoffeln, Würstchen und hinterher Quarkspeise. Ihr war so schlecht, daß sie keinen Bissen runterbekam, sie hörte das Quengeln der Zwillinge, das Gejammer der Mutter und die Stimme vom Vater, wußte nicht, ob sie von ihr redeten oder von den Rockern, den Preisen und der Politik. Es war ihr egal. Sie stand auf und ging in ihr Zimmer, um sich umzuziehen. Den Bikini, Jeans und ein T-Shirt. Als sie wieder in den Flur kam, war ihr Vater schon weg, die Mutter klapperte in der Küche mit dem Geschirr.

»Ich fahr zum Baden«, rief sie und schlug die Tür hinter sich zu.

Bis zum dritten Stock lief sie schnell, dann immer langsamer. Sie saßen immer noch da, und sie mußte wieder an ihnen vorbei. Wenn ich raus wäre, dachte sie, wenn ich woanders wohnen würde, oder wenn ich älter wäre. Aber Cella war auch erst 15. Seit drei Monaten. Aber sie hatte ein Mofa und nicht so langweilige Eltern. Frido war schon 17. Sie blieb stehen und starrte durch das offene Treppenhausfenster auf die Mauer des Nachbarhauses. Cella war eine langweilige Kuh. Richtig doof und außerdem schon ziemlich fett. Und Lutz. Wieso war Lutz dabei? Dieser lächerliche Kümmerling. Sie ging weiter. Harri aus der zehnten wollte sein Mofa verkaufen. Metallic Gold und nicht mal ein Jahr alt. Aber 400 Mark. Vierhundert! Sie schloß ihr Rad auf und fuhr auf die Straße hinaus.

Sie saßen nicht mehr auf der Bank, sondern standen um die Mopeds herum und redeten miteinander. Wenn sie schnell fuhr, konnte sie vorbei sein, bevor einer von ihnen sie bemerkte.

Sie hatte es fast geschafft, als sie den Pfiff hörte. Ihr erster Impuls war weiterzufahren, ohne sich umzudrehen, aber Fridos Stimme hielt sie auf. »He, Ute!«

Sie stockte, setzte wie unter einem Zwang ein Bein ab und drehte sich um. »Hm?«

»Hast du einen Moment Zeit?« Frido kam ein paar Schritte auf sie zu. Er war groß, breitschultrig, mit schwarzen Haaren und einem Mund voll weißer Zähne. Er lächelte. »Nur ein paar Minuten, ja?« Er hatte sie erreicht und legte ihr einen Arm um die Schultern.

Sie mußte schlucken, bevor sie antworten konnte. »Klar, um was geht's denn?« Aber sie war sich ziemlich sicher, daß sie das cool rausgebracht hatte. Zusammen mit Frido ging sie zu den anderen zurück. Taffy und Cella grinsten, nur Lutz schaute so verbiestert wie immer. Frido nahm ihr das Rad ab und lehnte es gegen sein Moped.

»Hör zu, wir haben da ein Problem, und wir glauben, daß du uns helfen kannst.«

Lutz gab ein komisches Schnauben von sich, die anderen sagten nichts. Frido forderte sie auf, sich auf die Bank zu setzen, und setzte sich neben sie.

»Und ich bin der Meinung, daß du okay bist. Ich mein, von all den anderen hier in der Siedlung bist du die einzige. Die Frage ist nur, ob du willst.«

Sie mußte sich räuspern. »Was denn?«

Frido schien nur sie zu sehen. »Bei uns mitmachen.«

Sie bekam keine Luft mehr, machte den Mund auf, wollte etwas sagen, wußte nicht, was, brachte nur »wobei?« heraus.

Frido beugte sich zu ihr herüber. »Überhaupt. Ob du zu uns gehören willst.«

Sie wollte schreien, »Ja!«. Aber sie mußte cool bleiben. Zwang sich zu einem Grinsen und hob die Achseln. »Kommt drauf an.«

»Sie hat Angst«, sagte Cella leise.

Ute warf ihr einen abschätzigen Blick zu. »Ich habe keine Angst.«

Frido faßte nach ihrer Hand. »Bist du sicher?«

Sie konnte nur noch nicken.

Lutz sprang plötzlich auf. »So ein Quatsch! Das ist doch absolute Scheiße!«

»Setz dich hin!« sagte Frido scharf.

Lutz achtete nicht auf ihn. »Das sieht doch ein Blinder, daß sie das nicht schafft. Wie die schon aussieht!«

Frido fuhr zu ihm herum. »Schnauze!«

Einen Augenblick starrten sie sich an, dann zuckte Lutz mit den Achseln und wandte sich ab. Frido drehte sich wieder zu ihr hin. Seine Stimme klang weich. »Gerade weil sie so aussieht, ist sie Spitze. Absolute Spitze.« Er streckte eine Hand aus, hakte einen Finger in den Halsausschnitt von ihrem T-Shirt und fuhr langsam am Rand entlang.

»Also, was ist? Machst du mit oder nicht?« Sie nickte, seine Hand umspannte ihren Hals. »Bedingungslos?« Sie nickte wieder.

»Ja.«

Frido ließ sie los und stand auf. »Taffy, du bringst ihr Rad hinter das Haus. Sie fährt bei mir mit.«

Der durchgehende Sattel aus schwarzem Kunstleder glühte von der Sonne. Sie hielt sich mit beiden Händen an Frido fest, spürte seine Haare im Gesicht und das Vibrieren der Maschine. Sie waren die ersten, hinter ihnen kam Taffy. Nur er und Frido hatten Mopeds, die bis 70 fahren konnten, die anderen tuckerten hinterher, aber sie schienen zu wissen, wo es hinging. Sie verließen die Siedlung, fuhren über den Ring in die Stadt und bogen beim alten Opernhaus nach links ab in Richtung Grünanlagen.

Erst als sie auf dem schmalen Holperweg zum Flußufer hinunterfuhren und sie merkte, daß hier niemand außer ihnen war, wurde sie unsicher. Es war keine Angst, nur so ein komisches Gefühl im Hals und im Magen. Vermutlich, weil sie nichts gegessen hatte. Sie stieg ab, als Frido anhielt, und wartete mit ihm auf Taffy, Lutz und Cella.

Plötzlich war es sehr still. Nur das Gurgeln des Wassers und weit weg und gedämpft das Brummen des Straßenverkehrs. Einmal bellte am anderen Ufer ein Hund, sie zuckte zusammen, sah, daß Lutz sie beobachtete, und grinste. Er drehte sich weg, schob sein Mofa unter einen Busch, kam zurück, nahm Fridos Moped und lehnte es daneben, dann das von Taffy und das Mofa von Cella. Taffy riß Zweige von einem anderen Strauch und legte sie darüber. Wenn man nicht genau hinsah, konnte man die Räder nicht entdecken. Keiner sprach. Frido steckte sich eine Zigarette an, sah den anderen zu und warf ab und zu einen Blick hinauf zur Uferböschung.

»Was habt ihr vor?« fragte sie, und ihre Stimme klang überlaut.

»Was hab ich gesagt?« Lutz warf einen letzten Zweig über die Mopeds.

Frido betrachtete ihn nicht, er packte sie am Arm, es tat weh.

»Sag nicht mehr ihr«, flüsterte er, »nur noch wir. Du gehörst jetzt zu uns, kapiert?«

Das Gefühl im Bauch war weg. Frido meinte, was er sagte. Und solange er dabei war, brauchte sie keine Angst zu haben. Er nickte den anderen zu und begann, die Böschung hochzuklettern. Sie blieb dicht hinter ihm. Mit einemmal hörte sie viele Geräusche. Ein Flugzeug, das Summen von Insekten, das Rascheln ihrer Schritte und das Schnattern der Enten am Fluß. Es roch ein bißchen faulig nach Sumpf und Abfällen oder nach Schafgarbe. Sie war glücklich.

Frido erreichte die Uferstraße, winkte ihnen zu warten und sah sich nach beiden Seiten um. Dann lief er auf die andere Seite hinüber, und sie rannten hinterher. Hier war es schattig. Ein Grasstreifen mit hohen Kastanien, dann ein Gehweg, wieder Gras und die Zäune der dahinterliegenden Grundstücke, von dichten Hecken überwuchert. Wieder Bäume. Von den Häusern sah man nur die Dächer.

Sie gingen etwa 200 Meter an den Hecken entlang, dann blieb Frido stehen und sah sich um. Am anderen Ende der Straße sahen sie eine Frau mit einem Hund, aber sie ging in die andere Richtung. Das Gartentor war aus weißlackiertem Holz, knapp anderthalb Meter hoch. Frido packte den Rand, zog sich hoch und schwang sich hinüber.

»Na los«, sagte Taffy und machte ihr eine Leiter aus verschränkten Fingern. Sie tat, als würde sie es nicht sehen, zog sich mit einem Schwung auf das Tor hinauf und ließ sich auf der anderen Seite abrollen. Frido streckte eine Hand nach ihr aus, aber sie war schon unten, bevor er sie packen konnte. Er warf ihr einen überraschten, anerkennenden Blick zu, und sie spürte, daß sie rot wurde. Sie hörten Cella kichern, ihr Kopf tauchte über dem Tor auf, die anderen schoben von hinten, eine Sekunde lang hing sie hilflos wie ein Mehlsack oben, dann plumpste sie in Fridos Arme. Sie kicherte lauter. Er ließ sie los: »Psst, sei doch still!«

Er wandte sich Lutz zu, der genauso ungeschickt über das Tor gefallen kam. Taffy war der letzte. Er blieb auch einen Augenblick lang oben, aber nicht, weil er sich nicht runtertraute, sondern weil er aus seinem Absprung eine Zirkusnummer machte. Er rollte mit den Augen, warf die Arme hoch und drehte sich im Sprung um sich selbst. »Ich bin Tarzan!« wisperte er laut. Frido kümmerte sich nicht um ihn, sondern ging auf dem Kiesweg zum Haus hin. Ute blieb neben ihm.

Auf beiden Seiten waren dichte Büsche, Flieder vermutlich, dann machte der Weg einen leichten Knick nach rechts, und sie sahen das Haus. Es war schmal und zwei Stockwerke hoch, hatte ein spitzes, überhängendes Ziegeldach, eine Terrasse und einen sechseckigen Erker im Erdgeschoß. Die Vorderseite war so dicht mit wildem Wein überwachsen, daß die Fenster fast wie runde Höhlen wirkten. Bäume reichten bis dicht an das Haus heran, und einige waren so hoch, daß es aussah, als würden ihre Äste bei Wind gegen die Dachrinne schlagen. Es sah aus wie ein Hexenhaus, und Ute bemühte sich unwillkürlich, kein Geräusch auf dem Kies zu machen. Sie sah zu den anderen zurück und merkte, daß es ihnen genauso ging.

Frido erreichte das Haus als erster, blieb aber nicht stehen, sondern ging um den Rasen hinüber nach links, um das Haus herum. Sie kamen an dem Erker vorbei, dann noch an zwei Fenstern und waren auf der Rückseite. Eine Mauer aus Hohlsteinen mit einem weinumrankten Torbogen verband das Haus mit einer Garage, deren Zufahrt in die nächste Straße mündete. Auch hier wurde der Zaun von einer Hecke überwuchert, aber dahinter waren hohe Apartmenthäuser mit Balkonen, Sonnenschirmen und Leuten.

Frido wich zurück und lief bis zum ersten Fenster hinter dem Erker. Hier konnte sie niemand sehen. Frido wechselte einen kurzen Blick mit Taffy und Lutz, dann bückte er sich, hob einen Stein auf, wog ihn kurz in der Hand und warf ihn wieder weg. Er sah sich um. Ute entdeckte einen größeren Stein an der Hausecke. Sie lief hin, nahm ihn und brachte ihn Frido. Er nickte ihr zu, hielt den Stein einen Moment lang hoch und schlug mit ihm auf die Fensterscheibe ein. Das Klirren dröhnte durch den Garten, aber Frido schien das nicht zu stören. Er klopfte mit dem Stein die restlichen Scherben vom Fensterrahmen weg und warf ihn auf den Rasen.

Taffy machte eine Leiter, Frido stemmte sich hoch, faßte vorsichtig mit der Hand ins Fenster, tastete nach dem Griff und drehte ihn auf. Dann stieß er das Fenster nach innen und zog sich hoch. Sprang hinein, drehte sich um und hielt ihr die Hände hin. Packte sie im Turnergriff und zog, während Taffy von hinten schob. Dann war sie oben.

Innen war es dunkel nach dem Sonnenlicht. Sie sprang, hörte, wie Frido »Vorsicht!« rief und das Splittern von Glas, als sie auf dem Boden auftrat. Während Frido den anderen half, sah sie sich um. Sie waren in einem kleinen, fast quadratischen Raum. Auf der einen Seite führte eine Treppe in den ersten Stock, auf der anderen ein holzgerahmter Torbogen in das nächste Zimmer. Die Wände waren weiß gekalkt, an einer stand ein dunkler geschnitzter Schrank, und auf dem roten Klinkerboden lagen Teppiche.

»Putzt euch die Füße ab«, sagte Frido und ging voraus durch den Torbogen. Ute hörte Cella hinter sich kichern und beeilte sich, Frido zu folgen. Es war das Zimmer mit dem Erker. Es war riesengroß. Beinahe so groß wie ihre ganze Wohnung in der Siedlung. Der Boden war mit einem cremefarbenen Spannteppich belegt, darauf lagen wieder bunte Teppiche. Eine ganze Wand wurde von einem Bücherregal eingenommen, in dem auch ein Fernsehapparat stand und ein Receiver mit Plattenspieler und Stereoboxen, auf der anderen Seite ein niedriger geschnitzter Schrank, irgend etwas Altes, und eine Sitzgarnitur aus braunem Wildleder. Bilder an den Wänden und in der Ecke eine Vitrine mit silbernen Schalen und Krügen.

Frido ging durch das Zimmer, strich mit den Fingerspitzen über die Möbel, die Bücher und die Bilder. Die anderen standen hinter ihr in der Tür. Frido kam zu ihnen zurück. »Macht's euch bequem. Wir müssen bleiben, bis es dunkel wird.«

»Leise?« fragte Cella.

Frido schüttelte den Kopf. »Hier hört uns keiner.«

Sie lachte.

Taffy stieß einen Jodler aus, dann rannten beide hinaus und polterten die Treppe hinauf. Lutz ging zu dem geschnitzten Schrank, öffnete ihn und machte einen Schritt zur Seite, damit Frido sehen konnte, was drin war. Gläser und Flaschen. Cognac, Whisky, Gin, Vermouth und Etiketten, die sie noch nie in ihrem Leben gesehen hatte. Lutz stellte Gläser auf den Tisch. Frido ließ sich auf die Couch fallen. Winkte ihr zu.

»Schau mal in der Küche nach, ob du was zu fressen findest.«

Sie zögerte, aber er hatte sie schon vergessen, redete nur noch mit Lutz.

Lutz stellte zwei Flaschen heraus. »Wir brauchen Eis.«

Frido wedelte mit der Hand in ihre Richtung, ohne sie dabei anzusehen. »Und bring Eis mit!«

Sie ging in den Vorraum zurück. Über ihr im ersten Stock hörte sie Taffy und Cella lachen und poltern. Sie sah sich um. Neben der Treppe war eine weißgestrichene Tür. Sie ging hin und drückte sie vorsichtig auf. Die Küche war fast so groß wie ihr Wohnzimmer zu Hause. Supermodern, mit einer halbrunden Bartheke. Alles holzverkleidet. Der Herd und der Kühlschrank waren eingebaut, die Türen öffneten sich lautlos und schlossen sich magnetisch. In einer Küchenwand wieder ein Torbogen zum Eßzimmer, dann kam eine dünne Schiebetür, und dahinter hörte sie die Stimmen von Frido und Lutz.

»Du bist wirklich schlau«, sagte Frido.

Lutz lachte. »Das kann doch jeder lesen, es stand in der Zeitung. Die sind für zwei Wochen in ihrem Haus auf Sylt.«

»Trotzdem«, etwas klapperte, »man muß darauf kommen.«

Sie ging wieder in die Küche zurück. Machte Schranktüren auf, fand eine Schüssel, nahm eine Eisbox aus dem Kühlschrank und ließ

Wasser über die Würfel laufen. Sie fand auch ein Paket Knäckebrot, eine Dose mit Hering in Senfsoße und ein Glas saure Gurken. Als sie alles ins Wohnzimmer brachte, hatten sie das Radio angestellt.

Frido saß immer noch auf der Couch, Lutz kramte in den Platten herum. Sie stellte die Sachen auf den Tisch und setzte sich in einen Sessel. Jetzt wird sich Cella auf die Couch neben Frido setzen, dachte sie, aber sie stand nicht auf. Lutz hatte eine Deep-Purple-Platte gefunden und legte sie auf.

»He, seht euch das an!« Taffy stand mit Cella im Torbogen. Er hatte einen Portable-Fernseher unter dem Arm, sie trug einen Kassettenrecorder. Sie stellten die Sachen neben der Tür auf den Fußboden und kamen herein. Taffy ließ sich neben Frido auf die Couch fallen und füllte Eiswürfel in die Gläser. Cella setzte sich neben ihn, zog die Fischdose zu sich heran und machte sie auf. »Will noch jemand?« Die Musik war so laut, daß man sie kaum verstehen konnte.

Ute sah auf ihre Armbanduhr. Halb sechs. Um sechs kam ihr Vater heim, es würde Krach geben. Sie stand auf. Taffy war mit einem Satz zwischen ihr und der Tür. Hielt ihr ein Glas mit einer gelben Flüssigkeit hin. »Trink!«

Sie nahm das Glas automatisch und trank einen Schluck. Der Geschmack war so widerlich, daß sie Mühe hatte, den Schluck nicht gleich wieder auszuspucken.

Cella lachte. »Echter schottischer Whisky. Ist wohl nichts für Kinder.«

Ute zwang sich runterzuschlucken und trank noch einmal. Sie erwischte zuviel, mußte husten, hörte die anderen lachen und trank noch einen Schluck hinterher. Es brannte bis in ihren Magen hinunter und stieß dann heiß in den Kopf zurück. Ihre Augen tränten.

»Ich hab mich verschluckt, das kann doch mal vorkommen, oder?«

Sie setzte sich wieder hin. Lutz starrte sie an, warf einen kurzen Blick zu Frido hinüber und stand auf, um die Platte umzudrehen. Taffy und Cella tanzten. Jemand nahm ihr das leere Glas weg und drückte es ihr voll in die Hand zurück. Das mußte Frido gewesen sein. Denn Taffy und Cella tanzten, Lutz war bei den Platten, blieb nur Frido.

Jetzt war der Geschmack nicht mehr so scheußlich. Sie nahm noch einen Schluck. Auch die Uhrzeit war ihr egal. Und wennschon. Gab es eben Krach. Der legte sich auch wieder. Sie war dabei.

Jemand zog sie aus dem Sessel hoch. Sie tanzte. Mit Frido! Es war gar nicht Frido. Es war Lutz. Sie riß sich los und rannte in den Vorraum hinaus. Die erste Tür führte in den Keller, die daneben ins Klo.

Sie übergab sich, hörte das Hämmern der Musik und das Rauschen von Wasser. Roter Steinfußboden. Am liebsten wäre sie hier hockengeblieben. Aber neben ihr ragten zwei Beine auf. Lederjeans. Sie hatte keine Ahnung, wie Lutz ins Klo gekommen war. Er legte ihr etwas Nasses auf die Stirn. Ein Handtuch.

Sie stand auf.

»Hau ab!«

Sie schloß die Tür hinter ihm ab und wusch sich das Gesicht. Danach ging es ihr besser. Als sie ins Wohnzimmer zurückkam, achteten die anderen nicht auf sie. Die Musik war verstummt, das Radio, der Plattenspieler und die Boxen waren aus dem Regal verschwunden. Auf dem Boden lagen ein paar unförmige Pakete aus Decken. Taffy wickelte gerade den Portable in seine Jacke. Erst jetzt sah sie, daß es draußen schon dunkel wurde. Es konnte doch noch gar nicht so spät sein. Sie sah auf die Uhr. Halb zehn. Sie hatte keine Ahnung, wo die Stunden geblieben waren.

Sie kletterten wieder aus dem Fenster. Frido als erster, dann reichte ihm Taffy die Pakete hinaus und sprang hinterher. Cella kicherte unentwegt und schwankte beim Gehen. Ute war vollkommen ruhig. Sie trug ein Paket über der Schulter, und bei jedem Schritt schlug eine Kante gegen ihren Rücken. Wir sind eingebrochen, dachte sie, wir haben gestohlen. Und ich war dabei. Aber Angst hatte sie noch immer nicht.

Von innen konnte man das Gartentor aufklinken. Sie gingen hinaus und überquerten die Straße. Sie hatten die Uferböschung schon erreicht, als sie hinter sich einen Hund bellen hörten. Dann eine Männerstimme: »Halt! Stehenbleiben!«

Sie stolperte hinter den anderen her zum Flußufer hinunter. Zweige peitschten ihr ins Gesicht, das Paket verhakte sich, sie riß es los, fiel fast, rappelte sich wieder auf, kam unten an. Die Stimme brüllte hinter ihnen her: »Halt, bleiben Sie stehen!«

Dann hörte sie Hecheln und das Rascheln von Ästen hinter sich, etwas schnappte nach ihrem Bein, sie schrie auf. Taffy blieb stehen, hob einen Stein auf und warf ihn mit aller Kraft nach dem Hund. Der jaulte auf und blieb zurück. Sie rannten weiter.

Am Fluß war es etwas heller, und sie sahen sofort, daß jemand die Zweige von den Rädern weggezogen hatte. Aber sie hatten keine Zeit. Sie zerrten die Mopeds heraus, schoben sie zu dem Weg und hinauf auf die Straße. Der Mann war jetzt unten bei dem Hund und brüllte immer noch. Sie setzte sich hinter Frido auf das Moped, zwei Pakete zwischen ihn und sich geklemmt. Sie saß so weit hinten, daß sie kaum noch seinen Bauch mit den Armen umspannen konnte. Er gab Gas, und beinahe wäre sie hinten runtergerutscht. Einen Moment lang sah sie Taffy neben sich, er hatte sein Jackenpaket mit den Ärmeln um seine Hüften festgebunden. Sie beugte sich vor und konzentrierte sich darauf, nicht loszulassen.

Sie kamen vor den anderen in der Siedlung an. Frido nahm ihr die beiden Pakete ab. »Kein Wort, kapiert?«

Sie schüttelte den Kopf, wollte gehen, er hielt sie fest.

»Morgen mittag an der Bank, okay?«

Sie nickte, er zog ihren Kopf zu sich hin und küßte sie. »Du warst prima.«

Sie stakste steifbeinig zum Haus, ging hinein und stieg mechanisch die Treppen hinauf. Die Tür wurde aufgerissen, noch bevor sie den Klingelknopf hineingedrückt hatte. Ihre Mutter zog sie in die Wohnung, schlug die Tür zu. Schrie. Der Vater war im Schlafanzug. Roch den Whisky. Brüllte. Die Zwillinge begannen zu weinen.

Sie ging in ihr Zimmer, schloß hinter sich ab und fiel angezogen ins Bett. Sie konnten ihr nichts anhaben. Sie konnten schreien und sie sogar schlagen. Das berührte sie gar nicht. Frido. Er hatte sie geküßt. Und sie gehörte zu ihm. Sie würde es denen schon zeigen. Und dann würde sie Harris Mofa kaufen. Metallic Gold. Sie schlief ein.

Sie wachte von einem fürchterlichen Lärm auf, und das erste, was sie dachte, war, daß etwas passiert war. Etwas Unangenehmes, etwas Schreckliches. Sie hatte Angst, wußte nicht, wovor, wollte sich in die Bettdecke rollen und merkte, daß sie immer noch angezogen war. Die Mutter hämmerte gegen die Tür.

»Komm endlich raus! Es ist halb acht!«

Mühsam setzte sie sich auf, ihr Kopf schmerzte, sie hatte Durst und einen widerlichen Geschmack im Mund. Es machte Mühe, sich auszuziehen und ins Bad zu gehen. Das kalte Wasser half ein bißchen. Sie zog den albernen Rock an und eine weiße Bluse. Auf dem Küchentisch lagen ihre Pausenbrote. Die Mutter starrte sie an, anklagend, schweigend. Sie nahm die Brote, ihre Schulmappe, trank einen Schluck heißen Kaffee und ging hinaus.

In der Schule bekam sie nicht viel mit, außer daß sie ein paarmal aufgerufen wurde und nicht wußte, was sie gefragt worden war. In der Pause schlang sie die Brote herunter und ging dann zu Harri.

»Hast du das Mofa noch?«

»Ja, willst du es haben?«

Sie nickte, und sie besiegelten den Kauf mit Handschlag. In der nächsten Stunde war ihr so schlecht, daß der Lehrer es merkte und sie hinausschickte. Sie saß bis kurz vor Schulschluß auf der kleinen Mauer im Hof und wartete darauf, daß die Angst verging. Aber sie blieb. Es half nicht, an Harris Mofa zu denken oder an Frido. Im Gegenteil, es wurde nur schlimmer.

Es läutete, die anderen kamen heraus, und Dagmar brachte ihre Tasche mit und fragte sie, ob sie am Nachmittag auch ins Bad kommen würde. Sie fuhr heim. Dagmar war blöd. Kindisch und dämlich. Aber jetzt hätte sie sonstwas dafür gegeben, wenn sie am Nachmittag einfach nur mit ihr ins Bad hätte gehen können. Und alles andere vergessen.

Die ersten Häuser der Siedlung tauchten auf, und sie fuhr langsamer. Vielleicht waren sie heute nicht da. Vielleicht war alles nur ein Spiel gewesen. So eine Art Mutprobe. Genau, das war es. Sie fuhr wieder schneller.

Die anderen winkten schon von weitem, als sie sie sahen. Frido hatte einen Rucksack neben sich auf der Bank.

»Na endlich«, sagte er und stand auf. »Wir müssen los!«

Sie stieg vom Rad.

»Wohin denn?«

Er hielt ihr den Rucksack hin. »Ins Pfandhaus natürlich.«

Der Rucksack war schwer, und die Riemen schnitten tief in die Haut ein.

»Weil du so brav aussiehst!«

Cella lachte, und Taffy lachte mit. Lutz starrte böse vor sich hin.

Frido stieg auf sein Moped. »Wir müssen uns beeilen, bevor sie die Dinger durchgeben. Los, steig auf!«

Sie setzte sich hinter ihn, das Gewicht des Rucksacks zog sie zurück, als er anfuhr. Sie hatte keine Ahnung, was er damit gemeint hatte, ›bevor sie die Dinger durchgeben‹, aber sie wußte jetzt, warum er sie aufgefordert hatte mitzumachen. Weil sie so brav aussah. Er fuhr in eine Kurve, und sie verlor fast das Gleichgewicht.

Sich fallen lassen, von nichts mehr etwas wissen, raus sein aus allem. Es war, als ob er ihre Gedanken erraten hätte, seine Hand legte sich einen Moment auf ihre, und er drehte den Kopf halb zurück.

»Ich wußte, daß wir uns auf dich verlassen können!«

Okay, sie würde mitmachen, sie ließ keinen im Stich, er sollte ruhig sehen, was der Unterschied war zwischen ihr und dieser fetten Cella, die nicht mal allein über ein Gartentor kam. Und danach würde sie sich zurückziehen, höflich, aber bestimmt.

Sie kamen über die Bahnhofstraße, und Frido hielt vor einem grauen Bürohaus. »Es ist der Fernseher«, sagte er. »Du gehst rein und sagst, dein Vater schickt dich. Und du willst 400 dafür haben. Ich warte hier auf dich.«

Sie stieg herunter und ging zur Tür.

»Und zeig ja nicht, daß du Angst hast«, rief er noch hinter ihr her.

Sie tippte sich nur an die Stirn und ging hinein. Im Treppenhaus war eine Tafel mit verschiedenen Firmennamen. Die Pfandleihe war im ersten Stock. Ein alter Mann kam ihr entgegen, er trug einen abgeschabten Fiberkoffer und stank nach Mottenpulver. Das bin ich gar nicht, dachte sie, das passiert jemand ganz anderem, nicht mir.

Im ersten Stock war nur die eine Firma. Eine olivgrün gestrichene Eisentür mit einem zur Seite geschobenen Scherengitter. Sie schob die Tür auf. Innen war eine Holztheke, dahinter zwei Schreibtische. An einem saß eine junge Frau und schrieb auf einer Schreibmaschine. Hinter ihr waren Regale und Vitrinen, Radios, Plattenspieler, Uhren, Schmuck. Zwei Türen zu weiteren Räumen. Die Frau stand auf und kam auf sie zu. Sie lächelte. Ute stellte den Rucksack auf die Theke und machte ihn auf.

»Mein Vater hat leider keine Zeit«, sie schob das Rucksackleinen herunter und hob den Fernseher heraus. »Vierhundert Mark hat er gesagt.«

Die Frau nahm ihr den Fernseher ab und musterte ihn von allen Seiten. »Hast du die Quittung?«

»Was?«

»Die Quittung aus dem Laden, wo er her ist.« Sie lächelte noch.

»Nein«, sie hatte das Gefühl, noch mehr sagen zu müssen, wußte aber nicht, was, lächelte schüchtern. »Ist das schlimm?«

»Na ja, gib mir mal deinen Ausweis!«

Ausweis. Sie hatte ihren Schülerausweis in der Tasche, und die war noch auf dem Rad in der Siedlung. Daran hätte Frido auch denken können. Sie hob die Achseln. »Das hat mir mein Vater leider nicht gesagt. Aber ich kann ihn ja holen.«

»Es ist nicht so wichtig«, sagte die Frau, »setz dich doch einen Moment hin«, sie deutete auf einen Stuhl in der Ecke, »ich muß erst in den Listen nachsehen, ob ich dir wirklich vierhundert geben kann.«

Sie ging in das Nebenzimmer hinüber. Ute ging zu dem Stuhl und setzte sich hin, stand wieder auf. Was mache ich, wenn sie mir nur dreihundert geben will? Sie setzte sich wieder. Soll doch Frido seinen Mist allein machen. Die Tür ging auf, ein Junge kam herein, warf ihr einen kurzen Blick zu und sah gleich wieder in die andere Richtung.

Auf der Theke stand immer noch der Fernseher. Und wenn sie die Polizei anrief? Wenn Frido das gemeint hatte, daß sie die gestohlenen Dinge bei der Polizei durchgaben? Sie stand auf und rannte zur Theke hin, zerrte den Rucksack über den Fernseher, riß an der Verschnürung.

Die Frau kam zurück. Und lächelte immer noch.

»Alles in Ordnung. Du bekommst die vierhundert. Du mußt nur das Formular hier ausfüllen.«

Sie hielt ihr einen Kugelschreiber hin und schob ein Formular mit Durchschlag über die Theke. Die Buchstaben verschwammen vor ihren Augen. Sie hörte die Frau mit dem Jungen sprechen und sah aus dem Augenwinkel, wie er eine Uhr und einen Ausweis auf die Theke legte.

Sie ließ den Kugelschreiber fallen und packte den Rucksack. »Ich hab es mir anders überlegt.«

Hinter ihr ging die Tür auf. Ein Polizist in Uniform kam herein und eine ältere Frau in einem hellen Leinenkostüm.

Ute bückte sich und stürzte los. Zwischen den beiden hindurch zur

Tür. Der Polizist erwischte sie noch, bevor sie die Treppe erreicht hatte. Danach wehrte sie sich nicht mehr.

Der Polizist fuhr. Sie saß neben der Frau auf dem Rücksitz, der Rucksack mit dem Fernseher stand vorn auf dem Beifahrersitz. Sie schwieg. Die Frau redete pausenlos.

»Du kannst mir doch wenigstens deinen Namen sagen. Schau mal, wenn du nur einmal in so eine blöde Sache reingeraten bist, dann kann dir doch nicht viel passieren. Aber es hilft dir überhaupt nichts, wenn du hier die Verstockte spielst. Wir bekommen sowieso alles raus.«

Aber sie schwieg. Auch in dem Büro, in das sie sie brachten und in dem sie ihr eine Cola anboten. Sie trank nicht, und sie sagte nichts. Sie dachte an die Wohnung in der Siedlung, an ihre Eltern und die Zwillinge. Jetzt saßen sie beim Mittagessen. Das war vorbei. Alles war vorbei. Und dann dachte sie an Frido. Cella hätte vermutlich geheult.

Die Frau setzte sich plötzlich neben sie. »Du bist mutig, das gebe ich zu. Du willst keinen verraten. Aber glaubst du, daß die anderen das genauso machen?« Sie lachte. »Ja, wir wissen, daß du das nicht allein gemacht hast. Gestern nacht an der Uferstraße. Der Nachbar hat euch gesehen. Und er hat auch die Nummern der Mopeds notiert. Verstehst du jetzt, daß ich dir nur helfen will?«

Ihre Stimme klang ganz sanft, aber sie konnte sie nicht reinlegen. Und wennschon. Solange sie Frido nicht hatten. Als die Frau sie am Arm faßte, stand sie auf und ließ sich mit in ein anderes Büro ziehen. Auf einer Bank saß Lutz, neben ihm ein Polizist.

»Na, was ist? Hast du den schon mal gesehen?«

Sie zuckte die Achseln. Starrte Lutz an, schüttelte den Kopf und schwieg.

Der Polizist stieß Lutz an. »Und du? Kennst du sie?«

Lutz musterte sie gleichgültig. »Bei uns machen keine Weiber mit!«

Sie hätte ihm gern zugezwinkert oder gegrinst, um ihm zu zeigen, daß er sich auf sie verlassen konnte, aber sie wußte, daß sie beobachtet wurden. Also starrte sie nur geradeaus auf die Wand. Risse im Putz und darüber vergilbte Fahndungsplakate mit den häßlichen Fotos von Männern, die ausdruckslos zurückglotzten. Draußen wurden Stimmen laut, kamen näher, die Tür wurde aufgestoßen. Zwei Polizisten stießen Frido herein. Er schwitzte, die Haare hingen ihm ins Gesicht, sein Hemd war zerrissen.

»Der gehört auch dazu«, sagte der eine Polizist, »wir haben ihn erwischt, als er bei Rot über eine Kreuzung wollte!«

Frido schrie: »Laßt mich los! Ich habe nichts getan!« Seine Stimme kippte über. »Bitte! Ich kann doch nichts dafür!« Er entdeckte Lutz und Ute. »Die beiden waren es! Die haben es getan! Ich hatte doch keine Ahnung . . .« Er knickte in den Knien ein, die Polizisten hatten Mühe, ihn festzuhalten. Er schluchzte auf und versuchte, mit den Händen sein Gesicht zu verdecken.

Lutz sprang plötzlich auf, der Polizist riß ihn auf die Bank zurück. Lutz grinste ihn an: »Immer langsam. Ich will schließlich eine Aussage machen.«

Sie sah ihn an, er lehnte sich zurück.

»Stimmt schon. Ich war das. Und er!« Er nickte mit dem Kopf zu Frido. »Aber sie«, Blick zu Ute, »die kann doch nicht bis drei zählen. Glauben Sie im Ernst, wir hätten die mitmachen lassen? Wir haben ihr den Portable in die Hand gedrückt und sie in die Pfandleihe geschickt. Die hatte doch von nichts eine Ahnung!«

»Gut, kommen Sie«, der Polizist zog Lutz mit hoch und brachte ihn zu einem Schreibtisch, wo er begann, die Aussage in die Maschine zu tippen. Frido wimmerte leise vor sich hin, die beiden Polizisten nahmen ihn wieder mit hinaus, sie mußten ihn fast tragen. In dem Moment, in dem die Tür offen war, glaubte sie kurz die Stimmen von Taffy und Cella zu hören. Ihre Augen brannten, als sie mit der Polizistin in das erste Büro zurückging. Sie blieb stehen.

Auf der Bank saßen ihre Eltern. Ihre Mutter hatte offensichtlich geweint, der Vater knotete ein Taschentuch zwischen den Händen. Sie schauten auf und starrten sie an, unbeweglich, hilflos, so, als hätten sie sie noch nie vorher gesehen. Sie war mit einemmal sehr müde. Nur noch müde.

Die Polizistin setzte sich an den Schreibtisch und spannte ein Formular ein, winkte ihr, sich auch zu setzen. Sie ging hin und ließ sich auf den Stuhl neben dem Schreibtisch fallen. Auf der Tischkante stand immer noch die Colaflasche. Lauwarm. Sie nahm einen langen Schluck und stellte sie wieder hin.

Dann begann sie zu erzählen.

Rätselkrimi: Fall 3
Verräterisches Foto

In einem Betrieb, der elektronische Meßgeräte herstellt, verschwindet eine wichtige Zeichnung. Als die Angestellten, die zu den geheimen Aufzeichnungen Zutritt haben, verhört werden, greift der junge Ingenieur Herbert Breiter in die Tasche, um Zigaretten hervorzuholen. Dabei fällt ein Briefumschlag heraus, adressiert an eine der schärfsten Konkurrenzfirmen. Darin der verschwundene Plan. Breiter kann sich nicht erklären, wie der Brief in seine Tasche kam. Da erzählt Breiters Kollegin Brigitte Sander folgendes: Als sie mit Herbert den Betrieb verlassen hatte, sei an der Mauer links vor dem Ausgang Irmgard Hellermann gestanden, die einmal mit Herbert befreundet war. Während nun die beiden an Irmgard vorbeikamen, habe Brigitte, die sich mit ihrem rechten Arm bei Herbert unterhakte, den Eindruck gehabt, daß Irmgard dem Herbert etwas in die Tasche schob. Inspektor Greifzu ließ Brigitte und Herbert genau wie an dem bewußten Tag an der Mauer vorbeispazieren, und eine Polizistin war dort postiert, wo Irmgard stand. Sie sollte versuchen, einen Brief in die Tasche des jungen Mannes zu praktizieren. Greifzu ließ die Szene fotografieren. Aufgrund des Fotos mußte Brigitte Sander zugeben, daß ihre Geschichte erfunden war. Weil sie auf Irmgard eifersüchtig war, wollte sie Herbert Breiter, den wirklichen Dieb, entlasten und Irmgard belasten. Was hat Greifzu auf dem Bild erkannt?

Auflösung auf Seite 245

X

DER VAMPIR

Von

Sir Arthur Conan Doyle

Erzählt nach den Erlebnissen des Dr. Watson

Holmes las sorgfältig einen Brief, der mit der letzten Post gekommen war. Dann warf er mir mit jenem trockenen Kichern, das er sich, wo andere Menschen gelacht hätten, allenfalls erlaubte, den Bogen herüber.

»Ein schöneres Produkt aus modernem und mittelalterlichem Denken, praktischem Sinn und wilder Phantasie kann man sich schwerlich vorstellen. Was sagst du dazu, Watson?«

Ich las:

Betr.: Vampire *Old Jewry Nr. 64, 19. November*

Sehr geehrter Herr,

unser Klient, Mr. Robert Ferguson, von der Firma Ferguson & Muirhead, Teeimport, Mincing Lane, hat sich heute mit der Bitte um Nachforschungen, betreffend Vampire, an uns gewandt. Da sich unsere Firma ausschließlich mit Wirtschaftsfragen und Steuerprüfungen befaßt, fällt diese Angelegenheit nicht in unser Gebiet, und so haben wir Mr. Ferguson empfohlen, Sie aufzusuchen und Ihnen den Fall vorzutragen. Ihr erfolgreiches Wirken im Fall Matilda Briggs bleibt uns stets in guter Erinnerung.

Wir bleiben Ihre Ihnen sehr ergebenen

Morrison, Morrison und Dodd
p.p.E.J.C.

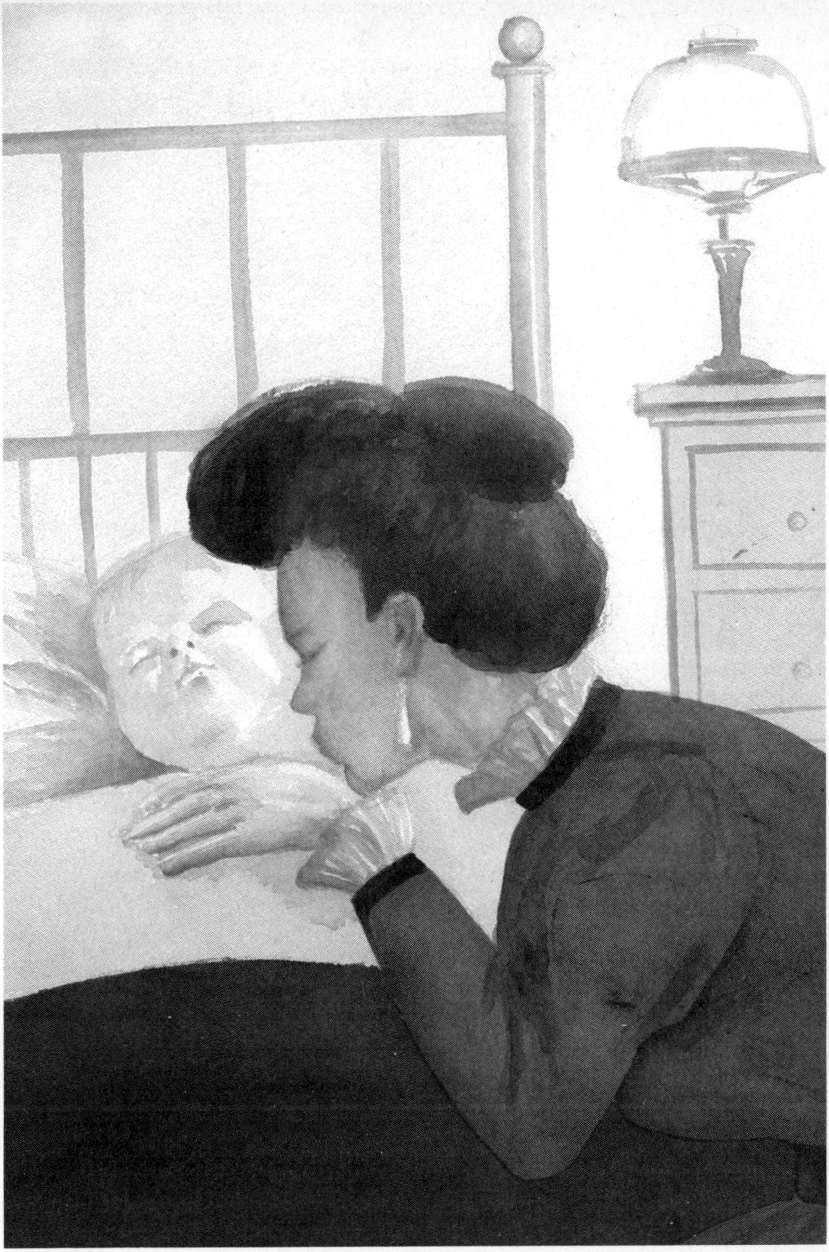

»Matilda Briggs, das ist nicht etwa der Name einer jungen Frau, Watson«, sagte Holmes in nachdenklichem Ton, »es war ein Schiff, das im Zusammenhang mit den Riesenratten von Sumatra genannt wurde. Von der Geschichte selbst weiß die Welt bisher so gut wie nichts. Es würde ihr Fassungsvermögen übersteigen. Andererseits, was wissen wir über Vampire? Fällt das vielleicht in unseren Tätigkeitsbereich? Mir ist natürlich alles lieber als Daumendrehen, aber hier scheinen wir doch wirklich in das Reich der Brüder Grimm zu geraten. Streck mal den Arm aus, Watson, und sieh nach, was wir unter ›V‹ finden.«

Ich lehnte mich zurück und griff nach dem großen Sammelband, um den er gebeten hatte. Holmes balancierte ihn auf den Knien, und seine Augen strichen liebevoll über die aufgezeichneten alten Fälle.

»Vermißter Rugbyspieler«, las er. »Das war eine dumme Sache. Ich erinnere mich dunkel, daß du darüber berichtet hast, Watson, obwohl ich dir zum Resultat nicht gerade gratulieren konnte. – Victor Lynch, der Fälscher. – Venus von Limehouse – das war ein besonders bemerkenswerter Fall! – Vittoria, die Zirkusschönheit. – Vanderbild und der Yeggman. – Vipern. – Vigor, das Wunder von Hammersmith. Doch halt, halt! Braves Verbrecheralbum! Es geht doch nichts darüber. Hör dir das an, Watson: Vampire hier, Vampire dort . . .«

Ungeduldig blätterte er die Seiten um, aber nach kurzer, gespannter Lektüre warf er das große Buch mit einem Laut der Enttäuschung beiseite.

»Quatsch, Watson, lauter Quatsch! Was gehen uns wandelnde Leichname an, die im Grab nur festzuhalten sind, wenn man Pfähle durch ihr Herz treibt! Das ist ja alles dummes Zeug!«

»Aber ein Vampir muß doch nicht unbedingt tot sein? Ich habe zum Beispiel einmal von Greisen gelesen, die das Blut junger Leute aussaugen, um die eigene Jugend zurückzugewinnen.«

»Du hast recht, Watson, diese alte Legende ist hier auch erwähnt. Aber müssen wir uns mit solchen Dingen ernsthaft beschäftigen? Unsere kleine Agentur hier steht fest auf der Erde, und da soll sie auch bleiben. Die Welt ist groß genug, was brauchen wir da noch Gespenster! Ich fürchte, wir können Mr. Robert Ferguson nicht allzu ernst nehmen. Vielleicht stammt dieser Brief von ihm und wirft etwas mehr Licht auf das, was ihn bekümmert.«

Er griff nach einem zweiten Umschlag, der unbeachtet auf dem Tisch gelegen hatte. Sein Gesicht zeigte ein amüsiertes Lächeln, das jedoch immer mehr einem Ausdruck von Interesse und Konzentration wich.

»Cheeseman's, Lamberley. Wo liegt Lamberley, Watson?«

»In Sussex, südlich von Horsham.«

»Nicht sehr weit, wie? Und Cheeseman's?«

»Ich kenne die Gegend, Holmes. Sie wimmelt nur so von alten Häusern, die nach ihrem Erbauer benannt sind. Da kannst du Odley's und Harvey's und Carriton's finden – die Leute selbst sind längst vergessen, nur ihre Namen leben in den Häusern fort.«

»Ganz recht«, bestätigte Holmes kühl. Es gehörte zu den Eigenheiten seiner stolzen, verschlossenen Natur, jede neue Information rasch und präzise in seinem Gedächtnis zu registrieren, sich aber nur höchst selten dafür zu bedanken.

»Ich möchte allerdings meinen, wir werden sehr viel mehr über Cheeseman's, Lamberley, wissen, noch ehe wir diese Sache hinter uns haben. Der Brief ist, wie ich gehofft hatte, von Robert Ferguson. Er beruft sich übrigens auf seine Bekanntschaft mit dir.«

»Mit mir?«

»Lies selbst!« Er reichte mir den Bogen. Die genannte Adresse war der Briefkopf.

Sehr geehrter Mr. Holmes, hieß es, ich bin Ihnen von meinen Rechtsanwälten bereits angekündigt worden, aber die ganze Angelegenheit ist tatsächlich derart delikat, daß es mir schwerfällt, sie zu schildern. Es geht dabei um einen Freund, dessen Interesse ich wahrnehme. Dieser Herr heiratete vor etwa fünf Jahren eine peruanische Dame, die Tochter eines peruanischen Kaufmanns, den er während eines Importgeschäftes mit Nitraten kennengelernt hatte. Die Dame war sehr schön, doch immer wieder drängten sich ihre fremde Abstammung und Religion zwischen die Eheleute, so daß nach einer gewissen Zeit seine Liebe zu ihr vielleicht etwas abkühlte und er diese Verbindung als einen Fehler beurteilt haben mag. Er fühlte, es gab Seiten ihres Wesens, die er niemals würde durchschauen oder gar nachempfinden können. Das war um so schmerzlicher, als kein Mann sich eine zärtlichere Frau wünschen konnte. Allem Anschein nach war sie ihm völlig ergeben.

Nun zu dem, was ich ausführlich erklären werde, sobald wir uns sehen. Diese Zeilen sollen Ihnen nur einen allgemeinen Eindruck von der ganzen Sache vermitteln, damit Sie entscheiden können, ob Sie sich mit dem Fall überhaupt befassen wollen. Diese Dame begann also plötzlich ein merkwürdiges Verhalten an den Tag zu legen, das in vollkommenem Gegensatz zu ihrer sonstigen sanften und ruhigen Art stand. Mein Freund lebt mit ihr in zweiter Ehe, in die er einen Sohn mitbrachte. Der ist ein reizender und lieber Junge, nur körperlich durch einen Unfall in früher Kindheit behindert. Zweimal hat man die Frau beobachtet, wie sie den armen Burschen völlig ungerechtfertigt schlug. Das eine Mal ging sie mit einem Stock auf ihn los, so daß eine große Strieme am Arm zurückblieb.

Das war allerdings noch nichts, verglichen mit ihrem Verhalten ihrem eigenen Kind gegenüber, einem süßen Jungen von knapp einem Jahr. Irgendwann muß das Kind – es mag wohl einen Monat her sein – von der Amme allein gelassen worden sein. Ein lauter, qualvoller Schrei rief sie aber zurück. Als sie ins Zimmer stürzte, sah sie ihre Herrin, die Lady, über das Baby gebeugt und es offensichtlich in den Hals beißend. Am Hals konnte man eine kleine Wunde erkennen, aus der Blut geflossen war.

Die Kinderfrau war so entsetzt, daß sie den Vater herbeirufen wollte, aber die Lady flehte sie an, es nicht zu tun, und gab ihr sogar fünf Pfund für ihr Schweigen. Eine Erklärung folgte nie, und für den Augenblick schien die Sache erledigt.

Trotzdem hinterließ dieser Vorfall eine schreckliche Erinnerung im Gedächtnis der Kinderfrau, und von da an begann sie ihre Herrin zu beobachten und noch sorgsamer über das Baby zu wachen, das sie zärtlich liebte. Sie hatte den Eindruck, daß die Mutter sie ebenso belauerte, und jedesmal, wenn sie das Baby einmal allein lassen mußte, schien die Lady nur darauf zu warten, sich dem Kind zu nähern.

Tag und Nacht beschützte die Amme das Kind, und Tag und Nacht lag die schweigende Mutter auf der Lauer, wie ein Wolf vor einem Lamm. Das alles mag für ihre Ohren unglaublich klingen, und doch bitte ich Sie, es ernst zu nehmen, denn das Leben eines Kindes und der Verstand eines Mannes können davon abhängen.

Schließlich kam der schreckliche Tag, an dem die Geschehnisse vor dem Gatten nicht mehr verheimlicht werden konnten. Die Kinderfrau verlor die Nerven, sie hielt die Anspannung nicht länger aus und redete sich alles von der Seele. Dem Gatten erschien die Geschichte so unwahrscheinlich, wie sie jetzt Ihnen vorkommen mag. Er kannte seine Frau als einen liebevollen Menschen und – abgesehen von den Angriffen auf den Stiefsohn – auch als gütige Mutter. Wie also sollte sie es übers Herz gebracht haben, ihr eigenes kleines, geliebtes Baby zu verletzen? Er erklärte der Kinderfrau, sie sei verrückt, ihre Verdächtigungen die Ausgeburt einer krankhaften Phantasie, und Verleumdungen solcher Art gegen seine Gattin wolle er nicht dulden.

Während sie noch sprachen, ertönte plötzlich ein Schrei. Die Amme und der Herr des Hauses eilten gemeinsam ins Kinderzimmer. Stellen Sie sich seine Empfindungen vor, als er sah, wie seine Frau sich aus einer knienden Stellung vom Bettchen des Kindes erhob – auf dem entblößten Hals des Babys und auf dem Bettzeug war Blut. Mit einem Schauder des Entsetzens drehte er den Kopf seiner Frau zum Licht und sah ihren Mund blutverschmiert. Sie hatte – das stand eindeutig fest – das Blut des armen Kindes getrunken.

So standen die Dinge. Jetzt hat sie sich in ihrem Zimmer eingeschlossen. Eine Erklärung gab sie nicht. Der Ehemann ist halb wahnsinnig. Er – wie auch ich – weiß nichts über Vampirismus, kennt nur eben den Namen. Wir haben immer geglaubt, es sei nichts als ein Ammenmärchen aus abgelegenen Religionen. Und jetzt, hier, mitten im Herzen von England, in Sussex – nun, alles Weitere kann ich morgen früh mit Ihnen besprechen. Wollen Sie mich empfangen? Wollen Sie mit Ihren großen Fähigkeiten einem verzweifelten Mann helfen? Wenn ja, telegrafieren Sie bitte an Ferguson, Cheeseman's, Lamberley, und ich werde um zehn Uhr früh bei Ihnen sein.

Ihr sehr ergebener

Robert Ferguson

PS: Ich glaube, Ihr Freund Dr. Watson spielte für Blackheath Rugby, als ich für Richmond Dreiviertelspieler war. Das ist die einzige persönliche Referenz, die ich geben kann.

»Natürlich erinnere ich mich an ihn«, sagte ich, während ich den Brief beiseite legte. »Der große Bob Ferguson! Der beste Dreiviertelspieler, den Richmond je gesehen hat. Er war ein guter Junge. Sieht ihm ganz ähnlich, sich das Schicksal eines Freundes so zu Herzen zu nehmen.«

Holmes blickte sinnend zu mir herüber und schüttelte den Kopf. »Wann wird's mir bloß gelingen, deine Grenzen zu erkennen, Watson«, sagte er. »Du wartest doch immer mit neuen Überraschungen auf. Sei nett, gib ein Telegramm auf:

WILL IHREN FALL GERN UNTERSUCHEN.«

»*Ihren* Fall?«

»Wir müssen ihn ja nicht bei seinem Glauben lassen, diese Agentur sei ein Asyl für Schwachsinnige. Natürlich ist es *sein* Fall! Gib das Telegramm auf, und laß alles andere bis morgen ruhen.«

*

Pünktlich um zehn Uhr am nächsten morgen trat Ferguson in unser Wohnzimmer. Ich hatte ihn als langen, sehnigen Mann in Erinnerung, mit geschmeidigen Gliedern und gutem Spurtvermögen, was ihm oft genug zustatten kam, wenn er einen feindlichen Verteidiger umlief. Es gibt wohl kaum etwas Deprimierenderes, als dem Wrack eines stattlichen Sportmanns gegenüberzustehen, den man in seiner Glanzzeit gekannt hat. Seine hohe Gestalt war zusammengesunken, sein blonder Haarschopf gelichtet, die Schultern gebeugt. Ich fürchte allerdings, ich löste ähnliches Unbehagen in ihm aus.

»Hallo, Watson!« sagte er, und seine Stimme klang tief und herzlich wie früher. »Wie der Mann, den ich damals aus dem Ring in Old Deer Park mitten unter die Zuschauer beförderte, siehst du auch nicht mehr aus. Na, ich denke, ich werd' mich wohl auch verändert haben. Die letzten Tage haben mir den Rest gegeben. Aus Ihrem Telegramm ersehe ich, Mr. Holmes, daß es keinen Sinn hat, vorzugeben, ich sei in Sachen eines anderen hier. Nein, es geht um meine Frau und mich.«

»Es ist immer einfacher, direkt zu verhandeln.«

»Natürlich, das ist es. Aber Sie können sich vielleicht vorstellen, wie schwer es einem fällt, über die Frau zu berichten, die man beschützen und der man helfen sollte. Aber was kann ich denn tun? Soll ich etwa mit so einer Geschichte zur Polizei gehen? Und trotzdem – die Kinder müssen beschützt werden. Ist das Wahnsinn, Mr. Holmes? Ist das ein Gift im Blut? Haben Sie je einen ähnlichen Fall in Ihrer Praxis erlebt? Geben Sie mir einen Rat! Ich bin am Ende meiner Weisheit!«

»Da ist nur zu verständlich, Mr. Ferguson. Aber jetzt setzen Sie sich hierher, reißen Sie sich zusammen und versuchen Sie, mir ein paar klare Antworten zu geben. Ich versichere Ihnen, ich für meinen Teil bin sehr weit davon entfernt, am Ende meiner Weisheit zu sein, ich bin vielmehr überzeugt, daß wir eine ganz natürliche Erklärung finden werden. Zunächst: Erzählen Sie mir, was Sie unternommen haben. Ist Ihre Frau noch immer in der Nähe des Kindes?«

»Wir hatten eine schreckliche Szene. Sie ist eine tiefempfindende Natur, Mr. Holmes. Wenn je eine Frau ihren Mann von ganzem Herzen und ganzer Seele liebte, so sie mich. Sie war bis ins Innerste getroffen, daß ich dieses grauenvolle, unvorstellbare Geheimnis entdeckt hatte. Sie wollte nicht einmal sprechen. Auf all meine Vorwürfe gab sie keine einzige Antwort, starrte mich nur immer mit einem wilden, verzweifelten Blick an. Am Ende stürzte sie in ihr Zimmer und schloß sich ein. Seitdem weigert sie sich, mich zu sehen. Sie hat eine Zofe - noch aus der Zeit vor unserer Heirat, das Mädchen heißt Dolores. Sie bringt ihr zu essen.«

»Das Baby befindet sich nicht in unmittelbarer Gefahr?«

»Mrs. Mason, die Kinderfrau, hat geschworen, sie will es weder bei Tag noch bei Nacht allein lassen. Ich kann ihr vertrauen. Vielmehr beunruhigt mich unser armer kleiner Jack - ich schrieb Ihnen ja schon, er wurde zweimal von ihr geschlagen.«

»Aber doch niemals ernsthaft verletzt?«

»Nein, aber sie schlug ihn sehr heftig. Das ist um so schrecklicher, als er ja verkrüppelt ist.« Fergusons finsteres Gesicht wurde weicher, als er von seinem Jungen sprach. »Man sollte glauben, der Zustand des kleinen Kerls würde jedes menschliche Herz besonders mild stimmen. Ein Sturz in der Kindheit - und davon ein verkrümmtes Rückgrat, Mr. Holmes. Aber innen drin ist er heil geblieben: der beste, freundlichste Junge, den man sich vorstellen kann.«

Holmes hatte den Brief in die Hand genommen und überflog ihn noch einmal.

»Wer wohnt außerdem in Ihrem Haus, Mr. Ferguson?«

»Zwei Diener, die noch nicht lange bei uns sind. Ein Stallknecht, Michael, der im Haus schläft. Meine Frau, ich, mein Sohn Jack, das Baby, Dolores und Mrs. Mason. Das sind alle.«

»Sie kannten Ihre Frau noch nicht lange, als Sie heirateten?«

»Ich kannte sie nur ein paar Wochen.«

»Und wie lange war da schon dieses Mädchen, Dolores, bei ihr?«

»Ein paar Jahre.«

»Demnach müßte Dolores den Charakter Ihrer Frau besser kennen als Sie.«

»Ja, das ist anzunehmen.«

Holmes machte sich eine Notiz.

»Ich könnte mir vorstellen, daß ich in Lamberley von größerem Nutzen sein werde als hier. Das ist ein Fall, bei dem man unbedingt an Ort und Stelle vorgehen muß. Wenn die Lady in ihrem Zimmer bleibt, wird unsere Anwesenheit sie weder stören noch belästigen. Selbstverständlich quartieren wir uns im Gasthaus ein.«

Ferguson hob erleichtert die Hände. »Das habe ich gehofft, Mr. Holmes. Es gibt einen ausgezeichneten Zug um zwei Uhr, ab Victoria Station, wenn Sie den nehmen könnten?«

»Natürlich können wir sofort aufbrechen. Im Augenblick herrscht hier ohnehin Ebbe, ich kann Ihnen uneingeschränkt meine Zeit widmen. Watson kommt mit, das steht fest. Aber da sind noch ein, zwei Punkte, über die ich gern Klarheit hätte, ehe wir aufbrechen. Die unglückselige Lady hat also anscheinend beide Kinder mißhandelt, wenn ich richtig verstanden habe: ihr eigenes und Ihren kleinen Sohn?«

»Ja, das ist richtig.«

»Aber die Art der Mißhandlungen war verschieden, nicht wahr? Ihren Sohn hat sie geschlagen?«

»Ja, einmal mit dem Stock und einmal mit der Hand, und zwar sehr heftig.«

»Und sie gibt keine Erklärung, warum sie das tat?«

»Nein, keine. Nur, daß sie ihn haßt. Immer wieder sagte sie das.«

»Nun, bei Stiefmüttern kommt das nicht so selten vor. Sagen wir einmal: nachträgliche Eifersucht. Ist die Lady von Natur aus eifersüchtig veranlagt?«

»Ja, sehr sogar. So tropisch hitzig in ihrer Eifersucht wie in ihrer Liebe.«

»Der Junge – er ist über zehn, denke ich – er ist doch wahrscheinlich geistig weit entwickelt, da ja der Körper zurückbleiben mußte. Hat er Ihnen keinerlei Anlaß für diese Schläge genannt?«

»Nein, er sagte, es habe keinen gegeben.«

»Kamen die beiden davor gut miteinander aus?«

»Nein, sie verstanden sich von Anfang an nicht.«

»Trotzdem behaupten Sie, er sei ein zärtlicher Junge?«

»Einen liebevolleren Sohn werden Sie auf der ganzen Welt nicht finden. Mein Leben ist sein Leben.«

Wieder notierte sich Holmes etwas. Eine Zeitlang saß er schweigsam und nachdenklich da.

»Zweifellos waren Sie und der Junge die besten Kameraden vor dieser zweiten Eheschließung.«

»Ja, genau so war es.«

»Und der Junge, der ja so anhänglich ist, hat sicher nach wie vor eine starke Bindung an seine tote Mutter?«

»Ja, er kann sie nicht vergessen.«

»Scheint wirklich ein bemerkenswerter kleiner Bursche zu sein. Ich hätte noch eine Frage. Fielen die – hm, Angriffe auf das Baby und Ihren Sohn zeitlich zusammen?«

»Das erste Mal, ja. Es war, als sei sie plötzlich in Raserei verfallen und wollte ihren Zorn an beiden auslassen. Das zweite Mal hatte nur Jack zu leiden.«

»Das kompliziert natürlich die Dinge.«

»Ich verstehe nicht ganz, Mr. Holmes?«

»Möglich. Manchmal denkt man sich provisorische Theorien aus und braucht nur etwas Zeit oder bessere Kenntnis der Zusammenhänge, um sie zu entwickeln oder zu verwerfen. Eine schlechte Angewohnheit, Mr. Ferguson, aber der Mensch ist schwach. Ich fürchte, Ihr alter Freund hier hat Ihnen eine sehr übertriebene Schilderung von meinen Arbeitsmethoden gegeben. Nun, wie auch immer, im Augenblick kann ich nur sagen, daß mir Ihr Problem keinesfalls unlösbar erscheint. Erwarten Sie uns um zwei Uhr an der Victoria Station.«

*

Der Abend jenes trüben, nebligen Novembertages war hereingebrochen, als wir – unser Reisegepäck ruhte sicher im Gasthaus »Chequers« in Lamberley – über den lehmigen Boden eines schier endlosen, gewundenen Weges fuhren, bis wir dann doch das altmodische Haus erreichten, in dem Ferguson lebte.

Cheeseman's war ein großes, verschachteltes Gebäude, der Mitteltrakt sehr alt und die Seitenflügel sehr neu, mit turmartigen Tudor-Schornsteinen und einem steilen Dach aus Gorsham-Ziegeln. Die Türstufen waren ausgetreten, und die alten Kacheln in der Vorhalle vereinten im Mosaik einen Käse und einen Mann, als Anspielung auf den ursprünglichen Erbauer. Die Decken wurden von schweren Eichenbalken getragen, und die unebenen Fußböden warfen geradezu Wellen. Der Geruch von Alter und Verfall durchzog das Gebäude.

Ferguson führte uns in eine große Halle. Hier prasselte in einem offenen, altmodischen Kamin, hinter dessen eisernem Schirm die Jahreszahl 1670 zu lesen war, ein herrliches Holzfeuer. Der Raum war, wie ich feststellte, mit einer höchst seltsamen Mischung von Gegenständen aus den verschiedensten Epochen und Ländern eingerichtet. Die bis zur Hälfte getäfelten Wände konnten noch sehr gut von dem Besitzer aus dem 17. Jahrhundert stammen, obwohl den unteren Teil eine Reihe gut gewählter, moderner Aquarelle zierte. Darüber, wo gelber Verputz die Eichentäfelung ablöste, hing eine schöne Sammlung südamerikanischer Geräte und Waffen, zweifellos von der peruanischen Lady mitgebracht.

Holmes sprang mit der ihm eigenen wachen Neugier auf und betrachtete alles eingehend. Mit etwas nachdenklichem Gesicht kam er dann wieder zurück.

»Hallo!« rief er plötzlich. »Hallo!«

In der Ecke des Raumes hatte ein Spaniel in seinem Korb geschlafen. Nun kam er langsam auf seinen Herrn zu; das Gehen schien ihm schwerzufallen. Die Hinterbeine gehorchten ihm kaum, und sein Schwanz schleifte am Boden. Er leckte Fergusons Hand.

»Was gibt's, Mr. Holmes.«

»Der Hund, was ist mit ihm los?«

»Ja, das fragte sich der Tierarzt auch. Eine Art Lähmung – Rückenmarkentzündung, meint er. Aber das wird schon besser. Bald bist du wieder in Ordnung, was, Carlo?«

Ein leichtes, zustimmendes Wedeln kam von dem herabhängenden Schwanz. Die traurigen Hundeaugen schweiften zwischen uns hin und her. Er hatte verstanden, daß wir von ihm sprachen.

»Ist das ganz plötzlich eingetreten?«

»Ja, über Nacht.«

»Und wann?«

»Nun, es dürfte jetzt vier Monate her sein.«

»Interessant, sehr aufschlußreich.«

»Was meinen Sie damit, Mr. Holmes?«

»Nur eine Bestätigung dessen, was ich bereits vermutet hatte.«

»Um Himmels willen, Mr. Holmes, was glauben Sie denn? Für Sie mag das Ganze ja nur ein intellektuelles Puzzlespiel sein, aber für mich geht es hier um Tod oder Leben. Meine Frau - vielleicht eine Mörderin! Mein Kind - in Lebensgefahr! Spielen Sie nicht mit mir, Mr. Holmes! Die Dinge sind mehr als ernst.«

Der große Rugbyspieler zitterte am ganzen Leib. Holmes legte ihm besänftigend die Hand auf den Arm.

»Ich fürchte, Sie müssen auf Kummer gefaßt sein, wie immer die Lösung auch ausfallen mag«, sagte er. »Ich möchte Ihnen so viel wie möglich ersparen. Im Augenblick kann ich nicht mehr sagen. Nur eines: Ich hoffe, daß ich, ehe ich dieses Haus verlasse, etwas Definitives gefunden habe.«

»Ich bitte zu Gott, daß Sie es schaffen! Wenn Sie mich jetzt entschuldigen wollen, meine Herren - ich möchte zum Zimmer meiner Frau hinaufgehen und hören, ob eine Änderung eingetreten ist.«

Er blieb einige Minuten weg; inzwischen inspizierte Holmes weiter die Kuriositäten an den Wänden. Als unser Gastgeber zurückkehrte, lasen wir schon an seiner niedergeschlagenen Miene, daß er nichts erreicht hatte. Er brachte ein großes dunkles Mädchen mit herein.

»Der Tee ist fertig, Dolores«, sagte Ferguson. »Gib acht, daß deine Herrin alles bekommt, was sie braucht.«

»Sie sehrr krank!« rief das Mädchen, indem es ihn entrüstet anblickte. »Sie nicht wollen essen. Sie sehrr krank. Sie brauchen Doktor. Ich habe Angst zu bleiben mit ihrr ohne Doktor!«

Ferguson sah mich fragend an.

»Es würde mich sehr freuen, wenn ich mich nützlich erweisen könnte.«

»Meinst du, deine Herrin würde Dr. Watson empfangen?«

»Ich rreinführen, ich nicht fragen. Sie brauchen Doktor.«

»Dann begleite ich Sie sofort.«

Ich folgte dem Mädchen, das vor Aufregung zitterte, die Treppe hinauf und einen Korridor entlang. An seinem Ende gab es eine eisenbeschlagene massive Tür. Mich bedrückte der Gedanke, daß Ferguson, sollte er sich den Eingang zu seiner Frau erzwingen wollen, es nicht gerade leicht haben würde. Das Mädchen zog einen Schlüssel aus der Tasche, und dann knirschten die alten Eichenbretter in ihren Scharnieren. Ich trat ein, und Dolores folgte mir schnell, indem sie die Tür abschloß.

Auf dem Bett lag eine Frau, die offensichtlich hohes Fieber hatte. Sie war nur halb bei Bewußtsein, aber als ich hereinkam, öffnete sie zwei schöne, wenn auch verstörte Augen und blickte mich furchtsam an. Daß sie einen Fremden sah, schien sie zu beruhigen, denn mit einem tiefen Seufzer sank sie in ihre Kissen zurück.

Ich näherte mich ihr mit ein paar beschwichtigenden Worten; sie blieb still, während ich ihr den Puls fühlte und die Temperatur maß. Sie war sehr hoch, und doch hatte ich den Eindruck, daß das eher von einer nervösen seelischen Erregung herrührte.

»So sie liegen am Tag, zwei Tag. Ich habe Angst, sie stirrbt« sagte das Mädchen.

Die Frau drehte mir ihr glühendes, hübsches Gesicht zu. »Wo ist mein Mann?«

»Er ist unten und möchte Sie gern sehen.«

»Ich will ihn nicht sehen! Ich will ihn nicht sehen!« Nach diesem Ausbruch schien sie in Fieberphantasien zu versinken. »Ein Feind! Ein Feind! Ach, was soll ich denn bloß gegen diesen Teufel tun?«

»Kann ich Ihnen irgendwie helfen?«

»Nein, mir kann keiner helfen. Das ist das Ende. Alles ist zerstört. Ich kann tun, was ich will, alles ist zerstört.«

Die Frau mußte von einem seltsamen Wahn befallen sein; ich konnte mir den ehrenwerten Bob Ferguson nicht in der Rolle eines Feindes oder gar eines Teufels vorstellen.

»Madam«, sagte ich, »Ihr Gatte liebt Sie von Herzen.«

Wieder wandte sie mir die herrlichen Augen zu.

»Er liebt mich – gut. Aber liebe ich ihn vielleicht nicht? Liebe ich ihn denn nicht so, daß ich lieber mich selbst opfere, ehe ich zulasse, daß sein Herz bricht? Ja, so liebe ich ihn. Und doch konnte er glauben – konnte er so von mir reden ...«

»Er ist tief besorgt, aber er versteht das alles nicht . . .«

»Nein, er versteht es nicht. Aber er sollte Vertrauen haben.«

»Wollen Sie ihn denn wirklich gar nicht sehen?« fragte ich.

»Nein, nein! Ich kann diese Worte nicht mehr vergessen und auch nicht den schrecklichen Ausdruck auf seinem Gesicht. Nein, ich will ihn nicht sehen. Nur – sagen Sie ihm eins: Ich will mein Kind haben. Ich habe ein Recht auf mein Kind! Das ist die einzige Botschaft, die ich ihm schicken kann.« Sie drehte das Gesicht zur Wand und sagte kein Wort mehr.

Ich kehrte in den Raum im Parterre zurück, wo Ferguson und Holmes noch immer am Kaminfeuer saßen. Ferguson hörte sich meinen Bericht über die Unterhaltung niedergeschlagen an.

»Wie darf ich ihr denn das Kind geben?« sagte er. »Woher soll ich wissen, welch merkwürdige Anwandlungen sie wieder überkommen? Könnte ich je den Augenblick vergessen, wie sie sich von dem Bettchen aufrichtete, den Mund von seinem Blut verschmiert?« Er schauderte bei der Erinnerung. »Das Kind ist bei Mrs. Mason in Sicherheit, und dort muß es bleiben.«

Ein hübsches Dienstmädchen, die einzige moderne Erscheinung, die uns in diesem Haus begegnet war, hatte inzwischen Tee serviert. Während es noch am Tisch beschäftigt war, öffnete sich die Tür, und ein Junge trat herein.

Es war ein seltsamer Knabe, sehr blaß und blond, mit aufgeweckten, blauen Augen, die plötzlich, als sie den Vater erblickten, freudig aufleuchteten. Er stürzte vorwärts und schlang ihm wie ein verliebtes Mädchen die Arme um den Hals.

»Oh, Papa!« rief er. »Ich wußte ja nicht, daß du zurück bist. Sonst wär ich schon längst hiergewesen. Ach, wie bin ich froh, daß du wieder da bist!«

»Mein lieber Junge«, sagte der Vater, indem er ihm zärtlich über den blonden Schopf strich, »ich kam früher, weil meine Freunde, Mr. Holmes und Dr. Watson, sich überreden ließen, mich zu begleiten und einen Abend mit uns zu verbringen.«

»Ist das Mr. Holmes, der Detektiv?«

»Ja, das ist er.«

Der Junge blickte uns eindringlich und – wie mir schien – wenig freundlich an.

»Wie steht's mit Ihrem anderen Kind, Mr. Ferguson?« fragte Holmes. »Dürfen wir das auch kennenlernen?«

»Bitte doch Mrs. Mason, das Baby herunterzubringen«, wandte sich Ferguson an seinen Sohn.

Der Junge entfernte sich mit jenen seltsam torkelnden Schritten, die mir bestätigten, daß er an einer Rückgratverletzung litt. Er kam gleich wieder zurück, und hinter ihm erschien eine große, hagere Frau mit einem sehr hübschen Kind in den Armen. Es hatte dunkle Augen und goldblondes Haar – eine wunderbare Mischung von angelsächsischem und romanischem Blut. Ferguson hing offensichtlich an dem Kind, denn er nahm es in die Arme und liebkoste es.

»Allein die Vorstellung, daß jemand es fertigbringen könnte, ihm etwas anzutun«, murmelte er.

In diesem Augenblick schaute ich gerade zufällig zu Holmes hinüber und bemerkte eine besondere Wachsamkeit in seinem Gesicht. Seine Züge wirkten wie aus altem Elfenbein geschnitzt, und seine Augen, die eben noch an Vater und Kind gehangen hatten, waren nun mit dem Ausdruck intensiver Aufmerksamkeit auf etwas am anderen Ende des Raumes geheftet.

Ich folgte seinem Blick, konnte jedoch lediglich vermuten, daß er auf den verregneten, melancholischen Garten hinausschaute. Zwar war ein Laden von draußen gegen die Scheibe gelehnt und verdeckte die Sicht zur Hälfte, aber trotzdem galt Holmes' gespanntes Interesse dem Fenster. Dann lächelte er, und seine Augen wandten sich wieder dem Baby zu. Auf dem runden Hälschen hob sich eine kleine narbige Stelle ab. Schweigend untersuchte Holmes den Hals des Kindes.

»Na, du kleiner Mann. Du hast deine Erdenlaufbahn recht bemerkenswert begonnen. Mrs. Mason, ich möchte Ihnen ein paar vertrauliche Fragen stellen.«

Er führte die Frau zur Seite und unterhielt sich mit ihr einige Minuten. Ich konnte nur die letzten Worte aufschnappen, und die lauteten: »Ihre Sorgen werden, so hoffe ich, bald ein Ende haben.«

Die Frau, anscheinend eine etwas mürrische und schweigsame Person, verschwand mit dem Kind.

»Was für ein Mensch ist Mrs. Mason?« fragte Holmes.

»Auf den ersten Blick nicht gerade einnehmend, wie Sie bemerken konnten, aber sie hat ein Herz von Gold und ist dem Kind zugetan.«

»Magst du sie leiden, Jack?« Holmes drehte sich plötzlich zu dem Jungen. Dessen ausdrucksvolles, bewegliches Gesicht verdunkelte sich, und er schüttelte heftig den Kopf.

»Jacky hat höchst seltsame Vorlieben und Abneigungen«, sagte Ferguson, indem er einen Arm um den Jungen schlang. »Glücklicherweise gehöre ich in die Kategorie der ersteren.«

Der Junge lehnte seinen Kopf an die Brust des Vaters.

Ferguson schob ihn sanft von sich weg. »Lauf schon, Jack«, sagte er und sah ihm liebevoll nach, bis er aus unserer Sicht verschwunden war.

»Nun, Mr. Holmes«, fuhr er dann fort, »ich glaube, daß ich Sie leider zu einem hoffnungslosen Unternehmen verleitet habe; was bleibt Ihnen zu tun? Gewiß, Sie geben mir Ihr Mitgefühl. Aber sonst? Ihnen kann das Ganze nur heikel und absurd vorkommen.«

»Heikel ist die Geschichte bestimmt«, sagte mein Freund mit einem amüsierten Lächeln. »Absurdes habe ich bis jetzt noch nicht daran bemerkt. Der Fall begann für mich als eine geistige Spekulation, aber sobald sie Punkt für Punkt durch eine Kette von Tatsachen bestätigt war, wurde der subjektive Eindruck objektiv, und somit können wir mit Sicherheit behaupten, unser Ziel erreicht zu haben. Ich war eigentlich schon so weit, als wir noch in der Baker Street saßen; alles andere gehörte zum Gebiet der Beobachtung und wurde zur Bestätigung.«

Ferguson fuhr sich mit einer großen Hand über die gefurchte Stirn.

»Um Himmels willen, Holmes«, stieß er heiser hervor. »Wenn Sie die Wahrheit kennen, lassen Sie mich nicht länger in Ungewißheit! Woran bin ich? Was soll ich tun? Mich interessiert gar nicht, wie Sie alles 'rausbekommen haben, wenn Sie der Sache nur wirklich auf den Grund gekommen sind!«

»Selbstverständlich bin ich Ihnen eine Erklärung schuldig, und die sollen Sie auch bekommen. Aber wollen Sie mir bitte gestatten, den Fall auf meine eigene Art zu behandeln? Watson, ist die Lady in der Lage, uns zu empfangen?«

»Sie ist krank, doch bei Bewußtsein.«

»Sehr schön. Das Problem können wir nur in ihrer Gegenwart lösen. Lassen Sie uns hinaufgehen.«

»Aber sie will mich doch nicht sehen!« rief Ferguson.

»O doch, das wird sie schon wollen«, sagte Holmes und warf ein paar Zeilen auf ein Blatt Papier. »Zumindest du hast ja Zutritt, Watson. Willst du der Dame diese Nachricht überbringen?«

Ich stieg die Treppe noch einmal hinauf und gab das Blatt Dolores, die behutsam die Tür öffnete. Einen Augenblick später hörte ich einen Aufschrei aus dem Inneren des Zimmers, einen Aufschrei, in dem sich Freude und Überraschung vereinten. Dolores steckte den Kopf aus der Tür.

»Sie will sehen, sie will hören«, sagte sie. Auf meine Aufforderung kamen Ferguson und Holmes herauf. Als wir das Zimmer betraten, stürzte Ferguson ein, zwei Schritte vor, auf seine Frau zu, die sich im Bett aufgerichtet hatte. Aber sie streckte abwehrend die Hände aus. Er sank in einen Lehnstuhl, und Holmes nahm neben ihm Platz, nachdem er sich vor der Lady verbeugt hatte.

»Ich glaube, wir können Dolores entbehren«, sagte er. »Aber bitte, Madam, wenn es Ihnen lieber ist, daß sie bleibt, ist dagegen nichts einzuwenden. Nun, Mr. Ferguson, ich bin ein vielbeschäftigter Mann und habe viele Klienten, so daß meine Methode kurz und direkt sein muß. Die schnellste Operation macht am wenigsten Schmerzen. Lassen Sie mich zunächst etwas sagen, das Ihnen guttun wird. Ihre Gattin ist eine herzensgute und eine sehr mißverstandene Frau.«

Ferguson sprang mit einem Freudenschrei auf.

»Beweisen Sie das, Mr. Holmes, und ich werde mein Leben lang Ihr Schuldner sein!«

»Das werde ich tun, aber dafür muß ich Sie an anderer Stelle verletzen.«

»Mir ist alles recht, wenn Sie nur meine Frau entlasten.«

»Hören Sie dann zunächst, wie die Gedankenkette war, der ich in der Baker Street folgte. Ein Vampir – diese Vorstellung schied für mich von vorneherein aus. Solche Dinge gibt es in unserem Leben, auf dieser alten Insel hier nicht. Trotzdem waren aber Ihre Beobachtungen zutreffend. Sie hatten gesehen, wie die Lady sich vom Bettchen erhob, die Lippen blutverschmiert.«

»Ja, so war es.«

»Ist Ihnen nie der Gedanke gekommen, daß man eine Wunde auch aus einem anderen Grund, als Blut zu trinken, aussaugen könnte? Hat es in der englischen Geschichte nicht sogar eine Königin gegeben, die eine Wunde aussaugte, um das Gift daraus zu entfernen?«

»Gift . . .!«

»Ein südamerikanischer Haushalt. Mein Instinkt registrierte das Vorhandensein jener Waffe dort unten an der Wand, noch ehe ich sie gesehen hatte. Es hätte natürlich anderes Gift sein können, aber dieses kam mir in den Sinn. Und als ich dann den kleinen, leeren Köcher neben dem zierlichen Vogelschießbogen bemerkte, war's genau das, was ich erwartet hatte. Wenn das Kind mit einem dieser Pfeile, in Pfeilgift oder eine andere teuflische Droge getaucht, gestochen worden wäre, hätte es seinen Tod bedeutet, es sei denn, jemand sog das Gift sofort aus.

Und dann der Hund! Wenn jemand die Absicht hatte, dieses Gift anzuwenden, würde er dann nicht zuerst an einem anderen Objekt probieren, ob es seine Wirksamkeit noch nicht eingebüßt hatte? Den Hund hatte ich nicht vorausgesehen, aber ich ahnte so etwas, und dann fügte er sich als Glied in meine Beweiskette. Verstehen Sie jetzt? Ihre Frau fürchtete einen solchen Anschlag. Sie beobachtete, wie er verübt wurde, sie rettete das Leben des Kindes, und trotzdem scheute sie sich, Ihnen die Wahrheit zu sagen, denn sie wußte, wie sehr Sie den Jungen lieben und es Ihnen das Herz brechen würde.«

»Jacky!«

»Ich habe ihn beobachtet, als Sie vorhin das Baby streichelten. Sein Gesicht spiegelte sich deutlich in der Fensterscheibe, die der zugefallene Laden zum Spiegel machte. Ich las solche Eifersucht, solch grausamen Haß in seinen Zügen, wie ich sie selten an einem Menschen gesehen habe.«

»Mein Jacky!«

»Sie müssen den Dingen ins Auge sehen, Mr. Ferguson. Es ist alles um so schmerzlicher, als es sich hier ja um Liebe zu Ihnen, eine verzerrte, wahnsinnig übersteigerte Liebe handelt, und wahrscheinlich auch Liebe zu seiner toten Mutter, was seine Handlungsweise heraufbeschworen hat. Seine ganze Seele ist im Haß auf dieses reizende Kind erstarrt, dessen Gesundheit und Schönheit einen einzigen Kontrast zu seiner eigenen Schwäche bildet.«

»Lieber Gott! Das ist ja unfaßlich!«

»Habe ich die Wahrheit gesagt, Madam?«

Die Lady schluchzte, das Gesicht in die Kissen vergraben. Jetzt drehte sie sich zu ihrem Mann um.

»Wie hätte ich dir das sagen können, Bob? Ich fühlte selbst den Schlag, den dir diese Nachricht versetzen würde. Wenigstens solltest du sie aus anderem Mund erfahren! Als dieser Herr, der über magische Kräfte zu verfügen scheint, mir schrieb, er wüßte alles, war ich erlöst!«

»Ich würde Jacky ein Jahr an die See schicken«, sagte Holmes, indem er sich von seinem Stuhl erhob. »Nur ein Punkt ist noch nicht geklärt, Madam. Man kann recht gut Ihre Ausfälle gegen Jacky begreifen, aber wie brachten Sie es über sich, das Baby diese letzten zwei Tage allein zu lassen?«

»Ich hatte Mrs. Mason alles erzählt. Sie wußte Bescheid.«

»Genauso dachte ich es mir.«

Ferguson stand neben dem Bett, stumm, die Hände ausgestreckt.

»Ich glaube, das ist der geeignete Augenblick, uns davonzumachen, Watson«, flüsterte Holmes. »Wenn du jetzt die allzu anhängliche Dolores an einem Arm ergreifst, nehme ich ihren anderen. So!« fügte er hinzu, während er die Tür hinter sich zuzog, »überlassen wir die beiden ruhig sich selbst, damit sie die Dinge wieder ins reine bringen.«

*

Unter meinen Notizen zu diesem Fall befindet sich noch ein Dokument. Ich meine die Kopie des Briefes, mit dem Holmes die ganze Geschichte abschloß. Hatte sie nicht auch mit einem Brief begonnen?

An die Firma
Morrison, Morrison und Dodd — *Baker Street, 21. November*
Betr.: Vampire
Sehr geehrter Herr,
bezugnehmend auf Ihr Schreiben vom 19., bitte ich Sie, zur Kenntnis nehmen zu wollen, daß ich den Fall Ihres Klienten Mr. Robert Ferguson, von der Firma Ferguson & Muirhead, Teeimport, Mincing Lane, untersucht und zu einem zufriedenstellenden Abschluß gebracht habe. Mit Dank für Ihre Empfehlung bin ich, Sir,

Ihr Ihnen sehr ergebener
Sherlock Holmes

Armer Igel . . .

Auf welchem Pfad kommt der Igel zum Obstkörbchen?

Auflösung auf Seite 245

XI

VIERTAUSEND EINSAME TAGE

Von

Lorenz Mack

Mehr als viertausend Tage war Wachtmeister Koröndnun schon in Grossenhofen, und er empfand es nicht anders als eine schwere Strafe, hier den Dienst versehen zu müssen. In diesem öden, sturen Nest zwischen kahlen Holzschlägen und flachen Wiesen war ein Tag wie der andere von einer tötenden Langeweile. Hier konnte man nur aus dem Fenster sehen, die Wolken, Regentropfen oder Schneeflocken zählen, den Milchmann, Postboten oder Wegmacher grüßen, und dann war es schon vorbei.

Wieder kam ein Abend, eine lange Nacht mit dem Regentrauf vor dem Fenster, einem kreischenden Kater auf dem Dach oder einem ruhigen, einsamen Schritt auf der Straße, der in der Finsternis verklang.

Koröndhatte es aufgegeben, für seine Dienststelle in der Kreisstadt Monatsberichte zu verfassen, denn es gab nichts, aber auch schon gar nichts, was deren bedurfte. In Grossenhofen stahl und raubte man nicht, man legte kein Feuer und brannte mit keiner Kasse durch, höchstens daß man üble Reden führte oder, wenn es unbedingt sein mußte, einander verprügelte. Aber was war das schon, schließlich mußte man etwas tun, sonst erstickte man hier.

Auch dieser Freitagmorgen, ein nebelverhangener Frühlingstag, unterschied sich zuerst in nichts von all den viertausend Tagen vor-

her. Zuerst holperte der Milchwagen am Fenster des Wachtmeisters vorbei, dann trabten die Kinder zur Schule, und um neun rief die Sirene von der nahen Ziegelei.

Zwanzig Minuten nach neun kam ein Mann in die Wachstube. Koröhnd kannte Herrn Bristani gut, denn er besaß am Rande von Grossenhofen ein kleines Haus mit einem Garten und einem Springbrunnen davor.

»Könnte ich von Ihnen aus einmal telefonieren?« fragte Herr Bristani und legte Hut und Stock auf den Schreibtisch, »ich brauche einen Arzt.«

»Sie können, selbstverständlich«, sagte Korönd und stand auf. Er war erfreut über die Abwechslung, knöpfte seinen Rock zu und fragte: »Ist etwas passiert?«

Die Frage war lächerlich, was sollte schon passieren. Korönd tat es auch nur, um das Gespräch nicht abreißen zu lassen.

Herr Bristani nickte ernst. Er wählte eine Nummer und sagte zum Wachtmeister:

»Ja, ich glaube schon. Meine Frau ist tot!«

Das Wort fiel dumpf, wie ein schwerer Stein auf den Boden, es klirrte gegen die Fensterscheiben und füllte den Raum mit Kälte.

»Ihre Frau . . .«, staunte Korönd, und er sah Frau Bristani vor sich, wie sie im Garten kniete und das Unkraut zwischen den Blumen entfernte, »aber wie ist das möglich?«

Herr Bristani hatte nun die telefonische Verbindung hergestellt, er hielt den Hörer an das Ohr und sagte:

»Hallo, ja hallo, Doktor, hier ist Bristani. Könnten Sie gleich einmal zu mir nach Grossenhofen kommen? Meine Frau ist über die Stiege gestürzt, ich befürchte das Schlimmste.«

Frau Bristani, Frau Bristani, dachte der Wachtmeister, die Nachricht berührte ihn schmerzlich, und er empfand Mitleid mit dem Mann, der gefaßt und als sei er aus Stein, mit dem Arzt sprach.

»Ich danke Ihnen«, sagte Herr Bristani, »ich erwarte Sie«, und er legte den Hörer auf die Gabel. Einen Augenblick stand er wie erstarrt da und blickte ins Leere, dann griff er nach Stock und Hut. »Ja, wie ist das möglich?« wiederholte er die Frage Korönds, und sein Gesicht war von Schmerz gezeichnet, »ich frage es mich auch, es ist unfaßbar.«

»Wie ist es geschehen?« fragte der Wachtmeister.

Herr Bristani setzte den Hut auf und strich sich mit der Hand über Stirn und Augen.

»Wenn ich das wüßte«, sagte er, »sie muß ausgeglitten und unglücklich gefallen sein. Ich hörte einen Schrei und gleich darauf einen Fall. Als ich in den Flur trat, lag sie da, mit dem Gesicht nach unten und rührte sich nicht mehr.«

Korönd griff nach Mütze und Koppel: »Es ist meine Pflicht«, sagte er. »Sie verstehen.«

Herr Bristani nickte ernst: »Ja, ich hätte Sie sowieso gebeten mitzukommen.«

In Herrn Bristanis Haus fanden sie alles so vor, wie er es geschildert hatte. Auch der Arzt konnte nur noch den Tod, der durch eine gräßliche Kopfwunde und einen Genickbruch eingetreten war, feststellen, und schloß sich bei der Rekonstruierung des Unfalles im wesentlichen den Vermutungen Herrn Bristanis an. Es war ein ganz klarer Fall, klar für den Arzt und auch bitter wahr für Herrn Bristani, der auf so tragische Weise seine Frau verloren hatte.

Nicht so klar war der Fall jedoch für Wachtmeister Korönd, was nicht heißen sollte, daß er dem Arzt Unlogik vorwarf oder gegen Herrn Bristani Mißtrauen hegte. Nein, beides hätte jeder Grundlage entbehrt, denn es waren ehrenwerte Männer. Für Korönd war der Fall nicht klar, weil er nicht klar sein sollte.

Viertausend Tage saß er nun da und wartete, daß irgend etwas geschah. Er wollte keine Drohne sein, das Herz streikte bereits, der Körper war in Fett gepolstert, die Nieren vom Alkohol aufgeschwemmt; er wollte nicht noch einmal viertausend Tage warten, bis eine Frau Bristani mit geborstenem Schädel da lag. Man stürzte in Grossenhofen nicht an einem gewöhnlichen Freitagmorgen über die Stiege seines eigenen Hauses und war tot, noch dazu, wenn man zehn Jahre diese Stiege benützt hatte und der Fuß jede Unebenheit ihres Holzes kannte. Dies konnte in einer großen Stadt geschehen, wo viele Menschen in Mietshäusern mit Hunderten, schwach beleuchteten Treppen wohnten, nicht aber in einem Flur auf dem Lande mit einem Garten und Springbrunnen davor.

Der Arzt hatte seinen Totenschein ausgestellt und war gegangen. Korönd ekelte sich davor, das Haus zu verlassen, auf die leere Straße zu treten und in seiner stillen Wachstube zu sitzen, wo die ersten Fliegen summend auf den Fensterscheiben klebten. Er fühlte sich hier wohl im Haus mit der Leiche und dem Mann, der unruhig den Teppich auf- und abschritt. Hier knisterte es, hier war er vonnöten.

Er knüpfte mit heißem Kopf an einem Faden, aber es wurde kein Knoten daraus. Trotzdem hatte er das bestimmte Gefühl, daß seine Zeit in Grossenhofen zu Ende ging.

»Eine häßliche Sache das Ganze«, sagte er, »so einfach über die Stiege zu fallen und tot zu sein.«

Herr Bristani lief immer weiter auf und ab, er nickte nur zu den Worten des Wachtmeisters.

»Ja«, sagte er, »ich komme nicht zurecht damit, ich werde es nie begreifen.«

»Warum wollte sie überhaupt über die Stiege?«

»Die Küche liegt ebenerdig, hier nebenan«, sagte Herr Bristani und öffnete eine Tür. »Wahrscheinlich hatte sie die Absicht, das Frühstück zu bereiten.«

Korönd sah durch die geöffnete Tür in die Küche. Er stand auf und ging schweren Schrittes hinüber. Er keuchte etwas, hielt sich mit der Hand die linke Brustseite, dort, wo das Herz saß, und sah sich um.

Es war eine kleine Küche, auf Tisch, Schrank und Herd lagen Speisereste herum, alles machte einen unordentlichen Eindruck. Herrn Bristani schien dies unangenehm zu sein, er räumte den Tisch ab und öffnete den Kühlschrank.

»Darf ich Ihnen etwas zu trinken anbieten?« fragte er. »Bier, Limonade, Coca-Cola?«

Jetzt erst merkte Korönd, wie durstig er war. Kehle und Mund schienen ausgedörrt zu sein, kaum daß er noch die Zunge bewegen konnte. Bei dem Gedanken an eine Flasche eisgekühlten Bieres lief ihm eine Gänsehaut über den Rücken. Er schluckte.

Herr Bristani stand abwartend da und sah Korönd an. Dieser konnte nicht widerstehen.

»Ich bin so frei«, sagte er. »Bier, wenn Sie welches dahaben.«

»Natürlich«, sagte Herr Bristani. Er öffnete eine Flasche, holte ein Glas aus dem Schrank, und Korönd trank mit geschlossenen Augen. Er seufzte noch ein paarmal, sah sich unschlüssig um, dann nahm er seine Mütze und ging.

»Nehmen Sie es nicht zu tragisch«, sagte er noch, hob seine Hand zum Mützenschirm und verließ das Haus.

In dieser Nacht fand er keinen Schlaf. Er lag auf dem Rücken und starrte zur Decke empor. Draußen fiel in dicken Tropfen der Regen auf Strauchwerk und Straße. Korönd hörte das Rauschen in der Luft und das Trommeln gegen das morsche Dach und die klirrenden Scheiben. Ein Stich fuhr durch sein Herz, und er fühlte sich krank, sehr krank. Siehst du, siehst du, sagte er laut zu sich, du bist schon halbtot. Ich muß etwas unternehmen, irgend etwas, ich muß hier heraus, sonst werde ich noch verrückt.

Und so lag er denn die ganze Nacht, und seine Gedanken kreisten immerzu, es war kein Anfang und kein Ende, und doch schien es ihm, als stehe er an einer Tür, die nur darauf wartete, daß er sie öffne.

Am Morgen war er wie gerädert. Die Wachstube war voll stickiger Luft, und der Regen floß immer noch unablässig vom Himmel. Korönd stülpte den Mantelkragen hoch und verließ das Haus. Am Ende der Straße war er bereits vollkommen durchnäßt. Bin ich ein Narr, fluchte er, da lauf ich ohne Grund im Regen herum, so als hätte ich es eilig; dabei könnte ich trocken hinter meinem Tisch sitzen und Karten legen. Er schüttelte sich und ließ sich in der nächsten Wirtsstube eine Tasse heißen Tee geben.

»Ein Sauwetter«, sagte der Wirt und hielt sich an der Espressomaschine fest, »und Sie sind unterwegs.«

»Verdamm mich, ja«, sagte Korönd, »der Dienst, Sie wissen ja!«

Der Wirt nickte.

»Sie tun mir leid«, sagte er, dann schwiegen sie beide. Man hörte nur das Schlürfen des Wachtmeisters und den Regen, der gegen die Fenster schlug.

»Ja, ja«, seufzte nach einer Zeit der Wirt, »nun ist auch die arme Frau Bristani tot.«

Ein Schmerz wie von einem Säbelstich fuhr durch Korönd. Ja, da war es wieder, es ließ ihn nicht los, die ganze Nacht hatte er nur an sie gedacht.

»Dabei war sie noch so jung«, sprach der Wirt weiter.

»Wie jung?«

»Achtundzwanzig oder so, nein, warten Sie, neunundzwanzig.«

»Warum wissen Sie das so genau?«

»Weil Herr Bristani sich die Getränke von mir ins Haus zustellen läßt.«

»Viel Getränke?«

Der Wirt stülpte die Unterlippe vor und zog die Stirn kraus.

»Nnnnein«, sagte er nachdenklich, »das kann man nicht sagen, ab und zu eine Flasche Wein und dann und wann Bier, etliche Flaschen Bier.«

»Und Coca-Cola«, vervollständigte der Wachtmeister.

Das Gesicht des anderen erhellte sich:

»Genau«, sagte er, »das habe ich tatsächlich vergessen. Auch Coca-Cola.«

Sie sprachen noch von dem und jenen, dann bezahlte Koröncl und ging zurück in den Regen hinaus. Es war schon gegen Mittag, als er nochmals zum Haus mit dem Springbrunnen kam.

Bristani öffnete ihm selbst die Tür:

»Nanu«, staunte er, »Sie schon so früh am Morgen, was gibt es?«

»Eigentlich nichts«, sagte Koröncl, nahm die Mütze ab und schüttelte sie aus, »ich bin vollkommen durchnäßt, kann ich bei Ihnen einige Minuten unterstehen? Vielleicht hört es zu regenen auf.«

Bristani sah nach dem wolkenschweren Himmel:

»Es sieht ganz und gar nicht danach aus«, sagte er, »aber treten Sie bitte ein!« Er war bleich und unausgeschlafen und stand anscheinend immer noch unter dem Eindruck des Unglückes.

»Kann ich Ihnen etwas anbieten?« fragte er. Ohne eine Antwort abzuwarten, ging er in die Küche. Durch die geöffnete Tür rief er:

»Was darf es sein?«

Koröncl schob seinen Körper nach und schnaufte.

»Haben Sie Dank«, sagte er, »ich habe keinen Durst.«

»Eine Flasche Bier?« fragte Bristani und kniete vor dem offenen Kühlschrank.

Nein, kein Bier, dachte Koröncl, und obwohl er ein Würgen im Hals verspürte, hatte er in diesem Augenblick nicht das geringste Verlangen nach einem Getränk. Er fuhr sich hinter den Kragen, als sei er ihm zu eng, und spürte wieder sein Herz. Er griff danach:

»Nein«, sagte er, »ich möchte nicht trinken.«

»Darf es sonst etwas sein?«

»Nein«, sagte Koröncl und überlegte, »ich konnte heute die ganze

Nacht nicht schlafen, die Sache mit Ihrer Frau geht mir nicht aus dem Kopf.«

Herr Bristani nickte bekümmert.

»Ihre Anteilnahme ist ein Trost für mich«, sagte er.

»Ja, es ist schlimm, ich weiß, aber haben Sie nicht auch schon daran gedacht, daß der Unfall vielleicht tiefere Gründe hat?«

Bristani richtete sich auf. Er tat es langsam wie von einer unsichtbaren Hand gezogen: »Wie meinen Sie das?«

Koröndd zuckte mit den Achseln:

»Ja, sehen Sie, Ihre Frau war doch eigentlich noch sehr jung, nicht wahr?«

»Ja, das war sie.«

»Am 26. Jänner neunundzwanzig Jahre!«

»Ja, genau. Aber ich verstehe nicht.«

»Und zehn Jahre hat sie nun hier gelebt, nie den Ort verlassen, ja nicht einmal Haus und Garten.«

»Ja, und?«

»Da fragen Sie, ja und? Ich lebe nun ebenfalls viertausend Tage in diesem elenden Nest, ich bin ein alter Mann und habe keine Sehnsucht nach der großen Welt. Aber wenn ich mir vorstelle, daß ich noch einmal so lange hier leben soll, dann schnürt es mir die Luft ab.«

»Meiner Frau gefiel es, sie war so zufrieden, sie wollte hier nicht heraus.«

»So etwas weiß man nie genau«, sagte Koröndd, »eines Tages packt es einen, man schnürt sein Bündel und muß gehen.«

Bristani schloß den Kühlschrank, er tat es mechanisch und ohne hinzusehen.

»Was soll das alles?« fragte er steif.

»Ich sagte Ihnen ja schon, daß mir diese ganze Geschichte nicht aus dem Kopf geht, und ich denke mir das so, daß Ihre Frau Sie vielleicht gestern morgen verlassen wollte und daß bei dieser Gelegenheit das Unglück geschah.«

Herr Bristani erbleichte leicht, seine Augen wurden groß und starr, der Unterkiefer fiel ihm herunter.

»Sie sind ja von Sinnen, wie kommen Sie auf eine solche Idee?« stammelte er.

Korönd betrachtete eingehend die schmutzigen Fliesen am Boden.

»Wahrscheinlich ist es ja auch nur so ein Gedanke von mir«, sagte er, »aber welchen Grund zu einer Familienfeier sollten Sie sonst vorgestern gehabt haben?«

»Familienfeier?«

»Nun ja, es ist immerhin merkwürdig, wenn Sie sich an einem gewöhnlichen Donnerstag zwei Flaschen Wein und fünf Flaschen Bier ins Haus bringen lassen.«

»Was soll daran merkwürdig sein?«

»Immerhin der Umstand, daß es sonst vorher noch nie geschah.«

»Und das soll beweisen, daß meine Frau mich verlassen wollte?«

»Nicht direkt, aber Ihre Frau soll sehr ordentlich gewesen sein.«

»Jawohl, das war sie.«

»Eben«, sagte Korönd, er stand auf und öffnete den Kühlschrank, »der ist ja leer. Haben Sie noch eine Speisekammer?

Bristani schüttelte den Kopf:

»Nein«, antwortete er.

»Eben, dachte ich mir doch«, wiederholte Korönd, »merkwürdig, und was war nun Donnerstag abend wirklich?«

»Nichts weiter, wir tranken etwas, was soll man bei diesem Sauwetter sonst auch tun?«

»Und Sie tranken hier in der Küche?«

»Ja.«

»Und bei dieser Gelegenheit sagte sie Ihnen, daß sie morgen das Haus verlassen wolle.«

»Wie kommen Sie darauf?«

»Es gibt nur diesen einen Grund, warum sonst hätten Sie Ihre Frau umgebracht?«

Bristanis Gesicht zuckte und verzerrte sich. Er wollte etwas sagen, lachen, seine Hände heben, aber alles mißlang.

»Und das haben Sie doch getan, nicht wahr?« fragte Korönd und setzte wieder seine Mütze auf.

»Sie sind wahnsinnig«, stammelte Bristani, »ich sollte ... hahahaha!«

»Ja, Sie haben«, sagte Korönd ernst und holte eine Bierflasche aus dem Kühlschrank. Es war die letzte. Er hob sie hoch, als wollte er zuschlagen. »Sie haben Ihre Frau erschlagen, mit einer Bierflasche, und sie dann über die Stiege geworfen. Stimmt es?«

Bristani stand und rührte sich nicht, er starrte Korönd entgeistert an.

»Dies müssen Sie mir erst beweisen, und das dürfte Ihnen schwerfallen.«

»Nein, gar nicht; gestern morgen standen auf dem Tisch zwei leere Bierflaschen und zwei leere Weinflaschen. Eine Flasche trank dann noch ich und hier ist die vierte. Es fehlt eine, wo ist die fünfte?

Bristani schluckte: »Ich weiß es nicht, wie kommen Sie auf fünf Flaschen?«

»Der Wirt erzählte es mir«, sagte Korönd, »mit der fünften erschlugen Sie Ihre Frau. So ist es doch, nicht wahr?«

Bristani konnte nur noch wortlos den Kopf schütteln, seine Kiefer schlugen gegeneinander, und der Schweiß stand ihm in dicken Tropfen auf der Stirn.

»Sicherlich haben Sie Ihre Frau sehr geliebt, und Sie wollten sie nicht verlieren«, sprach Korönd, »weil Sie sich nicht vorstellen konnten, wie Sie hier allein weiterleben sollten; irgendwie kann ich das verstehen«, sagte Korönd, und er spürte wieder den Druck auf seinem Herzen.

»Nichts, gar nichts verstehen Sie, gar nichts«, schrie nun Bristani los, »nicht sie war es, die mich verlassen wollte, nicht sie, sondern ich wollte gehen, heute morgen für immer.«

»Und«, fragte Korönd in die Stille hinein, und dabei betrachtete er immer noch eingehend den Fußboden.

Bristanis Körper schien sich zu entspannen, sein Gesicht wurde schlaff, die Hände sanken zu Boden und er lehnte sich müde gegen die Wand.

»Sie versuchte alles, um mich zurückzuhalten«, sagte er mit leiser Stimme, »aber ich konnte die Stille hier und den Blick aus dem Fenster auf die trostlose Gasse nicht mehr ertragen. Und dann geschah es!«

»Was geschah?«

»Wir zankten uns die ganze Nacht bis in die Morgenstunden, dann stand sie auf und lief in die Küche hinunter. Ich ging ihr nach, im Treppenflur trafen wir uns, und da schleuderte sie mir voll Haß ins

Gesicht, daß sie niemals von hier gehen würde, denn sie erwarte ein Kind, aber nicht von mir. Und noch mehr, viel mehr Niederträchtiges, Gemeines, womit sie all das noch zerstörte, was ich mir erhalten hatte. Da sah ich rot und schlug zu.«

»Mit einer Bierflasche?«

Bristani nickte.

»Ja«, sagte er, »meine Frau fiel die Stiege hinunter und war tot.«

»Hmhm«, nickte Koröndd, »gut. Dann wollen wir gehen.«

»Gehen wir«, sagte auch Herr Bristani und er nahm Hut und Stock, und sie gingen Seite an Seite durch Grossenhofen, so als wären sie auf einem Spaziergang.

Durch Korönds Herz fuhr ein ziehender Schmerz, er faßte mit der Hand nach seiner linken Brustseite. So ist das also, dachte er, nun hätte ich es geschafft, aber ich habe es nicht gewußt, es war ein reiner Zufall. Es war einzig und allein nur deshalb, weil ich gern Bier trinke und endlich etwas tun wollte. Aber es ist besser, wenn nichts geschieht, viel besser, ich tauge nicht dazu.

Am Abend zerriß er sein Versetzungsgesuch an die Kreisstadt, und neue viertausend Tage begannen für den Wachtmeister Korönd aus Grossenhofen.

Rechenkünstler vor!

Hier etwas für Tüftler, die gern rechnen. Aber auch Rätselfreunde, die keine Zahlenakrobaten sind, können sich an diese Aufgabe wagen: Setzt Zahlen in dieses Kreuz so ein, daß sich senkrecht und waagerecht jeweils die Summe 46 ergibt!

Das Zahlenkreuz

Auflösung auf Seite 245

XII
GEFÄHRLICHES SPIEL UM 20 000 MARK

Von

Wolfgang Ecke

Chefredakteur Linden wirkte auf den ersten Blick eher wie ein Fahrstuhlführer, der in einem großen Kaufhaus, vor Einführung der automatischen Ansage, seinen Fahrgästen erläuterte, was es auf der jeweiligen Etage zu sehen, zu bewundern und zu kaufen gab.

Linden war ein untersetzter, stämmiger Mann mit sorgfältig gescheitelten Haaren und einer dicken Hornbrille auf der Nase. Das heißt, da er meist nach unten sah, saß die Brille überwiegend auf der Nasenspitze. Wie zum Beispiel jetzt . . .

Bewegungslos hockte Linden in seltsam gekrümmter Haltung auf seinem Schreibtischsessel und starrte auf die Schreibtischplatte.

Chefredakteur Henry Linden dachte nach! Er hörte weder das Telefon noch das Klopfen an der Tür.

Doch plötzlich erwachte Linden aus seiner Erstarrung.

Das verbindlich-freundlich-grinsende Fahrstuhlführergesicht veränderte sich zu einer glücklich-bös-zufriedenen Grimasse.

Er entließ aus einem untersetzten Körper einen Urgrunzlaut, der klar ausdrückte, was Linden empfand: Genugtuung über das Ergebnis der Denkarbeit.

Mit einer gewalttätig anzusehenden Bewegung riß er den Hörer von der Gabel und wählte die 14.

Nichts! Die 14 war besetzt.

Er wählte die 15! Auch die 15 war besetzt.

Er wählte die 14 ein zweites, ein drittes, ein fünftes Mal, dazu viermal die 15.

Mit einem drohenden Knurren schleuderte er den Hörer auf die Gabel zurück und stempelte die Spitze seines rechten Zeigefingers auf die Taste der Sprechanlage. Bevor Fräulein Moos, seine Sekretärin, dazu kam, sich zu melden, donnerte es ihr bereits ins bräunlich gepuderte Gesicht: »Fräulein Moos, gehen Sie bitte in die Lokalredaktion und schleppen Sie mir den Schmidt her. Irgend jemand scheint dort mit der Telefonschnur Seemannsknoten zu üben, es ist kein Durchkommen!«

»Bitte, Herr Linden!«

»Danke!«

Wieder griff Linden zum Apparat. Finster die Miene, Zorn und Ungeduld in den Mundwinkeln.

»Ja, bitte?« sagte eine sanfte Frauenstimme.

»Zum Teufel, wer ist ›Ja bitte?‹«

Die Sanftheit verging wie ein Flämmchen unter einem Eimer Wasser. Was blieb, war Schrecken: »Entschuldigung, Herr Linden, hier ist Fries, Rechtsabteilung.«

»Na, also, warum nicht gleich so. Ich kann schließlich nicht ahnen, wer ›ja bitte?‹ ist. Verbinden Sie mich bitte mit Doktor Stachowitz.«

»Der Herr Doktor ist im Augenblick in der Staatsbibliothek. Er wollte gegen 11 Uhr wieder zurück sein.«

»Gut, er möchte dann bitte sofort zu mir kommen, Frau Fries!«

»Ich werde es ausrichten!«

*

»Guten Morgen, Chef! Sie wünschten mich zu sehen?« Olaf Schmidt lächelte seinen Chefredakteur freundlich an. Eine Tatsache, die eben diesen immer wieder aufs neue mißtrauisch machte. Und wenn Henry Linden mißtrauisch wurde, steigerte das automatisch seine Aggressivität. »Guten Morgen, komisch, ich habe Sie gar nicht klopfen hören! Haben Sie geklopft, oder gehört das auch zu den Dingen, die Sie sich abgewöhnt haben?«

»Ich habe geklopft!«

»Ich habe nichts gehört!«

»Preisfrage, Chef: An was könnte das gelegen haben?«

»Wahrscheinlich haben Sie nur mit Ihren grauen Augen geklopft.«

»Ich habe grüne Augen, Herr Linden!«

»Das möchten Sie wohl gern, was?« giftete Linden und war doch schon wieder versöhnt.

»Meine grünen Augen sind amtlich dokumentiert. Wenn Sie wollen, hole ich auf der Stelle meinen Paß! Und noch eine Frage zu eben: Was habe ich mir Ihrer Meinung nach denn abgewöhnt?«

»Das Trinken und das Rauchen!«

»Das Rauchen ja, das Trinken nicht ganz.«

»Setzen Sie sich, und lassen Sie uns zur Sache kommen!«

Linden machte eine Handbewegung, und Schmidt setzte sich.

Olaf Schmidts hervorstechendste Eigenschaft war seine sprichwörtliche Ruhe. Manche nannten sie Trägheit, andere wieder versteiften sich auf den Begriff Bequemlichkeit. Doch Schmidt war weder träge noch bequem. Er war voller unsichtbarer Agilität. Wer sein Engagement und Temperament suchte, der fand es am besten in seinen Reportagen. Er schlug die Beine übereinander und sah seinem Chef erwartungsvoll entgegen.

»Erinnern Sie sich noch an unser Gespräch vor etwa vier Wochen zum Thema Geld?«

Schmidt nickte. »Noch sehr gut! Sie vertraten die Meinung, daß Geld in jedem Fall den Charakter verderbe!«

»Stimmt. Und Sie behaupteten, daß Geld höchstens den Charakter verändere.«

»So ist es! Ich bin nach wie vor dieser Meinung!«

»Obwohl ich Sie bat, über diese Frage nachzudenken!« Linden versuchte ärgerlich auszusehen.

Doch Schmidts Lächeln entwaffnete ihn. Und Schmidt fragte ihn: »Gesetzt den Fall, Sie gewinnen morgen im Lotto eine schöne, wohlbeleibte Million . . .«

»Ich spiele nicht Lotto! Ich spiele überhaupt nicht!«

»Ich sagte ja auch ›gesetzt den Fall‹! Was würden Sie mit dieser Million tun?«

»Hm, da ich ein Haus habe, würde ich mir also kein zweites kaufen. Auch kein zweites Auto, da es verboten ist, sich privat ein Benzinlager anzuschaffen. Vielleicht würde ich davon neunhunderttausend hungernden Kindern geben. Der Rest käme auf die hohe Kante!«

»Na also!« sagte Schmidt. »Wo ist nun die Verderbtheit des Charakters geblieben?«

Linden winkte ab. »Sie können doch nicht von mir ausgehen. Außerdem wissen Sie gar nicht, ob ich im Fall der Million wirklich so reagieren würde. Aber kommen wir nun endlich zur Sache. Ich möchte gern ein etwas abenteuerliches Experiment wagen.«

»Über Geld und Charakter?«

»Ja! Bis auf den dritten Mann, den wir dazu brauchen, und unseren hauseigenen Paragraphenreiter gibt es vorerst keine weiteren Mitwisser. Und dabei sollte es zunächst auch bleiben.«

»Bei dieser Einleitung befürchte ich ein dickes Ei.«

Lindens zustimmendes Grinsen entbehrte jeder Fröhlichkeit, aber das lag wohl daran, daß er in Gedanken schon viel weiter in der Berichterstattung über seinen Einfall war. »Auf alle Fälle ist es eine Geschichte, die eine Menge hergeben wird . . .«

Er lehnte sich in seinem Schreibtischsessel zurück und schob sich die Brille über die Stirn hinaus.

»Stellen Sie sich vor, Schmidt, Sie kommen eines Abends oder meinetwegen eines Nachts mit Ihrer Frau aus dem Theater nach Hause. Sie schließen Ihre Wohnungstür auf, und was schlägt Ihnen in die Nase? Alkohol und kalter Zigarrenrauch. Da Sie weder selbst Zigarre geraucht noch eine größere Menge Alkohol getrunken haben, muß also in Ihrer Wohnung etwas vorgefallen sein, von dem Sie, Sie stehen ja noch immer im Korridor, keine Ahnung haben. Sie betreten Ihr Wohnzimmer, und was liegt dort? Ein hingeworfenes Jackett! Ein achtlos hingeworfenes Jackett, das nicht das Ihre ist! Aus allen Taschen dieses Jacketts quillt Geld . . . Geldscheine auf dem Tisch, unter dem Tisch, auf dem Teppich, auf dem Fernsehapparat . . .«

»In den Topfpflanzen«, fuhr Schmidt lachend fort, »in der Vase auf dem Tisch, unter dem Sofakissen . . .«

»Und auf dem Sofakissen – überall Geldscheine. Sogar auf den Zweigen des Gummibaumes.«

»Eine interessante Vorstellung . . .«

»Es kommt noch besser. Während sich Ihre Augen nicht von dem Schatz lösen können, macht Ihre Frau, die natürlich vor Schreck und Entsetzen zittert, eine weitere Entdeckung. Na, welche wohl?«

»Ich habe keine Ahnung!«

»Sie entdeckt in ihrem Bett einen fremden Mann, der, mit einer Kognakflasche im Arm, leise, aber intensiv in ihr Linnen schnarcht!« Linden machte eine Pause, hob das Kinn, eine Geste, die die Gewichtigkeit seiner jetzigen Frage unterstreichen sollte:

»Was würden Sie, Olaf Schmidt, jetzt tun?«

»Ich würde sofort die Polizei rufen!« erwiderte Schmidt, ohne eine Sekunde nachzudenken.

»Falsch! Sie würden zuerst das Geld zählen!«

»Aber niemals!« protestierte der Reporter.

»Ich wiederhole: Wären Sie knapp bei Kasse, würden Sie zuerst das Geld zählen!« wischte Linden Schmidts Protest mit einer energischen Handbewegung beiseite. »Ja, Sie würden dabei sogar den einen oder anderen Schein unauffällig unter den Teppich schieben.«

»Das ist eine ganz üble Unterstellung, Chef!«

»Natürlich«, nickte Linden, »natürlich ist das eine Unterstellung. Aber ... das Experiment wird zeigen, inwieweit Sie oder ich recht haben!«

Auf Schmidts Miene breitete sich Verständnislosigkeit aus.

»Ich habe nicht die leiseste Ahnung, wie dieses Experiment aussehen soll!« gestand er. »Und vor allen Dingen, was habe ich dabei zu tun?«

»Sie sind der Regisseur und besorgen den angeblichen Säufer. Und da Sie die flotteste Schreibe in diesem Blättchen haben, übernehmen Sie auch die Textgestaltung.«

»Textgestaltung wovon, Chef?«

»Über das, was wir eben lang und breit besprochen haben.«

»Sie wollen wirklich ... ich meine, die Sache mit dem Trinker und dem Geld ...« Schmidt rutschte unruhig auf seinem Stuhl herum.

»Hören Sie, ich habe inzwischen durch einen alten Bekannten, der sein Geld als Versicherungsdetektiv verdient, drei Ehepaare mit angespanntem finanziellen Background ausfindig machen lassen.«

»Ich denke, außer uns und ... ach, dieser Detektiv ist der dritte Mann?«

»Nein, der dritte Mann wird der angebliche Säufer sein. Der Detektiv hat keine Ahnung, warum und wofür ich drei minderbemittelte Ehepaare suche. Also, am Tag X erhalten diese Paare einen anonymen Brief, der unter anderem zwei Logenkarten für das Theater enthält. Die dazugehörige Mitteilung besagt, daß sich der unbekannt bleiben wollende Spender damit für eine Gefälligkeit bedankt.«

Schmidt schüttelte den Kopf. »Aber die Gefälligkeit. Man schöpft doch Verdacht, wenn man nichts von einer Gefälligkeit weiß.«

»Unsinn«, wehrte Linden kategorisch ab. »Irgendwann unterläuft jedem mal etwas, was hinterher wie eine Gefälligkeit aussieht.«

»Und wenn das Paar Kinder und einen Babysitter hat?«

»Alle drei Paare sind kinderlos. Und eines der drei wird die Karten mit Sicherheit benutzen!«

»Und das sind dann also unsere Kandidaten!«

»Ja! Na, was sagen Sie nun. Gibt es was gegen meine Fantasie einzuwenden?«

»Nein, Ihre Fantasie ist in Ordnung. Und die Rechtslage?«

»Daran tüftelt Dr. Stachowitz ... Auf jeden Fall zahlen wir dem Ehepaar ja ein Honorar.«

»Und wieviel Geld soll der angeblich Betrunkene in der Wohnung verstreuen?«

»Ich habe da an zehntausend gedacht.«

Linden sah erstaunt, wie Schmidt einen Flunsch zog.

»Was paßt Ihnen an den zehntausend nicht?«

»Ist ein bißchen wenig, wenn wir hinterher damit klotzen wollen.«

»Hm, an welchen Betrag würden Sie denn dabei denken?«

»Das doppelte!«

»Das ist happig ...« Linden fuhr sich, nachdem er die Brille auf die Tischplatte gelegt hatte, über den akkuraten Scheitel. »Das ist happig . . Aber vielleicht haben Sie recht.«

»Nur ...« Schmidt zögerte.

»Was nur?«

»Was tun wir, wenn die das Geld verschwinden lassen? Eine Anzeige wäre ja eine riesengroße Blamage.«

Linden nickte Zustimmung. »Allerdings. Eine Anzeige können wir uns auf keinen Fall leisten. Das Geld wären wir los. Aber dafür hätten wir den Beweis, daß Geld doch den Charakter verdirbt.«

»Das kann Sie Ihren Posten als Chefredakteur kosten!« gab Schmidt zu bedenken.

»Die Lindens waren schon immer gute Pokerspieler«, grinste der Chefredakteur. »Ich verlaß mich da auch ein wenig auf Sie. Die von Ihnen geschriebene Geschichte wird so oder so die Auflage mindestens eine Woche lang in beeindruckender Höhe halten. Wie ist es mit dem falschen Besucher? Können Sie so einen organisieren? Muß natürlich ein zuverlässiger Typ sein.«

»Ich will's versuchen . . .«

*

»Es ist 23 Uhr. Über Mittelwelle und UKW hören Sie jetzt Na . . .«

Henry Linden beugte sich vor und schaltete das Autoradio ab. Sie saßen im Auto und warteten auf die Rückkehr ihrer Kandidaten.

»Warum machen Sie aus? Es kommen Nachrichten!« wunderte sich Olaf Schmidt laut.

»Ich bin im Augenblick nur an unserem Pärchen interessiert. Mich stört, wenn ich ehrlich bin, sogar Ihre Kaugummikauerei!«

»Ach . . .«

»Ja, eine widerliche Angewohnheit!«

»Sie übertreiben, Chef. Aber das bin ich ja gewohnt bei Ihnen.«

»Hoffentlich gehen die beiden hinterher nicht noch groß aus«, befürchtete Linden und räkelte sich stöhnend auf seinem Sitz.

Schmidt ließ eine Kaugummiblase platzen und erntete dafür einen Grunzer der Klasse »Verachtung«.

»Ich werde Ihnen das Gehalt kürzen, wenn Sie mich weiter nerven!« verkündete Linden mit angemessenem Ernst.

»Das stellt einen Eingriff in meine Privatsphäre dar.«

Linden lachte leise. »Mit Ihnen ist wirklich . . . Sie kommen!!« Ein Taxi war um die Ecke gebogen und kam auf sie zu. Unwillkürlich drückten sich die beiden Zeitungsleute in die Polster zurück. Umsonst! Das Taxi fuhr an ihnen vorbei.

Ein Seufzer der Enttäuschung entrang sich Lindens Brust. »Möchte wissen, wo die sich noch herumtreiben. Das Theater ist doch aus, oder?«

»Die Vorstellung endete fünf vor elf. Sie können also beim besten Willen noch nicht hier sein! Es sei denn, sie sind vorher gegangen.«

»Und was machen wir, wenn sie aus Kostenersparnisgründen zu Fuß nach Hause gehen?«

»Warten!« erwiderte Schmidt lakonisch.

»Sie haben die Ruhe weg. Mein Gott, wie kann man nur so temperamentlos sein?«

»Das bringt der Umgang mit der Vergangenheit mit sich!«

»Auch so was. Antiquitäten sammeln. Warum sammeln Sie nicht zum Beispiel Bierdeckel oder Briefmarken oder Biergläser?«

»Weil mir das nichts gibt, Chef. So einfach ist das.«

»Aber ausgerechnet ostasiatische Kunst . .«

»Ja, ausgerechnet ostasiatische Kunst . . .«

»Die gibt Ihnen was?«

»Weisheit und Geduld!«

»Wie kann Geduld weise sein! Zuviel Geduld ist langweilig!« versuchte Linden seinen Lokalreporter zu provozieren.

Doch der schüttelte nur den Kopf.

»Ein Chefredakteur ist natürlich nicht für das Sammeln von ostasiatischer Kunst geeignet.«

»Und warum nicht?«

»Weil dem die Weisheit der Geduld fehlt.«

Linden winkte ab. »Reden wir von verständlicheren Dingen.«

»Gut, reden wir von der Größe Buddhas!«

Linden drehte sich abrupt zur Seite. In seiner Stimme schwang maßlose Überraschung mit, als er breit und ungläubig fragte: »Sie sind ein Buddhist?«

»Nein, bin ich nicht! Wie kommen Sie auf eine solche Idee?«

»Sie sprachen eben von der Größe Buddhas! Das läßt doch darauf schließen, daß . . .«

»Nein«, unterbrach Schmidt. »Das läßt nur darauf schließen, daß ich Buddha für einen großen Mann der Religionsgeschichte halte.«

Linden schwieg, während Schmidt das Radio wieder einschaltete und ganz leise stellte. »Musik vor Mitternacht«, hieß die Sendung, und im Augenblick sang Alain Barriere »Tu t'en vas«.

Lindens einzige Reaktion bestand aus einem abfälligen Brummlaut.

»Ein Taxi!« rief Schmidt plötzlich.

»Wo?«

»Hinter uns!«

»Tatsächlich. Wieso kommen die aus dieser Richtung?«

»Keine Ahnung ...«

Alle Müdigkeit war aus Lindens Stimme verschwunden, als er feststellte: »Sie sind es wirklich!«

*

Hans Bertram bezahlte den Taxifahrer, der nach einem freundlichen »Vielen Dank und gute Nacht« den ersten Gang einlegte und beim zweiten hörbar Gas gab. Bertram verneigte sich theatralisch vor seiner Frau Marion und sagte:

»Und damit neigt sich ein außergewöhnlicher Tag seinem Ende zu. Ich glaube kaum, daß in nächster Zeit wieder Theaterkarten zu erwarten sind. Gnä' Frau, darf ich Sie in Ihre Wohnung begleiten!«

»Du Kindskopf!« lachte Marion und hakte sich bei ihrem Mann ein.

Hans Bertram, technischer Zeichner, 32 Jahre alt, hatte erst seit fünf Monaten wieder einen Job, nachdem die Firma Krauth & Co., die elf Jahre mit ihm zufrieden war, sich konkursreif rationalisiert hatte.

Marion, 28 Jahre alt, blond und zierlich, arbeitete halbtags in einer Kindertagesstätte. Sie waren seit sechs Jahren verheiratet, und eigentlich gab es nur einen Schatten, der ihr sonst ungetrübtes Glück verdunkelte: das Geld! Die Phase der Arbeitslosigkeit hatte Spuren hinterlassen. Um so unbeschwerter hatten sie sich dem Genuß der Theateraufführung hingegeben. Und zwar auf Logenplätzen, die sie sich selbst nicht hätten kaufen können. Bertram schloß die Haustür wieder ab, und im Gleichschritt stiegen sie die sieben Stufen zu ihrer Parterrewohnung hinauf.

Die Wohnungstür ...

Schon als Hans Bertram nach dem Lichtschalter im Korridor tastete, hob er heftig schnuppernd die Nase, während Marion aus alter Gewohnheit ihre Hand durch den Schlitz des Briefkastens schob, der neben der Tür hing.

»Also, wenn es nicht so blöd klänge, würde ich jetzt behaupten, wir sind nicht in unserer Wohnung, sondern in einer Kneipe gelandet.«

Marion Bertram folgte ihrem Mann in die Wohnung und begann ebenfalls zu schnüffeln.

»Iiii«, machte sie Sekunden später und verzog das aparte Gesicht zu einer Grimasse des Abscheus.

»Stinkt ja erbärmlich. Das muß von draußen kommen.«

Bertram schüttelte heftig den Kopf. »Kann nicht, Marion, alle Fenster sind zu!«

»Dann ist es eben durch die Ritzen gekrochen! Wir werden es rauslüften!«

Bertram ging Richtung Wohnzimmer, schob die Tür auf und schaltete das Licht ein.

»Ich werd' verrückt«, flüsterte er, doch Marion hörte ihn nicht. Sie war schnurstracks in die Küche marschiert, hatte dort die Fensterklappe geöffnet und hantierte bereits mit dem Wasserkessel, um Teewasser aufzusetzen. »Soll ich uns ein paar weiche Eier kochen, Hansi?« rief sie, doch Hansi reagierte nicht.

Regungs- und fassungslos stand er nach wie vor in der offenen Tür des Wohnzimmers und transportierte mit den Augen die Ungeheuerlichkeit des Anblicks in seinen Verstand. Und der Verstand verneinte die Frage, ob er vielleicht träumte. Er träumte nicht!

Die Jacke, die da liederlich über der schweren, vom Großvater geerbten Büste Beethovens hing, entstammte keinem Traum, ebensowenig die Geldscheine, die den Boden und die übrigen waagrechten Flächen des Wohnzimmers bedeckten. Und nicht nur die.

Sie sahen aus den Taschen der Jacke, waren kunstvoll durch die Schlitze der Philodendronblätter gezogen, und zu Röllchen gedreht veränderten sie den Anblick des zwölfkerzigen Leuchters.

Geld, Geld, überall Geld.

Er erkannte Zwanzig-, Fünfzig- und Hundertmarkscheine. Das einzige, was dieses abstruse Stilleben störte, waren der penetrante Geruch nach verschüttetem Alkohol und Zigarrenrauch.

»Ich habe dich gefragt, ob du noch ein paar . . .«

Die Stimme direkt neben seinem Ohr verstummte einen Atemzug lang.

»Mein Gott, was . . . was ist denn das?« stammelte Marion.

»Wem gehört diese Jacke und das Geld ... überall Geld.«

»Ich habe die Jacke noch nie gesehen ...«

»Und das Geld ...« Sie drängte sich hinter seinen Rücken.

»Es war jemand in unserer Wohnung, Hansi!« Die Angst machte Marions Stimme winzig.

Hans Bertram gab sich einen Ruck, schluckte das Unbehagen hinunter und ging auf Beethoven zu.

»Was machst du da, Hansi?« flüsterte Marion.

»Ich will sehen, ob in der Jacke eine Brieftasche mit einem Ausweis steckt. Irgend jemandem muß sie doch gehören.«

»Wir rufen die Polizei, Hansi!«

Bertram untersuchte zuletzt die beiden äußeren Taschen. »Nichts. Kein Hinweis. Nur Geldscheine.« Seine Stimme klang belegt, als er ein Bündel Fünfziger zu einem Fächer machte.

»Nur Geld, Marion!«

»Vielleicht ist es Falschgeld.«

»Für Falschgeld sind die Scheine viel zu abgegriffen. Das ist echtes Geld ... Eine unheimliche Menge echtes Geld. Wie kommen das Geld und der Gestank ausgerechnet in unsere Wohnung?«

»Mir ist ganz schlecht, wenn ich das sehe. Geld im Philodendron und auf dem Leuchter. Wer tut so was, Hansi? Doch nur ein Verrückter. Ich rufe die Polizei!«

Während Hans Bertram nach wie vor fassungslos auf den Geldsegen blickte und sich sein Unterbewußtsein mit ersten Einverleibungsabsichten beschäftigte, ging Marion, dem Geld auf dem Boden in weitem Bogen ausweichend, zum Telefon. Sie nahm den Hörer ab.

»Tot!« sagte sie. »Vielleicht geht's vom Schlafzimmer aus.«

»Wenn's von hier aus nicht geht, geht's vom Schlafzimmer aus auch nicht!« murmelte Bertram, ohne jedoch bei der Sache zu sein.

Marion schien die Bemerkung überhört zu haben und schlug über den Korridor den Weg zum Schlafzimmer ein. Ihr Entsetzensschrei riß Hans Bertram herum. Und ohne die geringste Ahnung über die Ursache des Schreis schrie er zurück:

»Ich komme, Marion!!«

Seine Augen folgten dem ausgestreckten Arm seiner Frau. Und zu zweit versuchten sie mit dem grotesken Bild fertig zu werden.

»In meinem Bett ...«, röchelte Marion.

Der dickliche Mann mochte, soweit es aus dieser Perspektive zu beurteilen war, zwischen 45 und 50 Jahre alt sein, und er hatte eine gut durchblutete Haut. Seine festen Backen zeigten zartes Rot, und sein Mund widerspiegelte allergrößte Zufriedenheit.

Er war, bis auf die fehlende Jacke, kompett angekleidet, hatte das Kissen unter seinem Kopf zu einem Berg zusammengeboxt und hielt in der linken Armbeuge eine halbvolle Flasche umschlungen. Seinen geöffneten lächelnden Lippen entwich im typischen Schnarchrhythmus ein lustiger Pfeifton.

»Ruf die Polizei, Hansi!«

»Das ist französischer Kognak!«

»Mir ist egal, was es ist. Es stinkt, und der Kerl liegt in meinem Bett! Ruf die Polizei! Sieh nur, er hat den Hörer daneben gelegt . . .«

»Anscheinend wollte er ungestört sein.«

»Hast du den Mann schon einmal gesehen?«

»Noch nie.«

Bertram hatte seine Fassung wiedergewonnen. Er versuchte, seine Gedanken in logische Bahnen zu lenken.

»Wir wollen nichts überstürzen, Marion.«

»Was meinst du damit?« fragte sie mißtrauisch; und energisch: »Ich will die Polizei!«

»Der Mann muß doch einen Grund haben, bei uns einzudringen, Geld herumzuwerfen und sich mit Schnaps ins Bett zu legen.«

»In mein Bett!« korrigierte Marion trotzig. »Wie ist er überhaupt reingekommen?«

»Na eben«, nickte Bertram, »darüber denke ich schon die ganze Zeit nach.« Seine Stimme nahm an Festigkeit und Entschlossenheit zu. »Das wird er uns sagen, und zwar auf der Stelle!« Hans Bertram ging zum Bett, nahm zuerst das linke Bein des Schläfers und zog es über die Bettkante, anschließend das rechte.

»Wenn er wenigstens die Schuhe ausgezogen hätte, das Ferkel!« schimpfte Marion.

Die friedliche Miene des ungebetenen Gastes blieb ebenso unberührt wie sein pfeifender Schnarchton. Die Veränderung seines Körpers von einer bequemen in eine verrenkte Lage störte ihn offensichtlich kein bißchen. Im Gegenteil, zu dem Pfeifen gesellte sich ein Grunzton der Behaglichkeit.

»He, Sie!« rief Bertram und schüttelte den Schläfer am Arm. Nichts ließ auf ein Erwachen schließen.

»Knall ihm eine, Hansi!« forderte Marion und schämte sich gleichzeitig ihrer gewalttätigen Empfehlung. Statt der Aufforderung zog Bertram dem Schnarcher die Flasche aus dem Arm und stellte sie auf den Nachttisch. Wieder rüttelte er an dem Mann auf dem Bett herum. »Das sind die Promille!« sagte er. »Der schläft wie ein Toter. Aufwachen!« brüllte er ihm aus drei Zentimeter Entfernung ins Ohr.

Nichts!

Er hielt ihm die Nase zu. Das pfeifende Schnarchen veränderte sich augenblicklich in ein dumpfes Keuchen. »Hol mir eine Tasse Wasser, Marion!«

»Was willst du damit?« fragte sie ängstlich.

»Ich gieße es ihm in die Nasenlöcher. Und wenn das nichts hilft, lasse ich mir was anderes einfallen!«

»Mir kommt eine Idee, Hansi. Vielleicht ist das der Mann, der uns die Theaterkarten geschickt hat.«

»Niemals! Geh und hol mir das Wasser!«

»Du machst mein ganzes Kopfkissen naß.«

»Lieber ein nasses Kopfkissen und ein wacher Säufer als ein schlafender Säufer und ein trockenes Kopfkissen!«

»Laß uns doch überlegen. Vielleicht fällt uns noch was anderes ein. Wir könnten es mit einer Stecknadel versuchen.«

»Stecknadel?«

»Ja, wir piken ihn!« Sie kicherte plötzlich. »Wir piken ihn in den Bauch!«

Bertram schüttelte den Kopf. »Da sagt er im Schlaf höchstens ›au!‹. Was haben wir davon?«

Sie zuckte mit den Achseln und seufzte: »Meinetwegen, dann also Wasser.«

*

Wenig später saßen sie im Wohnzimmer.

Bertram hatte das Geld zusammengelesen und, nach Werten sortiert, auf den Tisch gelegt. Gedankenverloren starrte er die drei Häufchen an, während Marion mit angezogenen Beinen im Sessel hockte und mit gleichermaßen besorgten und beklommenen Blicken ihren Mann nicht aus den Augen ließ.

»Du machst mir Angst, wenn du so guckst, Hansi!« sagte sie, und ihre Stimme klang wirklich ängstlich.

»Zwanzigtausend Mark . . .«, murmelte Bertram. »Zwanzigtausend . . . was wir damit alles anfangen könnten.«

Die akustisch zum Ausdruck gebrachte Verklärung verursachte Marion Gänsehaut. »Hansi!!« rief sie leise: »Ruf die Polizei!«

»Wir könnten uns endlich wieder einen Wagen zulegen, einen gebrauchten natürlich. Wir könnten Bankschulden bezahlen, du bekämst ein Klavier, ein gebrauchtes, einen Waschautomaten, eine Bügelmaschine . . .«

»Hör auf zu spinnen!« schnauzte sie ihn an und wischte sich dabei eine Träne von der Backe. »Es ist nicht unser Geld!«

Er sah auf. Ebenfalls zornig schnauzte er zurück: »Nein, es ist nicht unser Geld. Es gehört einem Säufer, der in deinem Bett liegt und traumglücklich in dein nasses Kopfkissen schnarcht.«

Er erhob sich, schob die Hände in die Taschen und begann hin und her zu gehen.

»Überleg dir mal, was das für ein Geklatsche gibt. Die Leute werden sich die Mäuler zerreißen, wenn die Polizei einen Betrunkenen bei uns rausträgt. Und die Fragerei . . . ›Wie kommt der Mann denn in Ihre Wohnung, Herr Bertram? Was, Sie kennen den gar nicht? Aber den müssen Sie doch kennen . . . Ach, ich habe gehört, der lag im Bett von Ihrer Frau . . . Stimmt es, daß er gar nichts entwendet hat? Und beschädigt hat er auch nichts?‹ Mein Gott, Marion, ich sehe die ungläubigen und spöttischen Blicke förmlich vor mir . . . Und weiter: Die Polizei kommt, stellt Fragen und nimmt von dem Kerl Fingerabdrücke. Wer sagt uns, daß man ihn nicht schon lange sucht? Daß nicht dieses Geld hier Diebesgut ist? Polizisten haben mitunter die abenteuerlichsten Einfälle. Verstehst du, was ich meine? Man könnte uns mit dem Dickwanst in Zusammenhang bringen . . .«

Marion, jetzt blaß und von Entsetzen gebeutelt, erhob sich ebenfalls. Ihr Zeigefinger schoß in Richtung Schlafzimmer.

»In der Wohnung bleibt er nicht!«

»Also gut«, nickte Bertram, während er seine Jacke auszog und auf die Couch warf, »dann trage ich ihn raus auf die Straße.«

»Und . . . und das Geld?«

Er zögerte, dachte nach. »Wir könnten es in Verwahrung nehmen, was meinst du?«

Sie schüttelte heftig den Kopf. »Vielleicht gehört er einer Bande an, die schon hinter ihm her ist. Und die nimmt dann Rache an uns. Woher wollen die wissen, daß wir es nur aus einer Vorsorge heraus in Verwahrung genommen haben. Hansi, wollen wir nicht doch lieber die Polizei rufen?«

»Die Polizei bleibt aus dem Spiel!« entschied Bertram. »Wir stekken ihm das Geld in die Tasche . . .« Hans Bertram nahm das fremde Jackett vom Beethoven und verteilte die drei Häufchen auf die beiden Innentaschen.

Mit dem Jackett winkte er seiner Frau.

»Komm, hilf mir, es ihm anzuziehen!«

Gemeinsam gingen sie ins Schlafzimmer.

»Die Firma Grunz & Sauf hat sich um keinen Millimeter verlagert!« stellte Hans Bertram fest.

Es dauerte fast fünf Minuten, bis es den beiden gelungen war, die Jacke ihrem Eigentümer anzuziehen und diesen in Abschlepphaltung zu bringen.

Keuchend zog ihn Bertram bis vor die Wohnungstür.

»Mach das Licht aus und schau durch die Gardine, ob draußen alles in Ordnung ist!!«

Marion löschte das Licht und ging zum Fenster. Sekundenlang war nur das gepreßte Schnarchen des von der bequemen Liegestatt gezerrten Mannes zu hören.

»Schräg gegenüber steht ein Auto, Hansi, da sitzen zwei drin!« zischte Marion.

»Zwei Männer?«

»Das kann ich nicht erkennen, die Straßenbeleuchtung ist dort nicht so gut. Aber einer ist bestimmt ein Mann!«

»Es wird ein Pärchen sein«, vermutete Bertram, und ohne Begeisterung fuhr er fort: »Bleibt mir nichts weiter übrig, als ihn hinten durch den Garten zu schleppen. Ich setze ihn im Narzissenweg ab.«

Marion schluckte, aber das konnte Hans Bertram nicht sehen. Doch er hörte die Furcht in ihrer Stimme, als sie fragte: »S . . . soll ich dir helfen? Soll ich mitkommen?«

»Nein, bleib du hier. Du kannst ja inzwischen die Bettwäsche wechseln. Ich hoffe nur, daß im Narzissenweg nicht auch ein Pärchen parkt.«

»Wenn jemand kommt, Hansi, laß ihn einfach fallen. Es darf dich keiner sehen.« Und dann fiel ihr plötzlich ein: »Wir haben die Kognakflasche vergessen.«

»Stimmt! Holst du sie?«

»Ja!« Sie tastete sich im Dunkeln zum Schlafzimmer durch und versuchte wenig später, die dickbauchige Flasche in die linke äußere Tasche zu pressen.

»So, jetzt«, flüsterte sie. »Ich warte auf dich, beeil dich, Hans!«

»Mach mir auf ... Jetzt!«

*

Wie gebannt starrten Henry Linden und Olaf Schmidt auf das Fenster, hinter dem es soeben dunkel geworden war.

»Verstehen Sie das?« fragte Linden.

»Ich nehme an, sie sitzen jetzt alle zusammen im Wohnzimmer und kommen sich näher.«

»Sie glauben also, daß das Licht im Schlafzimmer war?«

Linden schien nicht dieser Ansicht zu sein, doch Schmidt meinte achselzuckend: »Ich wüßte keine andere Lösung. Vergessen Sie nicht, daß Brunner im Bett gelegen ist.«

»Hm ... Ihr Brunner, dieser ehemalige Schauspieler, warum ist der eigentlich kein Schauspieler mehr?«

»Er hatte einen Unfall! Seitdem ist er stark gehbehindert.«

»Und deshalb schauspielert er nicht mehr?«

»Leider gibt es zuwenig Rollen für Hinkende. Aber das können Sie ja nicht wissen. Sie gehen ja nur ins Theater, wenn es ein kaltes Buffet gibt.«

»Warum so bissig, Herr Lokalredakteur?« Linden tat beleidigt.

»Tut mir leid, wenn es bissig klang.«

»Aber es war Absicht!« stellte Linden fest.

»Natürlich!«

»Das ist es, was Sie so sympathisch macht: Ihre Aufrichtigkeit, Ihre Ehrlichkeit.«

»Falls es Sie interessiert: Brunner verdanke ich mit, daß ich nicht mehr rauche.«

»Ach, ist das so einer, der einem die Laster wegbetet?«

»Nein, aber durch Leo Brunner lernte ich Busch kennen.«

»Was sie nicht sagen. Und wer ist Busch?«

»Ein Arzt. Ein Anästhesist. Noch nie von ihm gehört?«

»Nein, sollte ich denn?«

»Als Menschenfreund schon.«

»Warum machen wir dann keine Reportage über Ihren Doktor, wenn er solche Wunder fertigbringt?«

»Weil Sie dann Ihren Hut nehmen müßten.«

Linden sah Schmidt mißtrauisch von der Seite an. Und mißtrauisch klang auch seine Stimme: »Soll das ein Witz sein?«

»Das soll kein Witz sein! Aber in dem Augenblick, wo wir positiv über die ›Machenschaften‹ des Herrn Dr. Erhard Busch publizieren, kündigt uns die Zigarettenindustrie auf der Stelle die Anzeigen. Wissen Sie, was das bedeutet?«

»Ich versteh' kein Wort. Was hat die Industrie mit Ihrem Doktor zu tun?«

»Der Busch ist für die Zigaretten das, was der Wallraff für die Bild-Zeitung ist!«

»Moment mal ...« Linden nahm die Brille ab und begann, sie mit dem Ende seiner Krawatte zu putzen. »Jetzt dämmert etwas in mir ... Ist das der Mann, der nachts mit Leiter und Farbe durch die Städte zog, um die Riesenplakate für Zigarettenwerbung mit eigenen Texten zu versehen oder zu ergänzen?«

»Genau der ist es. Dazu hat er eine Menge eigene Bildmontagen gemacht, die eigentlich jedem Raucher unter die Haut gehen sollten. Seit einiger Zeit gibt er auch Postkarten mit entsprechenden Motiven heraus.«

»Warum hat man diesem Helfer der Menschheit eigentlich noch nicht das Bundesverdienstkreuz verliehen? Oder hat man?«

»Mir ist nicht bekannt, daß man hat. Dafür hat man ihn aber ins Gefängnis gesteckt, weil er a) nicht bereit und b) nicht in der Lage war, die Schadenersatzforderungen der Reklamefirmen und die verhängten Strafen zu bezahlen.«

»Hm ...«

»Mehr fällt Ihnen dazu nicht ein? Sie gehören auch zu denen, die den Idealisten erst nach ihrem Tode ein Denkmal setzen . . .«

In diesem Augenblick zuckten beide Köpfe nach links. Das Licht hinter dem vermutlichen Schlafzimmerfenster war wieder eingeschaltet worden.

Eine Spur von Panik schwang in Lindens Stimme mit. »Verdammt, Schmidt, die werden doch unseren Mann nicht umgebracht haben?«

»Müssen Sie immer übertreiben? Aber ich gebe zu«, gestand Schmidt und versuchte, sein ebenfalls vorhandenes Unbehagen abzuschütteln, »daß das alles ein bißchen ungewöhnlich ist. Vielleicht hat man ihn in eine längere Diskussion verwickelt.«

»Dazu muß man nicht das Licht an- und ausschalten. Wo bleibt unser Mann? Es war ausgemacht, daß er uns ein Zeichen gibt, wenn feststeht, was sie vorhaben. Hoffentlich sind die nicht auf den abenteuerlichen Gedanken gekommen, die Polizei zu benachrichtigen.«

»Erstens«, widersprach Schmidt, »hätte ihnen das Leo Brunner ausgeredet, und zweitens wäre in diesem Fall die Polizei längst da. Es gab also kein Erstens, weil es auch kein Zweitens gab!«

Schmidts Versuch, Optimismus zu verbreiten, kam nicht sonderlich gut an.

»Zum Teufel mit Ihren ostasiatischen Weisheiten!« knurrte Henry Linden, und Schmidt schlug vor:

»Warten wir noch fünf Minuten. Ist Brunner bis dahin noch nicht aufgetaucht, mache ich einen Besuch bei den Herrschaften . . .«

*

Sekunden verrannen.

Minuten verrannen,

Viertelstunden verrannen.

Henry Linden fühlte sich in seiner Haut unwohl wie seit langem nicht. Und er dachte ernsthaft darüber nach, ob seine Idee, mit dem Geld dem Charakter zu Leibe zu rücken, wirklich so gut war.

Seit zweiunddreißig Minuten saß er jetzt da und wartete auf die Rückkehr seines Lokalredakteurs, der ausgezogen war, um über das Schicksal des Leo Brunner Nachforschungen anzustellen. Und er, der Chefredakteur mit der weit über die Grenzen hinaus bekannten Fantasie, kam sich mit einem Male albern vor. Albern und hilflos. Allerdings in einer Größenordnung, wo man mit Fug und Recht die Adjektive albern und hilflos mit dem Adjektiv »gewaltig« kreuzen konnte. Denn zwanzigtausend Mark verdienten ja wohl das Prädikat »gewaltig« – oder?

Wenn es eine Erleichterung mit Beklemmung ab, so überkam ihn diese um 0.12 Uhr. Da nämlich tauchte Olaf Schmidt wieder auf. Als kleine, schemenhafte Figur wuchs er sich, aus der Düsterheit rasch näher kommend, zu dem Linden bekannten Lokalredakteur aus.

»Warum kommen Sie eigentlich nicht durch die Haustür, verdammt noch mal, und wo haben Sie so lange gesteckt?« fauchte Linden den ziemlich atemlosen Schmidt an.

»Ich komme aus dem Narzissenweg.«

Linden wiederholte ungläubig: »Aus dem Narzissenweg? Wie sind Sie denn dorthin gekommen?«

Schmidt deutete zu dem Haus hinüber, und es klang wenig fröhlich, als er seine Marschroute erklärte:

»Zuerst durch die Haustür, dann quer durchs Wohnzimmer der Bertrams, die rückwärtige Treppe nach hinten und dann durch den Garten in den Narzissenweg. Den habe ich von vorn bis hinten abgeklappert und nach Brunner gesucht.«

»Sie glauben doch nicht, daß ich davon auch nur ein Wort verstanden habe?« raunzte Linden böse.

»Den Bertrams habe ich tausend Mark Schmerzhonorar bezahlt und sie aufgeklärt. Gegen Quittung natürlich. Und wenn Sie meinen, daß die über Ihren Einfall besonders entzückt waren, so dürfen Sie das als Irrtum verbuchen. Und noch zwei Glücksfälle habe ich zu vermelden: Es ist mir gelungen, ihnen eine Anzeige gegen uns auszureden, zum anderen die junge Frau namens Marion Bertram im letzten Augenblick davon zu überzeugen, daß es Unrecht sei, eine größere Keramikvase auf meinem Kopf zu zerkleinern.«

»Das alles interessiert mich im Augenblick keinen Deut, mein Lieber«, wütete Linden. »Wo sind Ihr Schauspieler und meine zwanzigtausend?«

»Verschwunden! Spurlos verschwunden.«

Linden schnappte nach Luft. »Ver ... ver ... verschwunden?«

»Ich berichte der Reihe nach. Als das Ehepaar nach Hause kam, fand es alles wie geplant vor: Schnaps- und Zigarrengestank, Geldscheine überall und im Bett der Frau einen total besoffenen Brunner. Der war nicht wachzukriegen!«

»Aber das war doch gegen die Abmachung.«

»Allerdings«, nickte Schmidt betrübt und fuhr fort: »Sie sammelten das Geld ein, steckten es in Brunners Taschen, und Herr Bertram schleppte den achtzig Kilo schweren Schauspieler in den Narzissenweg. Eine sportliche Leistung, das kann ich Ihnen versichern. Er lehnte ihn gegen die Mauer und ging dann in seine Wohnung zurück. Daß er die Wahrheit sagt, daran gibt es keinen Zweifel. Er war eine Minute vor meinem Klingeln wieder in der Wohnung. Sie dachten zuerst, ich sei von der Polizei. Trotz der tausend Mark war Bertram nicht bereit, mich zu begleiten. Also habe ich mich allein auf die Suche nach Brunner gemacht. Doch von Leo Brunner keine Spur!«

»Na fein . . . Der Herr Schauspieler hat sich also aus dem Staub gemacht. Mann, Schmidt, das werde ich Ihnen nie vergessen . . .«

*

Olaf Schmidt drückte die Klinke zum Zimmer seines Chefredakteurs herunter und trat ein. Doch statt eines Gift und Galle speienden Linden sah er ein freundliches, wenn auch reserviertes Gesicht.

»Guten Morgen, Olaf. Wie ich sehe, haben Sie sich von dem Schrecken etwas erholt.«

Linden antwortete nicht, sondern zeigte nach links, wo ein untersetzter, dicklicher Mann das Polster des vierten Sessels platt drückte.

Auf Schmidts Gesicht wechselten Erstaunen, Fassungslosigkeit und Freude. Mit ausgestreckten Armen ging er auf den Mann im Sessel zu.

»Leo . . . Leo Brunner. Der verlorene Sohn.«

Sie schüttelten sich die Hände, wobei nicht verborgen blieb, daß Brunners Freude wesentlich gebremster war als die Schmidts.

»Da staunen Sie, was?« rief Linden.

»Wo haben Sie sich denn versteckt gehalten?«

Brunner sah jetzt regelrecht unglücklich drein, während Linden verriet:

»Die Polizei hat ihn heute früh geweckt. Was sagen Sie dazu?«

»Wo?«

»Im Narzissenweg!« antwortete der ehemalige Schauspieler leise.

Schmidt schüttelte energisch den Kopf. »Unmöglich, ich habe doch den ganzen Narzissenweg abgesucht. In voller Länge und Breite.«

»Die Polizei fand mich hinter einem Müllcontainer.«

»Haben Sie denen was von uns erzählt?«

Brunner schüttelte den Kopf.

Linden rief: »Erzählen Sie, Herr Brunner.«

»Ja, ich habe alles gemacht wie besprochen. Die Zigarre gepafft, eine halbe Flasche Kognak verschüttet und das Geld verteilt.«

»Mehr verschüttet oder mehr getrunken?« fragte Schmidt.

Da sprang Leo Brunner auf und rief mit beschwörend erhobenen Armen: »Das ist es ja, Herr Schmidt. Ich habe nur drei oder vier kleine Schlucke getrunken. Mehr nicht, ich schwöre es. Dann legte ich mich auf das Bett und . . .«

». . . sind eingeschlafen!«

Brunner nickte. »Ja. Ich habe es nicht mal gemerkt. Ich war plötzlich weg. Von weniger als zwei Gläsern Kognak. Ich muß wie tot geschlafen haben. Es klingt abenteuerlich, aber es ist die Wahrheit.«

Während Brunner wieder auf seinen Sessel sank, sah Schmidt voll böser Ahnungen von einem zum anderen. »Soll das etwa heißen, daß . . .« Schmidt verstummte.

»Ja«, sagte Linden laut. »Die zwanzigtausend sind futsch.«

»Als ich erwachte, waren alle Taschen ausgeräubert.«

»Die junge Frau hatte Ihnen noch die Flasche Kognak in die Tasche gesteckt.«

»Nichts. Alle Jackentaschen waren leer.«

»Das bedeutet«, mischte Linden sich wieder ein, »daß der oder die Diebe in den wenigen Minuten zugeschlagen haben müssen, in denen Sie, Herr Schmidt, sich bei den Bertrams befanden . . .«

Schmidt dachte einige Zeit nach, bevor er nickte.

»Ja. Es blieb ihnen nicht viel Zeit. Aber warum, frage ich, haben er oder sie Brunner hinter den Müllcontainer geschleppt?«

»Das wird wohl immer das Geheimnis der Diebe bleiben.«

»Chef«, rief Schmidt entschlossen, »wir erstatten Anzeige gegen Unbekannt.«

»Sinnlos. Wir müssen versuchen, den Schaden mit einer entsprechenden Auflage reinzuholen. Sobald das Ehepaar da war, beginnen Sie mit der Arbeit!«

»Und was geschieht mit mir?« fragte Leo Brunner leise und bedrückt.

»Gehen Sie runter in die Fotoabteilung und lassen Sie ein paar gescheite Bilder von sich machen. Mit Ihrem Konterfei werden wir jeweils den Fortsetzungsbericht beginnen. Einverstanden, Schmidt?«

»Einverstanden!«

*

Oskar Frey schritt, gravitätisch wie ein Marabu, zum Telefon.

»Antiquitäten-Frey!«

»Hallo, Herr Frey, hier spricht Schmidt!«

»Oh, guten Abend, Herr Schmidt. Ich hörte von meiner Verkäuferin, daß Sie schon einmal angerufen haben.«

»Ja, sagen Sie, Herr Frey, ist die Elfenbeinschnitzerei noch da?«

»Sie meinen den chinesischen Frühlingsgarten?«

»Genau den?«

Oskar Frey ließ ein paar Sekunden verstreichen. So was machte sich immer gut, das erhöhte die Spannung und verschaffte danach Freude. Ein kleines, affektiertes Räuspern, eine besonders warme Stimmlage:

»Ja, Herr Schmidt, noch ist er da, der chinesische Frühlingsgarten.«

»Dann machen Sie bitte ein Schild dran: ›Verkauft.‹ Ich komme morgen nachmittag vorbei.«

»Er ist Ihnen also nicht mehr zu teuer?« Herr Frey ließ seiner Verwunderung freien Lauf.

»Formulieren wir es anders, Herr Frey«, klang es demselben ins Ohr. »Zu teuer ist er noch immer. Nur, wie man diese Tatsache überspringt, ist erst in zweiter Linie eine Frage des Geldes!«

»Und in erster Linie?«

»Eine Frage des veränderten Charakters, Herr Frey! Bis morgen . . .«

Rätselkrimi: Fall 4
Wer hat die Schlüssel?

Inspektor Greifzu wollte in einer kleinen Kapelle Kunstschätze besichtigen. Mit ihm nahmen etwa fünfzehn Leute an der Führung teil. Greifzu fotografierte, ein Mann mit einer mächtigen Fototasche auch. Eine freundliche Frau, die die Führung vornahm, sperrte zahlreiche Türen mit großen Schlüsseln auf und wieder zu. Plötzlich wurde einer älteren Frau schlecht. Ihre Tochter führte sie hinaus auf die Straße, wo das Auto der Frauen geparkt war. In ihrer Aufregung hatten beide ihre kleinen Handtaschen auf einem Sims stehen lassen. Eine Frau trug sie ihnen nach und reichte sie durchs Autofenster. Am Ende der Führung schrie die Führerin auf: Die Schlüssel waren weg! Der Fotoamateur meinte, nur die beiden Frauen konnten die Schlüssel haben. Natürlich waren sie fort. Der Fotoamateur erklärte sich bereit, ihnen nachzufahren. Aber das verhinderte der Inspektor. Er sagte: „Geben Sie die Schlüssel her, Sie haben sie!“ Der Mann protestierte, aber Greifzu blieb hart: „Die Frauen waren es nicht. Die anderen Besucher auch nicht, denn die sind alle im Kirchhof geblieben. Sie, mein Herr, wollten jetzt verschwinden, um angeblich die Frauen zu verfolgen.“ Kleinlaut machte der Mann die Tasche auf und rückte die Schlüssel heraus. Was war Greifzu aufgefallen?

Auflösung auf Seite 245

XIII
GEJAGT VON DER MAFIA

TKKG-Kriminalgeschichte

Von

Stefan Wolf

Tim – der früher Tarzan genannt wurde – verzog das Gesicht. Klößchen sagte schiefmäulig: »Oooooch!« Karl schob hinter seiner Nickelbrille die Brauen zusammen.

»Benehmt euch nicht so blöd!« fauchte Gabi die Jungs an. »Nicoline ist meine Freundin. Sie kommt mit zum Picknick. Und ich wünsche, daß ihr nett zu ihr seid. Ist das klar?«

Tim sagte: »Ist die TKKG-Bande ein Vierer-Club – ja oder nein? Eine fünfte Person ist wie das fünfte Rad am Wagen. Dann können wir ja gleich einen Schulausflug machen.«

Gaby stemmte ihre schmalen Fäuste in die Jeans-Taille. »Ich fasse es nicht. Was ist in euch gefahren? Was habt ihr gegen Nicoline?«

»Nichts.« Tim grinste mit sämtlichen Zähnen. »Sie ist ein reizendes Mädchen, etwa halb so toll wie du – und das will was heißen. Aber gerade heute beim Picknick am Lerchröder Moorsee wollen wir unsere Action-Pläne für die Sommerferien durchsprechen. Das ist beinahe ein Staatsgeheimnis und geht nur uns was an.«

Karl und Klößchen nickten wie mit einem Kopf.

Es war Mittag, nach der sechsten Unterrichtsstunde. Die TKKG-Bande stand am Tor der Internatsschule. Der Hochsommer brütete mit Hitzeglocke und Mückenschwüle über Stadt und Land. Überleben konnte man nur im Schatten oder im Wasser.

»Himmel und Nähseide!« meinte Gaby. »Die Ferien fangen erst nächste Woche an. Besprechen können wir das immer noch. Wenn wir Nicoline mitnehmen, wäre das eine Riesenfreude für sie. Zumal jetzt, da ihre Mutter im Krankenhaus liegt und bei Hehnstedts alles drunter und drüber geht.«

»Was? Frau Hehnstedt ist im Krankenhaus?« fragte Tim. »Na, das ist was anderes. Dann nehmen wir Nicoline selbstverständlich mit. Was fehlt denn der Mutter?«

»Sie hat sich die Hüfte gebrochen. Jedenfalls muß der Knochen repariert werden. Ist ein Jammer. Denn sie bäckt ausgezeichneten Kuchen. Nicoline hätte mindestens zwei Torten mitgebracht, gebratenes Hähnchen und Käse-Creme. Aber damit ist es jetzt nichts, und wir müssen den Picknick-Korb selber füllen.«

»Ich bin von den Socken«, rief Klößchen. »Was uns da entgeht! Hätte Frau Hehnstedt die Operation nicht verschieben können? Bis nach dem Picknick.«

Gaby bedachte ihn mit einem strafenden Blick ihrer Kornblumen-Augen. Karl rückte an seiner Brille.

»Um noch mal unsere Sympathie richtig zu stellen, Gaby«, meinte er. »Nicoline ist ja nicht irgendwer, sondern die einzige Tochter des Polizeipräsidenten. Als Oberbullen-Ableger kommt sie vielleicht seelisch in den Zwiespalt, wenn sie Tims Vorschläge hört - bezüglich demnächst. Sie könnte meinen, daß manches zu gewagt ist - und wird vielleicht zu Hause die Klappe nicht halten.«

»Na ja«, schränkte Tim ein. »Wir wollen keine Bank berauben und kein Segelflugzeug entführen, sondern lediglich auf eigene Faust ein bißchen Verbrecherjagd machen. Trotzdem hast du recht, Karl. Darüber verlieren wir nachher kein Wort. Außerdem wissen wir noch nichts über die Mafia-Typen, die angeblich in der Stadt sind.«

»Wie denn? Was denn?« rief Klößchen. »Ich weiß davon gar nichts.«

»Du warst dabei«, sagte Tim, »als ich's vorhin in der Freistunde erzählt habe. Du lagst neben mir im Gras.«

»Aber ich habe gepennt. Zwischen neun und zehn vormittags schlafe ich doch immer. Egal, wo ich bin.«

»Und ich dachte schon«, seufzte Gaby, »er hätte mal zugehört ohne lästige Zwischenfragen.« Sie wandte sich Tim zu. »Übrigens ergibt sich da ein kleines Problem. Wir sollten Nicoline nicht sagen, daß wir unsere Picknick-Verpflegung bei Frank kriegen.«

Gemeint war Frank Bieler, der vor einem halben Jahr in der Altstadt ein Bistro *(kleine Gastwirtschaft)* eröffnet hatte. Frank war ein vorzüglicher Koch und legte Wert auf junge Gäste – ab elfeinhalb aufwärts –, solange sie sich gesittet benehmen. Viele Oberschüler, Jung-Manager, Sportverein-Trainer, Theater-Schauspieler und auch die Typen vom hiesigen Rundfunk verkehrten bei ihm. An der TKKG-Bande hatte Frank einen Narren gefressen.

Tim wußte sofort, was Gaby meinte.

Auch Karl nickte verständig.

Nur Klößchen hatte wieder mal null Durchblick.

»Wieso?« meinte er. »Schmeckt ihr sein Futter nicht? Ich liebe seine Schokoladen-Cremes. Sie sind fast so gut wie die Kakao-Produkte meines lieben Vaters. Und der ist der größte Schokoladen-Fabrikant aller Zeiten.« Er bekräftigte das, indem er sich den Magen rieb. Dann schüttelte er den Kopf. »Nicoline spinnt.«

»Es geht nicht um Frank als Koch«, sagte Tim, »sondern um seinen Ruf als Privatmensch. Und damit bin ich schon beim Thema. Ich sage nur: Mafia!«

Klößchen staunte. »Frank? Das hätte ich ihm nicht zugetraut.«

»Nicht Frank«, stellte Tim richtig, »sondern sein Bruder. Der ist zwei Jahre älter, also 36, und heißt Heinz-Otto. Statt was Anständiges zu lernen wie Frank, ist Heinz-Otto vor sechs Jahren nach Mailand gegangen – und dort in die Unterwelt, zur Mafia.«

»Mafia«, nickte Klößchen. »Sie wird sehr gelobt. Aber nur von Ganoven. Die Polente ist da anderer Meinung. Aha, jetzt checke ich den Zusammenhang. Nicoline kann als Polizei-Präsidenten-Tochter unmöglich die Schoko-Creme eines Kochs zu sich nehmen, dessen Bruder zur Mafia gehört.«

»Was natürlich Unsinn ist«, sagte Gaby. »Denn Frank kann nichts für seinen Bruder, ist nicht für dessen Taten verantwortlich. Aber wie das so ist: Ein schwarzes Schaf in der Familie färbt auf die anderen ab. Nicoline darf nicht in Franks Bistro. Ihr Vater hat's verboten.«

»Aber du darfst«, sagte Klößchen – und war überrascht über seine Erkenntnis. Immerhin handelte es sich bei Gabys Vater um den bekanntesten Kripo-Kommissar der Stadt.

»Allerdings«, erwiderte Gaby. »Mein Vater hat Frank vernommen – und ist von seiner Ehrlichkeit überzeugt. Auch Heinz-Otto scheint kein Gewalttäter zu sein, sondern mehr ein Finanz-Gauner, der die Geldinstitute verschiedener Leute behumst. Devisen-Schiebungen – nennt man das. Devisen sind ausländische Zahlungsmittel. Also Geld. Wie das funktioniert, weiß ich nicht. Jedenfalls fließt dabei kein Blut. Aber verboten – und zum Schaden von irgendwem – ist es trotzdem.«

»Um noch den Rest zu berichten«, sagte Tim. »Heinz-Otto hat seinen Job hingeworfen, nämlich bei der Mafia gekündigt. Er macht nicht mehr mit. Aber das geht nicht so einfach. Wer bei denen hinter die Kulissen geguckt hat, den entläßt nur der Tod aus seinem Amt. Heinz-Otto ist deshalb untergetaucht. Und die Mafia jagt ihn. Angeblich sind gedungene Mörder hinter ihm her. Angeblich sind sie hier in der Stadt. Denn es wäre ja möglich, daß Heinz-Otto in seine alte Heimat zurückkehrt. Frank sagt, seit Weihnachten habe er nichts von seinem Bruder gehört. Sagt er. Man kann das glauben oder nicht. Hehnstedt glaubt es nicht und befürchtet, bei uns könnte sich eine Art Mafia-Krieg abspielen. Deshalb – und weil es sich um Franks Bruder handelt, werden wir eingreifen. Logo, daß Nicoline davon kein Sterbenswörtchen erfahren darf.«

»Wir gegen die Mafia«, Karl grinste. »Die Ganoven tun mir leid.«

»Aber bevor es zur großen Schlacht kommt«, sagte Gaby, »machen wir unser Picknick. Heute. Ich habe bei Frank bestellt: fünf kleine Pizzen, fünf kleine Sandwiches, fünfmal Fruchtcreme und fünf Flaschen Limonade. Um 14.30 Uhr ist alles wohlverpackt und muß nur abgeholt werden. Wer macht das?«

»Um 14.30 Uhr ist das Bistro geschlossen«, sagte Klößchen. »Frank öffnet seinen Schleckerschuppen leider erst um 16 Uhr.«

»Aber es gibt eine Hintertür. Und für uns öffnet er die«, erklärte Tim. »Wenn wir dich abholen, Gaby, müssen wir sowieso bei ihm vorbei – Willi und ich. Also gut.«

Klößchen, der eigentlich Willi heißt, grinste. »Für mich werde ich außerdem zwei, drei Schoko-Cremes mitnehmen. Damit mich der Kohldampf nicht umschmeißt.«

*

Diese Mückenschwärme! Tim stieß zischend den Atem aus. Das wehte die Quälgeister beiseite. In die Lücke preschte er mit seinem Rennrad. Dessen Schmalreifen surrten über die heiße Asphaltdecke der Zubringer-Straße.

Klößchen fuhr hinter Tim, schwitzte, keuchte und träumte von Schoko-Creme.

Picknick! dachte Tim. Gaby liebt es. Na gut! Nicoline ist sicherlich schon bei ihr. Und Karl auch. Stimmt schon. Nicoline ist nett, aber eine richtige Vatertochter. Wenn die hört, daß wir Mafia-Umtriebe hier nicht zulassen werden, muß sie's ihrem Po-Prä *(Polizei-Präsidenten)* einfach mitteilen. Geht gar nicht anders. Aber der würde uns bei den Ohren nehmen – und was flüstern.

Sie erreichten das Ende der Zubringer-Chaussee und die ersten Häuser im Weichbild der Großstadt.

»Bei dieser Hitze«, jammerte Klößchen, »sollte man sich tragen lassen. Ich bin für Sänften. Oder tragbare Hängematten.«

»Komm! Weiter! Wir sind ja bald da.«

»In der Stadt sind wir. Aber dann geht's ja erst los – raus zum Lerchröder See. Ein Wahnsinn.«

»Komm! Weiter! Auch das schaffst du. Denk an die Schoko-Creme.«

Sie benutzten Schleichwege, wo nicht ganz so viele Autos fuhren, mogelten sich durch bis zur Altstadt, berührten die Fußgängerzone und näherten sich von hinten, nämlich durch die Sperlingsgasse, Franks Bistro am Oswald-Grummel-Platz.

Auch hier stach die Sonne. Der Schleckerschuppen war eingebettet in eine Häuserzeile. Eine überdachte Einfahrt führte auf den Hof. Den hatten Sonne und Schatten in zwei dreieckige Keile zerlegt. Die beiden Freunde parkten ihre Drahtesel im Schatten.

Nutzungsmäßig gehörte der Hof zum Bistro, jedenfalls hatte Frank sich mit Abfalltonnen, Weinkisten und Bierkästen ausgebreitet. Sein Kombi parkte, und der Zündschlüssel steckte. Früher hatten die Bistro-Räume eine Metzgerei samt Imbiß-Station für Curry-Wurst und Buletten beherbergt. Frank war froh, daß er den vorhandenen Tiefkühlkeller für seine Vorräte nutzen konnte. Wo ehemals halbe Schweine und Rinder hingen, hingen jetzt feinste Lendenstücke vom Schwein und vom Rind. Zum Tiefkühlkeller stieg man hinter einer schweren Tür 28 Stufen hinab. Und die Wechselsprechanlage zwischen oben und unten funktionierte noch immer. Frank benutzte sie nicht mehr, aber für die Metzgerei war sie damals nützlich gewesen.

»Puh!« meinte Klößchen. »Heiß. Eine Schoko-Creme esse ich gleich hier.«

Tim klopfte an die Hintertür.

Es gab auch eine Klingel.

Aber sie hatten mit Frank ein Klopfzeichen verabredet: dreimal drei Pocher – und zwischendurch Pause.

»Ja, wer ist da?« fragte Frank hinter der Tür.

»Tim und Willi«, erwiderte Tim. Und dachte: nanana! Unser Bistro-Boss hat wohl seinen ängstlichen Tag. Fürchtet er sich vor der Mafia?

Frank öffnete. Sein Lächeln wirkte erleichtert.

»Kommt rein. Euer Imbiß ist fertig. Damit er nicht verdirbt bei der Hitze, habe ich ihn kalt gestellt. Habt ihr Kühltaschen mit?«

Tim schüttelte den Kopf. »Nur Hosentaschen. Aber wenn Sie's in Folie einpacken . . .«

Er folgte Frank durch einen gekachelten Flur in die Küche, wo alles blitzte und blinkte. Auf dem großen Herd dampften Töpfe, und in Pfannen brutzelte es. Der Schlemmerkoch bereitete vor, was nachher auf der Karte stand. Es würde in hungrigen Mägen landen. Eine Knoblauchsoße duftete vor sich hin.

»Mach bitte die Tür zu, Willi!« rief Frank durch den Flur zurück. Denn er wähnte Klößchen als Nachhut mit der ihm üblichen Langsamkeit.

Aber diesmal war das dicke TKKG-Mitglied außerordentlich schnell. Schließlich ging es um Schoko-Creme. Klößchen folgte Tim auf dem Fuß.

»Diese?« fragte er – und griff nach der Küchentür.

»Die bleibt offen«, erwiderte Frank. »Ist sonst zu heiß hier. Ich meine die Hintertür.«

Ohne darauf einzugehen, sagte Klößchen: »Bevor ich's vergesse: Außer der Bestellung kommt noch zweimal Schoko-Creme hinzu. Für mich allein. Und eine dritte mampfe ich jetzt.«

Frank lächelte. Er wirkte schmächtig, fast unterernährt, hatte dunkles Haar unter seiner Kochmütze und einen kleinen Schnurrbart unter der Nase. Wenn man seine Kochkünste lobte, trat ihm jedesmal ein verklärender Glanz in die Augen. Er kochte aus Leidenschaft.

»So, dann nehme ich mal euer Picknick-Menü aus dem Eisschrank.«

Dem wandte er sich zu.

Klößchen schluckte vernehmlich. Offenbar lief ihm das Wasser im Mund zusammen.

Hat Frank neuerdings eine Katze? überlegte Tim.

Die unendlich leisen Schritte, die er im Flur hörte, konnten nur von einem Samtpfoter herrühren.

Lächelnd drehte er sich um. Aber das Lächeln verging ihm. Statt dessen griff der Schreck mit seinen kalten Fangarmen zu.

Zwei Typen standen in der Tür. Der Größere trug ein dunkles Jakkett über einem beigen Pullover, darunter ein offenes Hemd und eine Maske über dem Schädel. In seiner Hand eine schwere Pistole.

Auch der Kleinere verbarg den Kopf unter einer Maske. Seine Pistole glänzte ölig. Und war auf die Schüssel mit der Knoblauchsoße gerichtet.

»Hoffentlich wird euer Imbiß nicht warm – unterwegs«, meinte Frank. Er hatte den Eisschrank geöffnet und griff hinein.

»Sobald die Temperatur ein halbes Grad steigt«, feixte Klößchen, »esse ich alles auf.«

Tim sagte: »Ich glaube, wir werden überfallen. Dreht euch mal um.«

Klößchen reagierte nicht. Sein Gehirn beschäftigte sich mit Schoko-Creme. Etwas von der Nachspeise verstopfte ihm die Ohren.

Aber Frank hatte tatsächlich seinen ängstlichen Tag und machte so schnell kehrt, daß sich die Kochmütze kaum mitdrehen konnte. Er schrie auf, schnappte mit der Unterlippe nach seinem Schnurrbart und ließ die fünf Pizzen samt Pappteller fallen. Sie klatschten so schwer auf den Boden, daß man die Zutaten erraten konnte: Meeresfrüchte und edle Gewürze.

»Hände hoch! Und keinen Mucks!« bellte der Große unter seiner Maske.

»Bei geringstem Widerstand!« keifte der Kleinere, »machen wir von der Waffe Gebrauch.«

Dann herrschte Stille. Nur die Kochtöpfe gaben ihre Geräusche von sich. Tim und Frank reckten die Arme. Klößchen war noch mit dem Umdrehen beschäftigt. Sein Mondgesicht erbleichte – weniger aus Todesfurcht, sondern aus Sorge um die leiblichen Genüsse, die ihm jetzt vielleicht entgingen. Auch er hob die Arme.

Mafia! dachte Tim. Au Backe! Sicherlich hat Willi die Hintertür offengelassen, und die beiden konnten rein. Sie sprechen deutsch. Aber mit italienischer Betonung. Außerdem haben sie italienische Schuhe an und grellbunte Socken. Ein deutscher Verbrecher trägt graue Socken – oder braune. Natürlich geht's nicht um Mundraub oder Geld, sondern um Franks Bruder Heinz-Otto. Und wir sind mittendrin in der Küche. Verdammt!

Auf Franks blutleeren Lippen schwebte ein ›Was-wollen-Sie?‹, aber er sprach es nicht aus. Er wußte, was sie wollten.

... dem Kleinen die Knoblauchsoße über die Maske schütten, dachte Tim, und den Großen ... nee, geht nicht. Wäre todsicherer Selbstmord. Gegen zwei Pistolen hilft nur gute Miene und Abwarten.

»Bieler«, sagte der Große zu Frank, »wir wollen wissen, wo dein Bruder ist, dieser dreckige Verräter. Raus mit der Sprache!«

Franks Gesicht hatte die Farbe der Knoblauchsoße angenommen: grünweiß. Er sah so entsetzt aus, als hätte ein Gast zum Fasanenmus in Trüffelsoße nicht Champagner, sondern Hustentee bestellt.

»Mein ... mein Bruder ist nicht hier«, stotterte er. »Heinz-Otto wohnt doch in Mailand.«

»Stell dich nicht blöd!« bellte der Große. »Er ist verduftet, der Mistkerl. Aber er weiß zuviel. Er kennt die Namen unserer Leute, die hier in der Stadt Fuß fassen werden – demnächst. Damit ist er gefährlich für uns. Auf Verräter ist ohnehin kein Verlaß. Wir wissen, daß er sich hier versteckt. Also?«

»Ich weiß nichts«, winselte Frank. »Ich bin Koch, kein ... kein Mafioso. Zu Heinz-Ottochen – so nannte ihn unsere Mutter – habe ich gar ... gar keine Verbindung.«

»Du lügst. Er ist hier. Du versteckst ihn. Spuck's aus!«

Frank heulte fast. »Wenn ich's doch aber nicht weiß. Ich schwöre. Heinz-Otto kann mich nicht leiden. Nie würde er mir sagen, wo er ist.«

Die Verbrecher tauschten Blicke. Jedenfalls wandten sich die Masken einander zu. Hinter den Sehschlitzen blinzelten dunkle Augen.

Tim achtete auf die Hände. Die des Großen waren derb, geädert und hornschwielig an Daumen und Handkante. Diese Hände gehörten einem Mann von mindestens 40 Jahren. Der Kleinere hatte jugendliche Hände – mit schwarzen Fingernägeln und einer Tätowierung auf dem rechten Handrücken. Das gestichelte Kunstwerk zeigte eine zusammengerollte Schlange, die angriffslustig den Kopf reckt. Vielleicht benutzte er das Reptil, um bissige Hunde, Stechmücken und Schlägertypen abzuschrecken.

»Wir müssen ihn foltern«, sagte der Tätowierte. »Wir zwingen ihn, seinen Kühlschrank leerzufressen. Bis auf den letzten Krümel. Bevor er platzt, der Soßenpanscher, wird er schon sagen, wo der Verräter steckt.«

»Wozu ihr mich auch zwingt – ich weiß es doch nicht«, jaulte Frank. »Ich schwöre es. Beim Andenken meiner Mutter. Bei meiner Kochkunst. Bei ...«

Er stockte. Schräg hinter ihm klingelte das Telefon. Es stand auf einem Wandregal, flankiert von einem großen Glas Gewürzgurken und einer Blechdose mit dem handschriftlichen Aufkleber ›Sibirische Weihnachtsdiät auf Eismeerkrabben-Grundlage‹.

»... meiner einfühlsamen Zunge und dem Geschmacksgaumen«, vollendete Frank hastig.

Zu auffällig hörte er dann weg. Doch das Telefon klingelte.

»Nimm ab!« befahl der Große. »Kein falsches Wort! Sonst kochst du nicht mehr lange. Halt den Hörer so, daß wir mithören können.«

Der Koch gehorchte. »Franks Bistro«, meldete er sich, wobei ihm die Zähne klapperten.

»Hallo, Bruderherz!« tönte eine fröhliche Stimme aus dem Hörer. »Hältst du mich für einen Hungerkünstler? In deinem Feiertags-Apartment ist es zwar angenehm, aber mein Magen knurrt. Mach mir was Leckeres, ja? Hast du jemanden, der es herbringt? Ich wage mich noch nicht vor die Tür.«

Angstschweiß bedeckte Franks Gesicht.

»Ja«, sagte er.

»Was ja?« fragte Heinz-Otto.

»Ich mache dir was. Und ich lasse es ... äh ... vorbeibringen.«

»Sag deinem Boten, er soll's vor die Tür stellen. Ich öffne erst, wenn er weg ist. Und eine Flasche Wein! Nicht vergessen. Bitte presto *(schnell)*!« Lachend legte er auf.

O weh! dachte Tim. Jetzt steckt der Karren im Dreck. So ein Pech! Mußte der Blödel denn anrufen? Was ist da zu retten? Mit der heißen Bratpfanne muß ich dem Großen eins überziehen und dem Kleinen ... Wenn ich nur an die rankäme! Die Entfernung ist zu groß. Und denen zittert der Schußfinger.

»Soso!« sagte der Große. »Hast also null Ahnung, wo dein Bruder steckt. Das bereust du noch, Küchenmeister! Aber später. Jetzt mach ihm die Henkersmahlzeit. Mein Freund hier«, er wies auf den Tätowierten, »wird sie ihm vor die Tür stellen. Ihn kennt nämlich dein Bruderherz nicht. Tja, und dann guten Appetit.«

Offenbar feixte er hinter seiner Maske. Es schüttelte ihn. Aber die Pistolenmündung wies jetzt auf Tim, den er richtigerweise für den Gefährlichsten hielt.

Der Tätowierte zielte nur gelegentlich auf Klößchen oder Frank. Meistens wurde ein Topf von seiner Waffe bedroht.

Jetzt griff er links in die Tasche und zog ein kleines, dunkles Fläschchen hervor.

»Gift!« erklärte er. »Tödliches Gift. Drei Tropfen werfen den stärksten Mann um, sechs einen Elefanten. Aber es schmeckt nach nichts, nicht mal wie Wasser, höchstens wie Luft.«

»Red nicht soviel!« raunzte der Große – und fuhr Frank an: »Los, los! Mach endlich! Dein Bruder hat Hunger.«

Frank sah aus, als würde er gleich ohnmächtig.

In diesem Moment zuckte die Idee – blitzhell – durch Tims Kopf. Er entsann sich, was der Koch ihm erzählt hatte.

»Frank!« rief er. »Sie können nicht anders. Wir sind Zeugen. Sie beugen sich der rohen Gewalt. Was bleibt Ihnen denn übrig? Es ist traurig. Vielleicht hat Ihr Bruder diesen Tod nicht verdient. Aber abwenden können Sie's nicht. Deshalb sollten Sie seine letzte Mahlzeit mit Liebe herrichten und nach den Maßstäben allerhöchster Kochkunst. Wie es ja sowieso Ihre Art ist. Vor allem müssen Sie Ihrem Bruder seine Leibgerichte bereiten, damit er noch einmal schwelgen kann, bevor der Tod ihn antritt. Sie haben mir doch erzählt, was er so gern ißt: reschen Schweinebraten, Kalbswürste, Fleischpudding zum

Nachtisch und Goulaschsuppe vorneweg. Dann wird er beseelt scheiden – von dieser schnöden Welt, wo die Mafiosi überall Fuß fassen.«

Frank glotzte ihn an. »Oh!« sagte er. »O ja! Du hast recht. Und wie recht du hast. Völlig recht hast du ja.« Er begann zu strahlen. Der Blick leuchtete. »Heinz-Ottos Abschiedsessen soll in die Kriminalgeschichte eingehen als das Todesmahl vom Meisterkoch. Damit werde ich berühmt für alle Zeiten.«

»Ihr nervt mich!« brüllte der große Ganove. »Du hältst den Mund!« Das galt Tim. »Und du kochst.« Das galt Frank.

Ein Kann-kein-Wässerchen-trüben-Ausdruck breitete sich über Tims Gesicht. Er schlug die Augen nieder, als hätte man ihn bei verbotenen Abbrucharbeiten an einer Kirche erwischt.

Fassungslos sah Klößchen seinen Freund an.

»Findest du es gut, Tim, daß Heinz-Otto so mir nichts, dir nichts am Feinschmecker-Fraß hinscheiden soll und ...«

»Halt den Mund, Mops!« brüllte der Große.

Frank sauste bereits zwischen Kühlschrank und Herd hin und her. Es würde nicht lange dauern. Vieles war bereits fertig, das Halbbraten-Fleisch sowieso.

Alle sahen Frank zu. Er lächelte selig. Hin und wieder blickte Klößchen zu Tim auf.

Himmel! dachte der. Willi, streng deinen Grips an! Vielleicht kommst du dann selber drauf, was hier läuft. Gott sei Dank checken die Mordbuben gar nichts.

»Ach so, die Adresse!« sagte der Große. »Wo ist das – dein Feiertags-Apartment?«

»Adolf-Häusler-Straße 14«, erwiderte Frank fröhlich. »Ich habe da eine kleine Privatwohnung. Aber meistens bin ich hier – in der Wohnung über dem Bistro.«

Er kochte, würzte, schmeckte ab, machte ›hm‹ und fragte Klößchen, ob er mal kosten wolle.

Der wollte natürlich. Aber der große Mafioso verhinderte das, indem er mit Schlägen drohte.

Dann war das Menü fertig, duftete aus drei gleichgroßen Töpfen: ein Rinderbraten mit Burgundersoße, Buletten à la Frank mit grünem Pfeffer und Speckstreifen. Als Vorspeise gebratene Gänseleber auf Fleischtomaten.

Jetzt war der Tätowierte an der Reihe. Er schraubte sein Giftfläschchen auf. Vorsichtig tropfte er in jeden Topf, wobei er zählend die Lippen bewegte.

»Mal nicht so sparsam!« meinte Tim. »Gib einen ordentlichen Schuß rein. Oder ist das Zeug teuer?«

»Schnauze!« gebot der Große.

»Ist doch wahr!« Tim grinste. »Soll Heinz-Otto leiden? Soll er sich quälen, nur weil diese Gangster mit dem Gift geizen? Das wäre doch unmenschlich.«

Frank seufzte. »Armer Heinz-Otto! Er wird nie wieder Gänseleber essen, nie wieder Rinderbraten, nie wieder Buletten.«

Bei den Töpfen handelte es sich um transportables Geschirr für den anspruchsvollen Über-die-Straße-Verkauf.

Sie wurden übereinander gestapelt, oben mit einem Deckel gekrönt und in einen Behälter gestellt, der den Inhalt warm hielt. Frank wählte unter den Rotweinen, die in einem Regal lagen, entschied sich für einen italienischen und umwickelte die Flasche mit Küchenpapier.

»So!« sagte der Große zu seinem Komplicen. »Du kannst damit loszischen. Aber vorher sperren wir die drei ein. Damit sie den Verräter nicht warnen. Die Kellertür dort hinten macht einen soliden Eindruck. Die kriegen sie nicht auf. Ich bleibe trotzdem hier, bis du dich telefonisch meldest. Man kann ja nicht wissen. Außerdem wird es höchste Zeit, daß ich den Chef anrufe.«

Er wandte sich an Frank. »Du gestattest doch, daß ich deinen Apparat benutze, Meisterkoch.«

»Hoffentlich ist es kein Ferngespräch«, erwiderte Frank.

Er, Tim und Klößchen mußten die Hände im Nacken verschränken. Die Ganoven trieben sie zur Tiefkühlkeller-Tür. Dabei verhielten sie sich geschickt. Keiner kam in Tims Nähe. Null Chance bot sich ihm, seine Judo-Kunst anzuwenden.

Außerdem schien er heute gar nicht gut drauf zu sein. Bei der Tür stolperte er über seine Füße. Beinahe hätte es ihn hingehauen. Aber er stützte sich ab an der Wand.

Frank öffnete die Tür. Der Schlüssel steckte außen. 28 Stufen führten hinunter. Kälte schlug ihnen entgegen. Der Koch schaltete das Licht ein. Klößchen begann mit den Zähnen zu schnattern.

»Los! Runter mit euch!« befahl der Große.

Sie stiegen hinunter. Hinter ihnen krachte die Tür zu. Der Schlüssel wurde im Schloß gedreht.

»Wir werden erfrieren und . .«

Klößchen wollte jammern. Von hinten preßte Tim ihm die Hand auf den Mund.

»Pst!« wisperte er. »Wir müssen leise sein, Leute! Ich habe die Wechselsprechanlage eingeschaltet. Deshalb bin ich gegen die Wand gestolpert, wo der Kasten hängt.«

»Sehr gut!« feixte Frank mit Lautstärke null-Komma-null-eins.

»Aber ihr habt alles getan«, hauchte Klößchen, »damit Heinz-Otto den Löffel wegschmeißt *(stirbt)*, nachdem er vorher gegabelt hat.«

Frank und Tim grinsten sich an.

»Er wird weder gabeln noch löffeln, noch mit den Händen essen«, flüsterte Tim – und tappte die letzten Stufen hinunter in den Tiefkühlkeller, der mit Regalen vollgestopft war. Von der Decke, wo Haken angebracht waren, hingen Würste und Fleischstücke.

Frank schaltete das Kälte-Aggregat *(Maschinensatz)* aus.

*

Durch ein Fenster im zweiten Stock des Apartment-Hauses Adolf-Häusler-Straße 14 beobachtete Heinz-Otto, wie Franks Bote zur Straße zurückging und in den Kombi stieg.

Es war Franks Kombi – der Bote ein junger Kerl mit schwarzen Locken und südlichem Aussehen.

Heinz-Otto wartete, bis der Wagen abfuhr. Dann holte er den Behälter samt Weinflasche – alles war auf der Fußmatte abgestellt – herein. Verwundert schnupperte er an den Töpfen.

Als die geöffnet vor ihm standen, starrte er auf den Inhalt.

War Frank übergeschnappt?

Rinderbraten, Buletten, Gänseleber – um Himmels willen!

Sein erster Impuls war, zum Telefon zu greifen. Doch er begann nachzudenken. Und plötzlich begriff er.

Entsetzen überzog sein – von italienischer Sonne – gebräuntes Gesicht.

*

»... er würde niemals einen Bissen Fleisch anrühren«, wisperte Frank. »Er lebt streng vegetarisch *(fleischlos)*. Er muß es. Sein Körper reagiert allergisch *(überempfindlich)* auf jede Form von Fleisch. Er wird krank davon. Das geht soweit, daß er Schwimmbäder meidet. Weil der Anblick halbnackter Menschen Magenkrämpfe bei ihm auslöst. Ich hatte nicht daran gedacht. Vor Verzweiflung war mein Gehirn wie gelähmt. Ich hätte Heinz-Otto Stangenbrot, knackfrischen Salat, Omelette *(Eierkuchen)* und Süßspeise geschickt. Vergiften kann man das leider auch. Aber Tim ... Mein Gott, Tim! Heinz-Otto verdankt dir sein Leben. Ich wußte gar nicht mehr, daß ich dir von seiner Fleischlosigkeit erzählt habe. Bis in alle Ewigkeit, Tim, kannst du in meinem Bistro essen, trinken und verweilen – allein oder mit Freunden und ...«

»Pst!« zischelte Tim. »Der Saukerl telefoniert.«

Er trat zur Wechselsprechanlage, einem gerippten Kasten an der Wand.

Die Stimme des Großen klang entfernt, denn er benutzte das Telefon in der Küche. Trotzdem war er zu verstehen.

»Hallo, Chef«, sprach er, »ich bin's, Marcello Agasi. Ja, es läuft gut. Den Bieler kannst du abhaken. Dem wird gerade ein vergiftetes Essen vor die Tür gestellt. Sein Bruder, der Koch, hat's bereitet. Toller Spaß, wie? Ja, natürlich wie vorgesehen. Nachher geht's weiter. Der Polizei-Präsident wird sich wundern. Dieser Hehnstedt tut nämlich alles, damit wir hier gar nicht erst landen können. Deshalb kriegt er einen Denkzettel. Mein junger Mitarbeiter ist Kfz-Mechaniker – in einem hiesigen Betrieb. Er kennt sich aus mit den Wagen. Hehnstedt fährt einen Mercedes. Irgendwann heute nacht wird der Junge die Lenkung ansägen. Und morgen – Peng! Dann ist Hehnstedt für acht Wochen im Krankenhaus.«

Wie du dir das so denkst! Tim rieb sich die Hände.

Agasi quasselte noch eine Weile mit seinem offenbar deutschsprachigen Chef, denn kein italienisches Wort fiel. Dann legte er auf.

Die drei verhielten sich ruhig. Klößchen begutachtete die Vorräte. Als er fertige Portionen Schoko-Creme entdeckte, sah er Frank mit Hundeaugen an. Der nickte. Klößchen begann zu löffeln, und seine Welt war wieder in Ordnung.

Nach einiger Zeit klingelte oben das Telefon.

Agasi nahm ab. »Gut«, sagte er. »Laß den Kombi irgendwo stehen. Ich hau jetzt hier ab. Bis später.«

Sie hörten, wie er durch den Flur zur Hintertür ging und das Haus verließ.

Frank griff auf ein Regal hinauf und nahm einen Schlüssel herunter.

»Das ist der zweite für die Kellertür«, sagte er. »Falls mal versehentlich jemand eingeschlossen wird, muß er sich befreien können. Wahrscheinlich steckt außen noch der andere Schlüssel. Aber den stoßen wir raus.«

Tim übernahm das. Nach etwa drei Minuten konnte er die Tür öffnen. Inzwischen hatte Klößchen vier Portionen Schoko-Creme vertilgt. Er faßte Franks Angebot wörtlich auf.

»Wir haben den Namen«, stellte Tim fest, »wissen aber nicht, wo wir diesen Marcello Agasi finden. Es sei denn, er steht im Telefonbuch. Sehen wir nach.«

Sie blätterten in dem dicken Wälzer. Es gab keinen Agasi.

Tim griff zum Branchen-Verzeichnis. Die Kfz-Betriebe interessierten ihn. Es waren leider nicht wenige. Doch was sein muß, muß sein.

Als erstes rief er eine Werkstatt an, die spezialisiert war auf italienische Wagen. Eine heitere Frauenstimme meldete sich.

»Hier spricht Willibald Wummel«, sagte Tim. »Ich bin zweiter Vorsitzender vom Städtischen Tätowierten-Verein e. V. Wir machen zur Zeit eine Mitgliederwerbung und sprechen alle Liebhaber von Hautzeichnungen an. Wie ich hörte, haben Sie einen jungen Mitarbeiter, der – leider ist mir sein Name entfallen – über eine Tätowierung auf dem rechten Handrücken verfügt. Es handelt sich um eine beißfrohe Schlange in geringeltem Zustand.«

»Sie meinen sicherlich Renzo Pergamutto«, erwiderte die Frau. »Der hat so'n ... Dings auf der Hand. Aber im Moment ist er nicht da. Er mußte zum Zahnarzt. Nachher kommt er zurück.«

»Ich werde ihn persönlich ansprechen. Besten Dank, meine Dame.«

Tim legte auf. »Ich glaube, wir haben ihn. Mit dem ersten Anruf. Aber man darf ja mal Glück haben. Frank, jetzt sollten Sie Ihren Bruder anrufen. Wahrscheinlich beschimpft er Sie.«

*

Als sein Meister ihn rief, kroch Renzo Pergamutto unter dem Sportwagen hervor und rieb die ölverschmierten Hände an einem Lumpen ab. Dann trat er auf den Hof.

Zwei uniformierte Polizisten standen dort – mit Kommissar Glockner. Hinter Gabys Vater hatten sich aufgebaut: die TKKG-Bande, Frank und Heinz-Otto Bieler sowie ein rehäugiges, schlankes Mädchen mit braunem Mittelzopf.

Das war Nicoline. Sie hatte bei Gaby gewartet.

Heinz-Otto wies auf Renzo Pergamutto. »Das ist der Kerl, der mir das Essen vor die Tür gestellt hat, Herr Kommissar.«

Ehe Renzo zum zweiten Mal atmen konnte, war er mit Handschellen gefesselt. Unter seinem Overall trug er die Pistole.

»Jetzt sagst du uns ganz schnell«, herrschte Glockner ihn an, »wo wir Marcello Agasi finden.«

Knieweich stammelte der junge Ganove die Antwort. Dann wurde er abgeführt.

*

Am schönsten Tisch des Bistros saßen spätnachmittags Gaby, Tim, Karl, Klößchen und Nicoline.

Heinz-Otto befand sich im Polizei-Präsidium. Er war ja kein Unschuldslamm und würde nicht ganz ungeschoren bleiben. Doch die Hauptsache war, daß er sich von der Mafia endgültig getrennt hatte.

Renzo, Agasi und deren Chef – ein hiesiger Ganove – saßen hinter Gittern. Frank stand in der Küche.

»Für das Picknick ist es heute zu spät«, Tim lächelte Gaby an. »Aber Frank wird uns entschädigen. Er sagt, er will kochen wie noch nie. Nur für uns.«

»Ob da mein Vater mitessen darf?« fragte Nicoline. Sie reckte den Kopf in Richtung Fenster. »Er kommt nämlich gerade. Und macht ein Gesicht, als wollte er sich bedanken. Ah, ich weiß schon. Wegen der Lenkung an seinem Wagen. Die ja nun heil bleibt.«

– ENDE –

Rätsel-Auflösungen

Von Seite 27
Der Vogel hat's nicht leicht . . .
Gang 7

Von Seite 45
Lesepause - Mal nachdenken!
Waagrecht: 1. Eta, 5. Aal, 8. Hunnen, 10. Eskimo, 11. Friesen, 13. Esten, 14. NL, 15. Reat, 17. Sofa, 18. Glace, 19. Suomi, 20. Tieck, 22. Anode, 24. Reel, 25. Reni, 26. Prior, 28. OP, 29. Kreolen, 31. Dentin, 32. Finnen, 33 Eli, 34 Lei.

Senkrecht: 1. Ehe, 2. Tuareg, 3. Mere, 4. Asen, 5. Ai, 6. Amalfi, 7. Lot, 9. Nisse, 10. Esens, 12. Malaien, 14. Nomaden, 16. Tafel, 17. Sonor, 20. Tempel, 21. Keren, 22. Adolf, 23. Entree, 26. Prim, 27. Reif, 28. Ode, 29. KT, 30. Uni.

Von Seite 53
Rätselkrimi Fall 1
Frau Mahler ist Linkshänderin. Der Schlag wurde aber mit der rechten Hand ausgeführt, wie eindeutig erwiesen war: von Gisela Göhrke.

Von Seite 77
Welche Schmetterlinge sind gleich?
a und e

Von Seite 95
Wer und was ist hier gemeint?
Gassenbilderrätsel: 1. Reihe------Z--S-, 2. Reihe: MANCHERHATA, 3. Reihe: OGOAORNE SUP, 4. Reihe: N-FRETE TER-, 5. Reihe: DU-S-I--AMK, 6. Reihe: US FURCHTZUI, 7. Reihe: S-AMEEUO-RE, 8. Reihe: ASAN-FDD-F, 9. Reihe: IA---PE-IFE, 10. Reihe: RRENSICHVER, 11. Reihe: I-LOINESAS-, 12. Reihe: SS-T-GUIN-R, 13. Reihe: -TTES---HBI, 14. Reihe: PAONARAEAON, 15. Reihe: IRRTLESSING. - „Mancher hat, aus Furcht zu irren, sich verirrt." - Lessing.

Von Seite 115
Rätselkrimi Fall 2
Renate sah, wie der Verkäufer mit der dafür bestimmten Stange die Rollläden hochschob, als sie die Alufolie kaufen ging. Der Ladeninhaber war aber schon früher da, um die Stange aus dem Keller zu holen. Der Verkäufer muß ihn also auf der Kellertreppe gefunden haben.

Von Seite 131
Kennt Ihr ihre Heimat?
Antarktis

Von Seite 153
Seeleute-Rätsel
1=C, 2=D, 3=B, 4=A

Von Seite 171
Rätselkrimi Fall 3
Der junge Mann geht außen an Irmgard vorbei. Zwischen ihm und ihr geht Brigitte. Irmgard konnte also gar nicht an ihn herankommen, um ihm etwas in die Tasche zu stecken.

Von Seite 191
Armer Igel. . .
Auf Pfad „U"

Von Seite 203
Das Zahlenkreuz

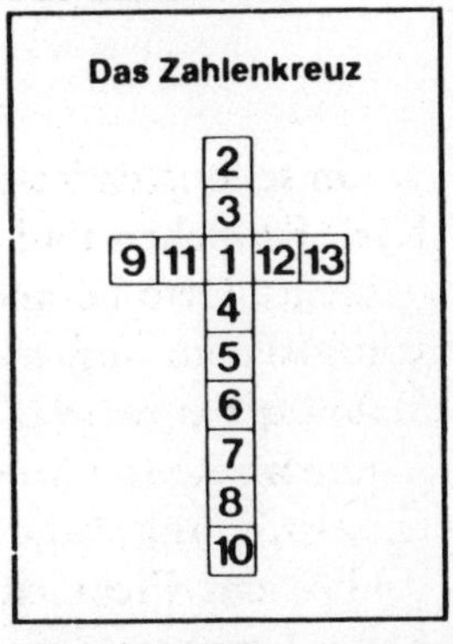

Von Seite 227
Rätselkrimi Fall 4
Die riesigen Schlüssel konnten die verdächtigten Frauen unmöglich in den kleinen Handtaschen versteckt haben.